PATRICK MCGINLEY

CODENAME X

WEM KANNST DU VERTRAUEN?

Oetinger Taschenbuch

Klimaneutral
Druckprodukt
ClimatePartner.com/53248-2011-1002

Dieses Buch wurde klimaneutral produziert. Dadurch fördern wir anerkannte Nachhaltigkeitsprojekte auf der ganzen Welt. Erfahre mehr über die Projekte, die wir unterstützen, und begleite uns auf unserem Weg unter www.oetinger.de

FSC
www.fsc.org
MIX
Papier aus verantwortungsvollen Quellen
FSC® C014496

Originalausgabe
1. Auflage

Umschlaggestaltung: UNIMAK, Hamburg unter Verwendung
von Fotos von shutterstock.com: © RobinsonThomas, © ChameleonsEye
und unsplash.com: © Steve Halama
Satz: Satz für Satz, Wangen im Allgäu
Druck und Bindung: GGP Media GmbH,
Karl-Marx-Straße 24, 07381 Pößneck, Deutschland
Printed 2021
ISBN 978-3-8415-0666-5

www.oetinger-taschenbuch.de

Für David und Alexander
Zwei echte Actionhelden

1

MONTE CARLO, MONACO

Die Mittagssonne brannte so heiß auf die Küstenstraße nieder, dass die Luft über dem Asphalt flimmerte. Vom Meer wehte ein schwaches Lüftchen herüber und außer dem fernen Donnern der Wellen, die an die Felsklippen krachten, war es ruhig. Ein leises Surren durchschnitt die Stille. Zuerst war es kaum zu hören, der Flügelschlag einer Wespe, die an einer Fensterscheibe auf und nieder flog. Doch nach und nach steigerte es sich zu einem Getöse, das dem Gebrüll eines tollwütigen Raubtiers glich. Zwei schwarzrote Blitze fegten über die Straße und wirbelten eine Wolke aus Staub und Blättern auf. Im nächsten Augenblick waren sie zu zwei Punkten in der Ferne zusammengeschrumpft.

Adam Cassel saß tief geduckt hinter dem Lenkrad seiner Kawasaki Ninja und stieß einen lauten Jauchzer aus. Adrenalin flutete seine Adern und der Fahrtwind zerrte an seinem Designer-T-Shirt und seinen wilden braunen Locken. Er blickte über den Rand seiner Flieger-Sonnenbrille und zwinkerte der Action-Kamera zu, die, auf den Lenker montiert, seinen Höllenritt filmte. Er grinste. Die letzten Tage am Hotelpool hatten seine Haut gebräunt, was seine hellblauen Augen und sein strahlendes Lächeln noch mehr zur Geltung brachte. Er jagte mit knapp 200 km/h durch die Landschaft, dicht gefolgt von Jeremy, der hinter ihm auf einem zweiten Motorrad unterwegs war. Er hatte Jeremy vor ein paar Jahren bei einer Party kennengelernt. Sein Vater war der Schlagzeuger von *Sunscream*, einer weltbekannten Rockgruppe, und er hatte den beiden Jungs zwei seiner Räder für eine Spritztour zur Verfügung gestellt. Dabei hatte er wohl nicht damit gerechnet, dass sich die beiden ein Wettrennen liefern würden.

Adam überholte einen Citroën auf der linken Seite und wich im letzten Moment einem Lieferwagen aus, der ihm auf der anderen Fahrbahn entgegenkam. Er ignorierte das laute Hupen und beschleunigte sein Rad durch einen Dreher am rechten Handgriff. Die Maschine heulte auf und brauste an einem Ortsschild vorbei. Das verschlafene Dorf wurde vom Motorengeheul wach gerüttelt und die Touristen, die im Schatten einiger Sonnenschirme in einem kleinen Straßencafé saßen, erschreckten sich so sehr, dass sie sich verstört umblickten. Einer älteren Dame rutschte dabei die Kaffeetasse aus der Hand und sie zersprang auf dem Kopfsteinpflaster in tausend Stücke. Adam interessierte sich nicht dafür. Er war zu sehr damit beschäftigt, sich zwischen den langsamen Autos durchzuschlängeln. An der Ortsausfahrt hob er den Lenker an und balancierte auf dem Hinterrad in einem perfekten »Wheelie«. Jeremy, der die Gelegenheit nutzte, um aufzuholen, zeigte ihm einen Vogel. Adam zwinkerte ihm zu und gab Gas. Die beiden Blitze brausten die Straße hinab auf den kleinen Jachthafen zu, der am Ende der kurvenreichen Straße auf sie wartete.

Als Ziellinie für ihr Wettrennen hatten die beiden die Hafeneinfahrt gewählt. Adam holte das letzte bisschen Geschwindigkeit aus seiner Maschine heraus, zog kurz vor der Einfahrt an Jeremy vorbei und fuhr über den Zebrastreifen, der das Ziel markierte. Er hatte gewonnen. Mit geballter Faust stieg er ab und drehte sich zu Jeremy um. Zu seiner Verwunderung war Jeremy jedoch an der

Einfahrt vorbeigefahren und brauste die Steigung hinauf, die zur nächsten Ortschaft führte.

»Was soll denn das jetzt?«, fragte Adam niemand Bestimmten.

Was das sollte, wurde ihm klar, als er die beiden Streifenwagen entdeckte, die mit heulenden Sirenen in den Hafen einbogen. Jeremy musste sie im Rückspiegel gesehen und die Flucht ergriffen haben. Adam schwang sich auf sein Rad, drehte den Schlüssel in der Zündung und gab Gas. Jetzt erst bemerkte er, dass es sich bei der Straße, auf der er sich befand, um eine Sackgasse handelte. Sie führte auf einen Pier hinaus, an dem die riesigen Motorjachten der Reichen und Berühmten vertäut lagen, die in der kleinen Stadt den Sommer verbrachten. Adam raste ans Ende des Piers und bremste wenige Zentimeter vor der Mauer, hinter der es steil bergab zum Mittelmeer ging. Mit durchdrehendem Hinterrad malte er eine pechschwarze Bremsspur auf den Asphalt und drehte sein Rad herum. Die Polizeiwagen standen sich Stoßstange an Stoßstange gegenüber und sperrten die Fahrbahn vor ihm ab. Nur auf dem Bürgersteig der Hafenpromenade klaffte eine Lücke, durch die er die Hauptstraße erreichen könnte.

Er grinste in die Action-Kamera. Ohne einen coolen Spruch konnte er diesen Stunt nicht wagen.

»Tom Cruise, falls du zuschaust, so geht Motorradfahren!«

Er ließ den Motor ein paar Mal aufheulen und legte dann den Gang ein. Mit einem lauten Fauchen flog das Motorrad über die Straße, genau auf die beiden Streifenwagen zu. Die Polizisten duckten sich verschreckt hinter ihre Autos. Die Maschine fraß die wenigen Meter, die sie von der Straßensperre trennten. Im letzten Moment riss Adam den Lenker herum und hielt auf den Bürgersteig zu. Er bremste leicht ab, ließ das Motorrad abheben und sprang über den Bordstein. Er wollte gerade wieder Gas geben, als ein älteres Touristenpaar direkt vor ihm aus dem Nichts auftauchte. Es war zu spät, um abzubremsen. Zu seiner Linken befand sich der Stand eines Eiscremeverkäufers und so blieb ihm nichts anderes übrig, als hart nach rechts zu lenken. Adam hob mitsamt seiner Rennmaschine ab, flog über den Bug einer Motorjacht und landete mit einem riesigen Platscher im Meer. Der Grund lag hier im Hafenbecken nur etwa drei Meter unter Wasser und so konnte Adam die Action-Kamera noch retten, bevor ihn der Sauerstoffmangel zurück an die Oberfläche zwang. Das Motorrad versank in der Tiefe. Adam tauchte auf und blickte in die Gesichter der Schaulustigen, die sich auf der Promenade versammelt hatten. Er schwamm ans Ufer, wo die Polizisten schon mit Handschellen auf ihn warteten. Bevor er aus dem Wasser stieg, filmte Adam noch schnell eine Botschaft mit der Kamera.

»*Merci, merci!* Ich liebe Frankreich. *Au revoir!*«

X

In der Polizeiwache von Saint-Jean-Cap-Ferrat war an diesem Samstagnachmittag nicht viel los. Das war nichts Ungewöhnliches. Der kleine Ort, der auf einer Halbinsel an der südfranzösischen Küste lag, war ein Tummelplatz für Millionäre aller Art. Schauspieler, Weltsportler und die Töchter und Söhne des europäischen Adels frequentierten die Cafés, Juwelierläden und Designer-Boutiquen, die sich an der Hauptstraße aneinanderdrängten. Der Hafen war ein beliebter Zwischenstopp auf einer Jachtrundfahrt im Mittelmeer. Die einzigen Verbrechen, die es hier an einem normalen Tag aufzuklären gab, waren Verkehrsdelikte und ein paar vereinzelte Taschendiebstähle.

Trotzdem musste Adam zwei Stunden warten, bis sein Fall an

der Reihe war. Er fläzte sich in einem unbequemen Stuhl und blickte die junge Polizeibeamtin, die hinter dem alten Schreibtisch saß, durch seine Sonnenbrille hindurch an. *Brigaud* stand auf einem Namensschild an ihrer Brusttasche.

Polizistin Brigaud ließ sich durch seine Haltung nicht aus der Ruhe bringen. Sie öffnete ein Formular auf ihrem Computerdisplay und begann zu tippen. Dann sprach sie ihn in beinahe akzentfreiem Deutsch an. »Fahren mit überhöhter Geschwindigkeit. Führen eines zweirädrigen Kraftfahrzeugs ohne Führerschein. Mehrere Fälle von Sachbeschädigung. Grob fahrlässige Gefährdung von Passanten. Eine ganz schöne Liste. Können Sie sich ausweisen?«

Adam hob entschuldigend die Hände. »Tut mir leid, mein Pass liegt im Hotel«, sagte er flapsig. Er fügte noch ein »Mademoiselle Brigaud« hinzu, um die Polizistin zu piesacken.

»Name?«

»Adam Cassel.«

»Alter?«

»Sechzehn.«

»Adresse?«

Als sie die Personalien aufgenommen hatte, ging sie zur Fallaufnahme über. Sie wollte gerade damit anfangen, Adam über die Ereignisse am Hafen auszufragen, als dieser ihr mit einer Geste Einhalt gebot. »Es tut mir leid, dass ich das hier abkürzen muss, aber ich habe heute Abend noch einiges vor, und ich muss mich noch ein wenig rausputzen.«

Brigaud sah ihn verwirrt an. Adam zückte seine Brieftasche und zog ein laminiertes Kärtchen heraus. Dieses überreichte er der Polizistin. Es war von Adams unfreiwilligem Bad noch tropfnass. Sie begann zu lesen. Mit jedem Wort verfinsterte sich ihre Miene mehr:

»Das Auswärtige Amt der Bundesrepublik Deutschland weist darauf hin, dass der Inhaber dieses Schreibens, Adam Cassel, geb. 17.3.2005, als Familienmitglied des Beamten Friedrich Cassel, unter speziellem diplomatischem Schutz steht. Damit einhergehend ist der Schutz vor strafrechtlicher Verfolgung im Ausland.«

Adam grinste. »Falls Sie Schwierigkeiten mit dem Deutsch haben, helfe ich Ihnen gern, Mademoiselle Brigaud. Sie kennen Monopoly? Das da ist die *Du kommst aus dem Gefängnis frei*-Karte. Sie können mich hier leider nicht festhalten. Deshalb würde ich Sie darum bitten, dass wir es kurz machen.«

Brigaud sah ihn durchdringend an. Dieser Blick gefiel ihm ganz und gar nicht. Er versuchte seine Unsicherheit mit einem Lächeln zu überspielen, doch Brigaud zeigte keine Reaktion. Die Polizistin nahm den Hörer des Telefons ab, das auf ihrem Schreibtisch stand, und wählte eine Nummer. Sie führte ein kurzes Gespräch auf Französisch und legte dann wieder auf. Missmutig hielt sie Adam das nasse Kärtchen hin. Er steckte es in seinen Geldbeutel und ließ diesen in seiner Gesäßtasche verschwinden. Auf dem Tisch der Polizistin lag Adams Action-Kamera.

»Ich kann also gehen?«, fragte er und streckte die Hand danach aus. Brigaud war schneller. Sie nahm die Kamera an sich.

»Die müssen Sie mir leider zurückgeben«, sagte Adam. »Das gilt sonst als widerrechtliche Durchsuchung.«

Er grinste erneut. Brigaud hielt ihm die Kamera hin. Er griff danach, doch sie ließ sie nicht los.

»Wenn ich dein Vater wäre, würde ich mich für meinen Sohn schämen«, sagte sie und blickte ihm tief in die Augen. Adams Grinsen gefror. Sie überließ ihm die Kamera.

2

Da sein geliehenes Motorrad auf dem Grund des Hafenbeckens lag, beschloss Adam, ein Taxi zurück nach Monte Carlo zu nehmen. Er ging zu einem Taxistand in der Nähe der Polizeiwache, setzte sich auf die Rückbank und gab dem Fahrer den Namen des Hotels, in dem er mit seinen Eltern wohnte. Da der Taxifahrer sich an die Geschwindigkeitsbegrenzung halten musste, würde es eine lange Fahrt werden. Mist, die Sonne ging schon unter! Sein Vater hatte ihn inständig darum gebeten, pünktlich zu sein. Auf die Benefizgala, die an diesem Abend im Casino stattfand, hatte Adam zwar wenig Lust, doch im Anschluss gab *Sunscream* ein Konzert, für das Jeremys Vater ihnen zwei Backstage-Pässe besorgt hatte. Er war zwar sauer auf Jeremy, weil dieser ihn im Stich gelassen hatte, doch er wollte ihn nicht zu sehr verärgern, da Jeremy den Pass sonst vielleicht jemand anderem geben würde. Außerdem hatte er das Motorrad versenkt, was Jeremys Vater sicher ganz und gar nicht gefallen würde. Er schickte ihm eine Kurznachricht.

Du hast dich aber schnell aus dem Staub gemacht.

Kurz darauf kam Jeremys Antwort:

Du sitzt nicht im Knast?

Adam schrieb zurück:

Ich habe die kleine Dorfpolizistin mit meinem Charme um den Finger gewickelt. Leider schlechte Nachrichten. Das Bike ist futsch.

Halb so schlimm, kriegt Papa von der Versicherung zurück. Was ist passiert?

Gib mir fünf Minuten.

Adam nahm die Action-Kamera aus seiner Hosentasche und schaltete sie an. Auf der Rückseite war ein Display angebracht, auf dem er die Aufnahmen ansehen konnte. Er spulte zum Anfang des letzten Clips und drückte auf das Play-Symbol. Durch das Fischaugenobjektiv der Kamera wirkte das Videobild verzerrt. Adams Kopf sah übergroß aus und die Landschaft hinter ihm flog mit atemberaubender Geschwindigkeit vorbei. Adam sah sich den Film mit offenem Mund an. Was für eine krasse Fahrt! Er musste das Video sofort auf seinen Youtube-Kanal stellen. Seine Fans würden es lieben.

Er stellte eine Verbindung zwischen der Kamera und seinem Smartphone her. Über das Telefon konnte er den Film direkt auf seinen Kanal laden. Einige Minuten später war der Clip livegeschaltet. Er schickte den Link an Jeremy und musste nicht lange auf eine Reaktion warten.

Waaaaaahnsinn! Der Crash ins Meer am Ende ist der Hammer!

Zeig's nicht deinem Vater!

Der findet es sicher extrem cool!
Wir sehen uns beim Konzert.

Adam steckte sein Telefon in die Hosentasche und blickte aus dem Fenster. Die untergehende Sonne warf rotes Licht auf die vereinzelten Wolken und ließ den Himmel wie Feuer brennen. Irgendetwas nagte an Adam. Das Wettrennen war zwar cool gewesen, doch Brigauds Worte gingen ihm nicht aus dem Sinn: *Wenn ich dein Vater wäre, würde ich mich schämen.* Und dann fiel ihm das Touristenpaar ein, das er auf der Hafenpromenade fast über den Haufen gefahren hätte. Wenn er nicht blitzschnell reagiert hätte, würden die beiden jetzt sicher im Krankenhaus liegen. Vielleicht hatte er es diesmal übertrieben?

Das Taxi hielt vor dem Eingang des Hotels. Adam bezahlte und stieg aus. Ein Portier öffnete ihm die Tür und er betrat die Lobby. Adam war mit seinen Eltern schon in einigen Luxushotels abgestiegen, doch dieses war eine Klasse für sich. Ein riesiger Kronleuchter hing in der Mitte der Eingangshalle von einer Kuppel aus buntem Glas herab, die Decke war mit Muscheln und Kletterrosen aus Stuck verziert und ein Springbrunnen plätscherte neben der Hotelbar vor sich hin. Der Marmorboden bestand aus einem Mosaik, das aus Tausenden kleinen Farbkacheln das Muster eines Orientteppichs erschuf. Adam ging zur Rezeption und holte die Plastikkarte ab, die als Zimmerschlüssel diente. Bevor er den Lift bestieg, ließ er es sich nicht nehmen, ein weiteres Video für seinen Youtube-Kanal aufzunehmen. Er aktivierte den Selfie-Modus seines Telefons und hielt die Kamera so, dass die luxuriöse Eingangshalle hinter ihm zu sehen war. Er lächelte. »Nette Absteige hier. So ein Zimmerspringbrunnen macht schon was her. Ich werde mich jetzt in Schale werfen und dann geht's ab auf die Party.«

Die Türen des Lifts glitten zur Seite, und Adam betrat die Kabine. Er drückte den Knopf zum obersten Stockwerk und blickte dann wieder in die Kamera. Er zwinkerte. »Penthouse! Ist doch klar. Wenn wir oben sind, zeige ich euch die Aussicht aus meinem Fenster. Wahnsinnssonnenuntergang heute. Wenn unten auf der Terrasse die Poolbeleuchtung angeht, ist das schon spektakulär.«

PH erschien auf dem Display der Kabine und die Türen öffneten sich. Adam wollte gerade aussteigen, als ein glatzköpfiger Mann den Lift betrat. Er hatte es anscheinend eilig, denn er stieß beinahe mit Adam zusammen. Adam wich ihm im letzten Moment aus und trat auf den Hotelkorridor.

»Meister Proper hier hat aber ganz schön Tomaten auf den Augen«, kommentierte Adam in die Kamera. »Ich melde mich später wieder. Over and out.«

Er beendete die Aufnahme und steckte sein Telefon zurück in die Hosentasche. Er hätte zwar gern weitergefilmt, um seinen Zuschauern den Blick aus dem Fenster zu zeigen, doch er wusste, was ihn im Zimmer erwartete: eine Standpauke seines Vaters, die sich gewaschen hatte. Adam war fast eine Stunde zu spät und sein Vater konnte Unpünktlichkeit überhaupt nicht leiden. Er ging zur Zimmertür und kramte die Schlüsselkarte hervor. Sie glitt in das Schloss und ein grünes Licht leuchtete auf. Er war so sehr damit beschäftigt, sich eine Ausrede zurechtzulegen, dass er die Aufzugtüren nicht bemerkte, die sich am Ende des Ganges erneut mit einem leisen *Ping* öffneten. Der glatzköpfige Mann blickte um die Ecke und beobachtete, wie Adam die Tür zu dem Hotelzimmer aufdrückte.

Adam betrat die Suite, die er mit seinen Eltern bewohnte. Dabei handelte es sich um ein großes Wohnzimmer, das an beiden Seiten durch Doppeltüren in getrennte Schlafzimmer führte. Seine Eltern hatten das etwas größere Zimmer auf der rechten Seite gewählt. Aus diesem hörte er das Geräusch eines Wasserhahns. Sie waren bestimmt dabei, sich für den Abend fertig zu machen. Adam durchquerte das Wohnzimmer und öffnete die Doppeltür.

»Ich weiß, ich weiß, ich bin spät dran. Tut mir echt leid, ich hatte völlig vergessen, dass …«

Weiter kam er nicht.

Das Fenster stand offen und eine laue Abendbrise wehte vom Meer herein. Seine Eltern lagen auf dem Bett. Seine Mutter trug ein hellblaues Abendkleid und sein Vater hatte den neuen Smoking angezogen, den er extra für diesen Abend besorgt hatte. Die Bettdecke, auf der sie lagen, wies einen großen, kreisrunden Fleck auf.

Blut.

Sein Vater hatte sich schützend über seine Mutter geworfen, doch in seinem Rücken klafften zwei Einschusslöcher.

Sie waren ermordet worden.

3

Adam stockte der Atem. Es musste sich um einen Albtraum handeln. Wie war es möglich, dass seine Eltern erschossen worden waren? Das passierte doch nur im Film.

»Mama? Papa?«

Er näherte sich dem Bett. Jetzt erst bemerkte er, dass sich der Körper seines Vaters langsam hob und senkte. Er atmete noch.

»Papa, hörst du mich?« Sein Vater lebte. Adam griff nach seinem Handy und begann den Notruf zu wählen. Er kniete sich neben das Bett. Sein Vater drehte den Kopf, sodass er seinen Sohn ansah. Er schluckte. Sein Atem ging langsamer und langsamer wie ein Motor, dem der Sprit ausging. Aus seinem Mundwinkel tropfte Blut auf die Bettdecke.

»Adam«, hauchte er.

Adam hielt inne, beugte sich zu ihm, sodass sich sein Ohr direkt neben dem Mund seines Vaters befand. Er sagte nur zwei Wörter, bevor er zum letzten Mal ausatmete.

»Nein. Lauf!«

Adam geriet in Panik. Was meinte er mit *nein*? Er musste doch Hilfe holen! Er drehte seinen Vater auf den Rücken, um ihn wiederzubeleben. Wie er es im Erste-Hilfe-Kurs gelernt hatte, massierte er sein Herz, doch es begann nicht wieder zu schlagen. Adam sank auf den Boden. Er wusste nicht, was er tun sollte.

In diesem Moment klopfte es an der Tür der Suite.

»Zimmerservice«, sagte eine Stimme.

Adam war zu verstört, um zu antworten. Es klopfte erneut. Adam stand auf. »Ich … ich kann jetzt nicht«, stammelte er. »Kommen Sie später wieder.«

Das Klopfen verstummte. Doch Adam hörte keine Schritte, die sich entfernten. Irgendetwas war da faul.

Ein Schuss ließ das Türschloss zersplittern. Jemand warf sich so heftig gegen die massive Holztür, als würde ein wild gewordener Elefant versuchen, sich Eintritt zu verschaffen. Schließlich gab sie nach und flog auf. Adam fand sich Angesicht zu Angesicht mit dem Glatzkopf aus dem Lift. Er hatte eine Waffe gezogen, an deren Lauf ein Schalldämpfer angeschraubt war. Der Schwung, mit dem er die Tür eingetreten hatte, beförderte ihn auf den Boden des Wohnzimmers. Er rappelte sich auf und zielte auf Adam. Dieser wachte endlich aus seiner Schockstarre auf. Es gab zwei Möglichkeiten. Er konnte sich entweder ins Badezimmer flüchten, wo er jedoch festsitzen würde, oder …

Adam fasste den Entschluss und sprang mit einem Satz aus dem offenen Fenster. Mit kleinen Staubwölkchen bohrten sich die Kugeln des Angreifers links und rechts neben dem Fensterrahmen in die Tapete.

Adam wusste, dass an der Außenseite rings um das Hotelgebäude ein schmaler Sims herumlief, auf dem er sich jetzt wiederfand. Er rutschte mit einem Fuß ab und verlor fast das Gleichgewicht. Ein Abflussrohr, an dem er sich mit seiner rechten Hand festhielt, bewahrte ihn vor einem tödlichen Sturz. Mit vorsichtigen Schritten näherte sich Adam der Ecke des Gebäudes. Wenn er diese erreichte, bevor der Mann ihn erwischte, hatte er vielleicht eine Chance zu entkommen. Der Kopf des Killers erschien im Fensterrahmen. Adam würde das kalte Grinsen nie vergessen. Der Mann legte seine Waffe an. Die Hausecke war in unerreichbarer Ferne. Er war geliefert. In schierer Panik blickte Adam nach unten. Acht Stockwerke unter ihm wartete der sichere Tod. Einen Sprung auf die Terrasse des Hotels würde er nie überleben.

In diesem Moment ging die Poolbeleuchtung an. Adam dachte nicht nach. Er hatte keine Zeit dazu. Er wusste instinktiv, dass ihn das gleiche Schicksal wie seine Eltern erwarten würde, wenn er jetzt nicht handelte. Er stieß sich mit aller Kraft von der Hotelwand ab und sprang mit rudernden Armen in die Tiefe. Die nächsten Sekunden fühlten sich wie Jahre an.

Der Swimmingpool des Hotels befand sich einige Meter vom Rand des Gebäudes entfernt. Wenn er nicht genug Schwung hatte, würde er auf den harten Fliesen der Terrasse aufklatschen. Adam sah, wie das Grinsen des Glatzkopfs erlosch. Er zog seinen Kopf zurück ins Zimmer und verschwand.

Der Fallwind erinnerte Adam an einen Höllenritt auf dem Motorrad, doch es kam Adam vor, als hätte das Wettrennen in einem anderen Leben stattgefunden. Der Boden kam mit der Geschwindigkeit eines Schnellzugs auf ihn zu. Selbst wenn er das Wasser des Pools traf, war er sich nicht sicher, ob er an dieser Stelle tief genug war, um seinen Fall rechtzeitig zu bremsen. Adam schloss die Augen. Mit einem harten Aufprall tauchte er ins Chlorwasser des Pools ein. Er sank bis auf den Grund hinab, doch das Wasser hatte seinen Sturz so sehr abgefedert, dass der Kontakt mit dem Boden glimpflich ausging. Adam fuchtelte mit den Armen und schwamm zur Oberfläche. Er tauchte auf und schnappte japsend nach Luft. Sein Fenstersprung hatte einiges an Aufsehen erregt, und die Hotelgäste raunten aufgebracht und zeigten mit den Fingern auf ihn. Adam schwamm zum Beckenrand. Gerade als er sich aus dem Wasser stemmte, bog der Glatzkopf um die Ecke des Hotels. Adam kletterte über den Rand, schüttelte sich wie ein nasser Hund und raste in die entgegengesetzte Richtung um den Pool. Er sprang über die niedrige Mauer, die die Hotelterrasse von der

Hafenstraße abgrenzte, und rannte, so schnell er konnte, die Böschung hinab. Er wagte einen Blick über die Schulter und sah, dass der Killer ihm über die Mauer gefolgt war. Adam mobilisierte seine letzten Kraftreserven und sprintete die Hafenpromenade entlang. Zum zweiten Mal an diesem Tag fand er sich in einer Sackgasse wieder, die am Mittelmeer endete. Wenn ihm jetzt keine heiße Idee kam, war er dem Glatzkopf ausgeliefert. Da! Neben einer Straßenlaterne war ein Motorrad geparkt! Mit etwas Glück hatte der Fahrer den Schlüssel stecken lassen. Er erreichte das Bike und wollte gerade nach dem Schlüssel suchen, als er die dicke Stahlkette entdeckte, mit der es an den Laternenpfahl gekettet war. Mist!

Der Glatzkopf war nur wenige Schritte entfernt.

»Finger weg von meiner Maschine!«

Adam blickte sich um. Am Wasser, neben einer riesigen Motorjacht, stand ein korpulenter Mann auf einem kleinen Bootssteg. Sein dünnes Haar war weiß und seine Haut braun gebrannt.

Er war gerade dabei, einen knallgelben Jetski anzubinden. »Verschwinde!«, rief er auf Französisch.

Adam tat das Gegenteil. Er sprang von der Hafenmauer auf den Jetski, entriss dem Mann das Halteseil und startete den Motor. Er drehte am Lenker und gab Gas, sodass sich ein Schwall Wasser auf den Mann ergoss. Der Jetski hatte ganz schön Kraft unter der Motorhaube und das Gefährt raste über die kleinen Wellen des Hafenbeckens. Adam sah sich um. Er hatte den Glatzkopf hinter sich gelassen. Erleichtert atmete er aus. Er lenkte aufs offene Meer zu.

Als er gerade das Hafenbecken verließ, hörte er ein lautes Knattern hinter sich. Er drehte sich um. Ein schwarzes Motorboot fuhr zwischen zwei vertäuten Jachten hindurch und nahm die Verfolgung auf. Hinter dem Steuerrad konnte er die Glatze des

Mörders erkennen, auf der sich das Licht des Mondes, der mittlerweile hoch am Himmel stand, spiegelte. Adam bog nach rechts und fuhr gen Westen an der Küste entlang. Das Motorboot war deutlich schneller als sein Jetski, und es holte mit jeder Sekunde auf. Hier auf dem offenen Meer waren die Wellen höher und ließen den Jetski immer wieder abheben und zurück ins Wasser klatschen. Er klammerte sich an den Lenker, um nicht das Gleichgewicht zu verlieren und in die Fluten zu fallen. Es sirrte, und links und rechts neben ihm spritzte das Wasser in kleinen Fontänen auf. Der Killer schoss auf ihn! Es war nur eine Frage der Zeit, bis er ihn treffen würde.

Adam hatte den nächsten Hafen erreicht. Dieser war deutlich größer als der vor seinem Hotel. Die *Lady of the Wind*, ein riesengroßes Kreuzfahrtschiff, lag dort an einem Pier vor Anker, und ihr Bug ragte vor ihm aus dem Wasser. Das Horn des Schiffes stieß ein lautes Hupen aus, das Adam durch Mark und Bein ging. Es war gerade dabei abzulegen. Die Hafenarbeiter machten die Seile von den Pollern los und warfen sie ins Wasser. Die Winden an Bord des Schiffes wickelten die dicken Kabel auf, und die seitlich ausgerichteten Propeller im Bug des Schiffes schoben es von der Kaimauer weg. Zwischen Schiff und Mauer entstand eine enge Passage. Adams Jetski war schmal genug, um durch die Lücke zu fahren, doch das Motorboot seines Verfolgers würde stecken bleiben. Adam dachte nicht lange nach, ihm blieb nur ein kurzes Zeitfenster. Er riss den Lenker herum und fuhr mit Höchstgeschwindigkeit in die Wassergasse. Wenige Zentimeter trennten ihn auf seiner Linken vom rauen Gestein des Piers und auf seiner Rechten vom glatten Stahl des Schiffs. Er warf einen Blick hinter sich. Das schwarze Motorboot hatte haltgemacht und lenkte nach rechts, an der Seeseite des Schiffs entlang. Adam hatte einen Vorsprung, doch das Motorboot war schneller. Außerdem blieb

Adam am Heck des Schiffes keine andere Wahl, als nach rechts zu drehen, direkt in die Arme seines Verfolgers. Aus der Vogelperspektive betrachtet, lieferten sich die beiden Wasserfahrzeuge ein Wettrennen an den Seiten des Schiffes entlang. Ein gelber Blitz links, in der Lücke zur Hafenmauer, und ein schwarzes Boot auf der rechten Seite. Adam erreichte das Heck zuerst. Er drehte den Lenker scharf herum, um hinter dem Schiff in das Hafenbecken einzubiegen, bevor das Motorboot ihm den Weg abschneiden konnte. Im selben Moment schaltete das Kreuzfahrtschiff auf *volle Fahrt voraus*. Die riesigen Schiffsschrauben, die dicht unter der Wasseroberfläche lagen, begannen, das Meer mit 60 Megawatt aufzuwühlen. Die Strömung bildete einen Wellenkamm, der Adams Jetski wie eine Rampe in die Luft beförderte. Das war sein Glück, denn anstatt mit dem Motorboot zu kollidieren, das nun hinter dem Schiff zum Vorschein kam, sprang der Jetski über das Boot hinweg und landete unsanft im Hafenbecken dahinter. Die Wucht des Aufpralls schleuderte Adam ins Wasser, doch er schaffte es, irgendwie eine Hand am Gefährt zu behalten. Er zog sich hoch, setzte sich auf den Sitz und gab wieder Gas, das Knattern des Motorboots im Nacken. Er saß in einer Sackgasse fest. Um ihn herum lagen Motorjachten an Landungsstegen, doch die einzige Ausfahrt wurde ihm durch das Motorboot abgeschnitten. Adam fuhr trotzdem los. Er ließ seinen Blick nach links und rechts schweifen, als er einen Schuss hörte und eine Kugel knapp an seinem Ohr vorbeisauste. Er duckte sich. Rechts von ihm führte eine Rampe zur Straße hinauf, über die man Boote zu Wasser lassen konnte. Adam fuhr nach rechts, holte alles aus dem Motor heraus und hielt direkt auf die Rampe zu. Der Jetski schlitterte mit einem Höllentempo die Rampe empor, flog einen hohen Bogen und landete direkt in einem Straßencafé. Es krachte und klirrte, und Adam fand sich auf dem Asphalt liegend wieder.

Glücklicherweise waren die meisten Tische unbesetzt gewesen, und der fliegende Jetski hatte nur Sachschaden angerichtet. Adam rappelte sich auf, gerade rechtzeitig, um den Glatzkopf zu entdecken, der das Motorboot längsseits an der Hafenmauer parkte. Er kletterte eine Sprossenleiter empor, die in das Gestein eingelassen war. Adam rannte los.

Ein Tourist in einer kurzen Hose und T-Shirt war gerade dabei, seine Vespa am Straßenrand abzustellen. Er nahm seinen Helm ab und wollte ihn an den Lenker hängen, als Adam auf den Sitz des Mofas sprang und Vollgas gab. Er ignorierte die empörten Rufe des Besitzers und bog auf die Hauptstraße ein. Im Rückspiegel der Vespa beobachtete er, wie sein Verfolger ein Handy aus der Tasche zog und eine Nummer wählte. Er wechselte ein paar Worte mit der Person am anderen Ende, dabei ließ er Adam nicht aus den Augen.

Dieser fuhr, so schnell es ging, die Straße zur Ortsausfahrt entlang. *So schnell es ging* war dabei eher ein Witz. Der mickrige Motor der Vespa war im Vergleich zu der Maschine, auf der er sich mit Jeremy das Rennen geliefert hatte, ein Kinderspielzeug. Außerdem klang sie wie ein Rasenmäher. Trotzdem war Adam dankbar, dass er überhaupt einen fahrbaren Untersatz hatte. Er ließ das Städtchen hinter sich und fuhr die Landstraße entlang, dabei sah er sich fortwährend nach einem Versteck um. Die Straße schlängelte sich hier jedoch an einem Berghang entlang. Links ging es steil bergab und rechts bergauf und so blieb ihm nichts anderes übrig, als weiter geradeaus zu fahren. Er fuhr in den Eingang eines Tunnels hinein. Die Neonröhren, die in regelmäßigen Abständen an der Decke hingen, flackerten rhythmisch auf, als er unter ihnen hindurchfuhr. Von hinten näherte sich ein Wagen. Adam machte an der linken Seite Platz, um ihn vorbeizulassen. Erst als die silbergraue Limousine neben ihn fuhr, sah er, wer auf dem Beifahrersitz saß. Es war der Glatzkopf, der ihn eiskalt angrinste. Adam saß in der Falle. Seelenruhig ließ der Mann die Fensterscheibe herunter, während die Vespa und die Limousine nebeneinander herfuhren. Adam konnte nicht an ihr vorbeiziehen, und wenn er abbremste, war er seinem Verfolger erst recht ausgeliefert. Der Glatzkopf zückte seine Pistole und legte an. In diesem Moment verließen beide Fahrzeuge den Tunnel. Kurz hinter dem Ausgang bog eine kleine Straße nach rechts ab. Adam bremste die Vespa abrupt ab, lenkte in die kleine Straße und gab wieder Vollgas. Der Fahrer des silbergrauen Wagens hatte nicht mit seinem plötzlichen Manöver gerechnet und hielt mit quietschenden Reifen an. Ein zweites Mal würde Adam nicht so leicht davonkommen. Er fand sich auf einer Brücke wieder. Unter ihm kamen Bahngleise aus einem Paralleltunnel, der neben dem Autotunnel entlangführte. Auf der anderen Seite der Brücke ging die Straße steil bergauf. Auf seiner Vespa würde er dort nur mit Schrittgeschwindigkeit vorankommen. Der Wagen seiner Verfolger hatte schon fast die Abzweigung zur Brücke erreicht, als in der Ferne ein Zug um die Ecke bog und direkt auf den Tunneleingang zufuhr. Der Wagen blieb stehen und die Beifahrertür öffnete sich. Adam dachte nicht nach. Er wusste, dass er nur eine einzige Chance hatte. Er stieg auf die Brüstung. Der Zug kam näher. Die Räder des Zuges erzeugten ein hohes, metallisches Rauschen auf den Gleisen, das mit jeder Sekunde an Intensität zunahm. Der Mörder seiner Eltern hob die Waffe. Im selben Moment ließ Adam sich fallen.

Ein dumpfer Schmerz in seiner Schulter. Fahrtwind, der ihm in den Ohren pfiff. Das Flackern der Tunnelbeleuchtung. Adam war hart auf dem Dach des Zuges aufgeknallt und hatte es irgendwie geschafft, nicht abzurutschen. Er klammerte sich an einem Kabel fest, das aus dem Stromabnehmer kam und im Dach des Zuges verschwand. Vorsichtig robbte er auf dem Dach entlang, bis er das Ende des Waggons erreichte, auf den er gefallen war. Er ließ sich in den Zwischenraum herab und betrat den Waggon durch eine Schiebetür. Er erntete einige gelangweilte Blicke der anderen Fahrgäste, doch niemand schien sich darüber zu wundern, wo er so plötzlich hergekommen war. Adam ließ sich auf einem Fensterplatz nieder und schloss die Augen. In Gedanken sah er immer wieder das Bild, das sich ihm geboten hatte, als er ins Hotel zurückgekehrt war. Seine Eltern in einer Blutlache auf dem Bett. War das wirklich passiert? Es wirkte wie ein böser Traum.

Sein Handy klingelte. Adam zog es aus der Tasche. Glücklicherweise hatte er in ein wasserdichtes und bruchsicheres Gehäuse investiert. Es war nicht das erste Mal, dass es ihn davor bewahrt hatte, sein Smartphone zu ersetzen. Adam blickte auf das Display. Unbekannte Nummer. Er hob ab.

»Adam, hier spricht dein Vater.«

Für einen Moment atmete Adam erleichtert auf. War es doch nur Einbildung gewesen? Hatten seine Eltern ihm einen aufwendigen Streich gespielt? Wenn er ganz ehrlich war, hätte er es verdient. Doch schon der nächste Satz holte ihn auf den Boden der Tatsachen zurück.

»Wenn du das hier hörst, ist etwas schiefgelaufen.«

4

Adam stand auf und setzte sich in die hinterste Ecke des Waggons, um in Ruhe den Worten seines Vaters zu lauschen. Draußen war es inzwischen stockdunkel geworden und nur die Straßenbeleuchtung und die Lichter der kleinen Dörfer flitzten vorbei. Adam hielt sich das Handy dicht ans Ohr, um die Stimme seines Vaters über das Rattern der Räder auf den Gleisen zu hören.

»Ich wünschte, ich könnte dir all diese Dinge persönlich erzählen, doch anscheinend hat mir das Schicksal einen Strich durch die Rechnung gemacht«, begann sein Vater. »Ich muss mich außerdem kurzfassen, denn wenn mir etwas zugestoßen ist, dann schwebst auch du in Lebensgefahr.«

Das hatte Adam bereits am eigenen Leib erfahren.

»Ich bin kein gewöhnlicher Mitarbeiter des Auswärtigen Amts, wie ich es immer vorgegeben habe. Das war nur eine Tarnidentität. In Wirklichkeit gehöre ich einer Geheimorganisation an, die dem Bundesnachrichtendienst unterstellt ist. Sie nennt sich Sektion Lambda. Wir beschäftigen uns damit, außergewöhnliche Bedrohungslagen zu untersuchen, sei es durch Terror, Spionage, kriminelle Banden oder Schurkenstaaten. Du würdest wahrscheinlich sagen: Papa ist ein Geheimagent, und damit würdest du gar nicht so falschliegen.«

Sein Vater lachte. Es zerschnitt Adam das Herz. Er konnte nicht glauben, dass der Mann am anderen Ende der Leitung, zu dem er sein Leben lang aufgeblickt hatte, nicht mehr da war.

»Dieser Job ist manchmal ganz schön hart, und es kann auch gefährlich werden. Deshalb habe ich dir diese Botschaft im Falle meines …«

Er stockte und Adam wusste, dass er das Wort *Ablebens* nicht aussprechen wollte.

»… für den Fall, dass ich unpässlich bin, aufgenommen. Du schwebst in Lebensgefahr, Adam. Wenn du mit heiler Haut aus der ganzen Sache rauskommen willst, dann hör jetzt genau zu. Vertraue niemandem. Das kann ich nicht genug betonen. Wenn mir etwas passiert ist, dann ist möglicherweise unsere ganze Organisation aufgeflogen, und das bedeutet, dass mich jemand verraten hat. Ich möchte, dass du Folgendes tust: Sobald du diese Nachricht vollständig angehört hast, will ich, dass du dein Handy wegwirfst. Nimm vorher die SIM-Karte heraus und zerstöre sie. Tue das Gleiche mit deiner Kreditkarte. Benutze sie auf keinen Fall. Ich habe in einem Schließfach am Wolfsbacher Bahnhof eine neue Identität für dich hinterlegt. Nummer 307. Geburtsurkunde, Reisepass, Personalausweis, Bargeld. Die Zahlenkombination kennst du. Nimm die neuen Ausweisdokumente an dich und präge dir die Namen und Daten gut ein. Adam Cassel gibt es ab jetzt nicht mehr. Falls du diese Nachricht im Ausland hörst, halte dich von großen Flughäfen und Bahnhöfen fern. Am besten trittst du die Rückreise mit Regionalzügen und Bussen an. Sobald du die Dokumente an dich genommen hast, verschwinde aus Wolfsbach. Versuch nicht, irgendetwas aus unserem Haus zu holen. Es wird mit großer Wahrscheinlichkeit überwacht. Baue dir ein neues Leben in einer anderen Ecke der Welt auf. Du bist intelligent, du hast Charme, du bist sprachbegabt. Nutze diese Eigenschaften, um neu anzufangen. Doch das Wichtigste ist Folgendes: Versuche auf keinen Fall herauszufinden, wer mich aus dem Verkehr gezogen hat, oder gar mich zu rächen. Die Leute, mit denen ich zu tun habe, sind gefährlich, skrupellos und gehen über Leichen. Wenn sie herausfinden, dass du am Leben bist, werden sie dich bis ans Ende der Welt jagen.«

Es dauerte einen Augenblick, bis Adams Vater fortfuhr.

»Bleibt mir nur, dir viel Glück zu wünschen. Ich hoffe nichts mehr, als dass du diese Nachricht niemals hören musst. Falls doch, bitte glaube mir, dass ich immer stolz auf dich gewesen bin. Du bist mein Ein und Alles. Mach's gut, mein Sohn.«

Sein Vater beendete die Nachricht. Sekundenlang saß Adam da und blickte fassungslos auf das Handy in seiner Hand. Seine Gedanken schwirrten wie aufgescheuchte Tauben in seinem Kopf herum. Spionage, neue Identität, falsche Ausweise, Geheimorganisationen. War das alles Wirklichkeit?

Der Zug hielt am Bahnhof einer kleinen Stadt. Ein Mann stieg ein. Er trug eine blaue Regenjacke. In der Hand hielt er einen Regenschirm und auf dem Rücken trug er einen großen Wanderrucksack. Er stellte sich in den Gang und blickte zu Adam hinüber. War es nur Zufall oder beobachtete der Mann ihn? Adam fiel wieder ein, was sein Vater gesagt hatte. Wirf dein Handy weg und traue niemandem. Er stand auf und öffnete die Schiebetür zum nächsten Waggon. Als er in dem Raum zwischen den Wagen stand, öffnete er sein Handy und nahm die SIM-Karte heraus. Er brach sie in zwei Teile und warf sie mitsamt dem Telefon aus der Tür des anfahrenden Zuges. Seine Kreditkarte flog in letzter Sekunde hinterher. Er blickte in seinen Geldbeutel und entdeckte, dass er genau fünf Euro und siebenundzwanzig Cent besaß. Es würde eine lange Reise nach Deutschland werden.

5

Adam schreckte hoch. Er musste eingenickt sein. Draußen herrschte immer noch pechschwarze Nacht. Der Zug, auf den er gesprungen war, fuhr in Richtung der italienischen Grenze. Hatten sie diese schon passiert? Noch nie in seinem Leben hatte Adam sich so verloren gefühlt. Er wusste nicht einmal mehr, in welchem Land er sich befand.

Er warf einen Blick auf seine Armbanduhr. Kurz vor Mitternacht. Wenn dieser Tag wie geplant verlaufen wäre, dann wäre er jetzt mit Jeremy auf dem *Sunscream*-Konzert. Sie würden jetzt wahrscheinlich die Zugabe hören und dann mit Jeremys Vater backstage feiern. Doch all das gehörte zu dem Leben, das er hinter sich gelassen hatte. *Du darfst niemandem vertrauen*, hatte sein Vater ihm eingeschärft. Er hatte eh keine Familienmitglieder, zu denen er Kontakt aufnehmen konnte. Seine Eltern waren beide Einzelkinder gewesen. Er besaß nur einen Großonkel, der irgendwo in Frankreich in einem Seniorenheim wohnte, doch zu ihm hatte er nie richtig Kontakt gehabt. Und Freunde? Konnte er Jeremy vertrauen? War er vielleicht in die ganze Sache verwickelt? Was wusste er eigentlich über ihn? Sie hatten sich vor ein paar Jahren an einem Hotelpool kennengelernt. Erst jetzt fiel Adam auf, dass er eigentlich nie ein normales Gespräch mit Jeremy geführt hatte. Von Anfang an hatten die beiden Jungs immer nur versucht, sich gegenseitig mit Angebereien zu übertrumpfen. Jeremy hatte von Welttourneen und Flügen in Privatjets erzählt, und Adam hatte im Gegenzug mit einer Liste der Luxushotels geprahlt, die er mit seinen Eltern im Laufe seiner Jugend besucht hatte. Außerdem hatte er gerne mit den Eskapaden angegeben, die ihn schon öfter mit der Polizei in Kontakt gebracht hatten. Doch mit seinem Freifahrtschein war er immer ohne Konsequenzen davongekommen. Konnte er Jeremy überhaupt als *Freund* bezeichnen? Was genau machte eine Freundschaft eigentlich aus? Ging es wirklich nur darum, sich gegenseitig zu beeindrucken? Je länger er nachgrübelte, desto mehr wurde Adam bewusst, dass er eigentlich gar keine richtigen Freunde hatte. Klar, in der Schule blickten die meisten zu ihm auf. Er war ständig in den coolsten Weltmetropolen unterwegs und konnte sich in fünf Sprachen verständigen. Seine Youtube- und Instagramkanäle hatten Tausende Zuschauer, und ein Date für einen Kinobesuch zu bekommen, war für ihn ein Kinderspiel. Doch jetzt, wo er seine Identität verloren hatte und er nicht mehr der coole Adam Cassel war, bemerkte er erst, dass es in seinem Leben niemanden gab, dem er wirklich vertrauen konnte. Oder vielleicht doch? Es gab eine einzige Person, die ihn so mochte, wie er war, ohne dass er sie mit seinem ausschweifenden Lebensstil beeindrucken musste.

Das Quietschen der Bremsen riss ihn aus seinen Gedanken. Er blickte aus dem Fenster. *Genova* stand auf dem blauen Schild des Bahnhofs. Zu dieser Uhrzeit waren die Bahnsteige fast ausgestorben, nur ein Pärchen mit großen Rucksäcken auf dem Rücken betrat den Zug. Doch kurz bevor sich die Türen wieder schlossen, stiegen zwei Polizisten an der hinteren Eingangstür ein. Adam, der natürlich keinen Fahrschein besaß, reagierte in letzter Sekunde, sprang auf und zwängte sich gerade noch durch die sich schließende Tür. Der Zug setzte sich in Bewegung und war kurz darauf um die nächste Biegung verschwunden. Adam blickte nach links und rechts. Er war allein auf dem leeren Bahnsteig. Für einen Moment überkam ihn völlige Mutlosigkeit. Er fühlte sich verloren. Ohne Familie, ohne Freunde, ohne ein Lebensziel. Er schloss die Augen.

»Du wirst damit fertig«, sagte er zu sich selbst. »Einen Schritt nach dem anderen.«

Sein Magen knurrte. Auch das noch.

»Erster Schritt, etwas zu essen auftreiben.«

Adam kramte seinen Geldbeutel hervor. Ein zerfledderter Fünfeuroschein und ein paar Münzen. Das war wenigstens ein Anfang. Er lief zu einem Automaten, der Schokoriegel, Chips und Coladosen anbot. Adam schob den Geldschein in das Lesegerät, doch er war so zerknittert, dass der Automat ihn wieder und wieder ausspuckte. Adam verlor die Fassung. Er trat, so fest er konnte, gegen den Automaten. »Friss den Schein endlich!«, schrie er.

Zu seiner Verwunderung zeigte sein Ausbruch Wirkung. Mit einem Sirren zog der Automat den Geldschein ein. Adam drückte die Zahlenkombination für einen Schokoriegel, der vor einer Metallspirale steckte. Die Spirale begann sich zu drehen und der Schokoriegel bewegte sich vorwärts. Doch anstatt in das Ausgabefach zu fallen, kippte der Schokoriegel nach vorn und blieb an der Glasscheibe hängen. Adam wusste nicht, ob er lachen oder weinen sollte. Er entschied sich für Lachen.

»Haha! Das gibt's nicht! Du Mistding!«

Mit einem letzten Schubser ließ er den Automaten hinter sich. Wo sollte er jetzt etwas zu essen herbekommen? Ein Wassertropfen landete auf seiner Nase. Er blickte nach oben, und wie auf Kommando begann es, in Strömen zu regnen. Adam lief die Treppenstufen zu dem Tunnel hinab, der vom Bahnsteig zum Vorplatz des Bahnhofs führte. Bei dem Bahnhofsgebäude handelte es sich um einen palastartigen Bau mit einer riesigen Uhr in der großen Halle. Adam trat nach draußen, überquerte den Busparkplatz und die Hauptstraße, die am Bahnhof vorbeiführte, und durchquerte einen Park auf der gegenüberliegenden Straßenseite. Das Schild eines Fast-Food-Restaurants leuchtete an einem Gebäude in einer Seitenstraße. Adam hielt darauf zu. Er hatte zwar kein Geld mehr, aber er musste wenigstens versuchen, an etwas Essbares zu kommen.

Adam betrat das grell erleuchtete Restaurant. An der Theke stand eine junge Frau in einer Uniform. Sollte er sie um ein paar Pommes anbetteln? Nein, das war nicht seine Art. Er würde es mit Charme und Selbstvertrauen versuchen.

Er ging auf die junge Frau zu und blickte auf das Menü, das über der Theke angebracht war. In passablem Italienisch sagte er: »Ich hätte gerne das Menü mit dem doppelten Cheeseburger und einer großen Pommes. Und eine große Cola light nehme ich auch noch. Ist schließlich Samstagabend.« Er zwinkerte der Frau flirtend zu, und sie quittierte es mit einem Lächeln. Sie tippte seine Bestellung in den Computer und stellte einen Becher unter den Getränkeautomaten. »Das macht sieben Euro siebensechzig«, sagte sie.

Wie selbstverständlich zog Adam seinen Geldbeutel aus der Hosentasche und öffnete ihn. Mit perfekt gespielter Verwirrung kramte er darin herum.

»Das kann doch nicht … ich hatte doch eben noch einen Hunderter … Mist, der Typ am Bahnhof hat mir falsch rausgegeben.«

Er sah die junge Frau an. An ihrer Brusttasche steckte ein Namensschild: *Bianca.*

»Das tut mir jetzt echt leid, Bianca. Als ich mein Ticket gekauft habe, hat mir der Kassierer falsch rausgegeben. Können wir das irgendwie anders regeln?«

Biancas Lächeln gefror. »Anders regeln?«, fragte sie skeptisch.

»Wie wäre es, wenn ich dir das Geld schicke, wenn ich wieder in Deutschland bin. Du kannst mir echt vertrauen. Können diese Augen lügen?« Er setzte sein charmantestes Lächeln auf, doch Bianca zeigte ihm die kalte Schulter.

»Sehe ich aus wie eine Bank?«, sagte sie. »Um die Ecke ist ein Geldautomat.«

Adam warf einen Blick auf seine Uhr. »Ich muss meinen Zug erwischen. Wenn ich jetzt zur Bank gehe, schaffe ich das nicht mehr.«

Bianca sah ihn unbeeindruckt an. Dann deutete sie auf seine Armbanduhr. »Ist das eine Taucheruhr?«

»Wasserdicht bis dreihundert Meter.«

»Okay. Die Uhr für das Essen.«

Adam war fassungslos. »Die Uhr hat vierhundert Euro gekostet.«

Ohne eine Miene zu verziehen, holte Bianca eine Gutscheinkarte unter der Theke hervor und legte sie auf das Tablett mit Adams Bestellung.

»Der Gutschein ist 50 Euro wert«, sagte sie in ihrem besten Verkäufertonfall. »Einlösbar in fünfhundert Filialen in ganz Europa.«

Sie grinste ihn an. Sollte er warten, bis irgendwo ein Pfandleihhaus öffnete? Nein, er musste so schnell wie möglich nach Wolfsbach gelangen. Da er den Zug auf keinen Fall verpassen wollte, hatte Adam keine Wahl. Mürrisch nahm er seine Taucheruhr vom Handgelenk und legte sie auf den Tresen. Bianca nahm sie dankend an. Er lief mit seinem Tablett zu einem Ecktisch, setzte sich und schlang den Burger und die Pommes herunter. Dann nahm er den Colabecher und verließ das Restaurant. Auf dem Weg zum Ausgang blickte er zu Bianca hinüber. Sie winkte ihm freundlich zu. An ihrem Handgelenk prangte Adams Uhr.

Wenigstens hatte es aufgehört zu regnen. Zurück auf dem

Bahnsteig ging er zu dem beleuchteten Kasten, in dem die Fahrpläne der Züge aushingen. Er hatte Glück, in zehn Minuten fuhr ein Zug in Richtung Deutschland ab. Am anderen Ende des Bahnsteigs stand ein hagerer Mann, der in einen langen Mantel gekleidet war. Irgendetwas an ihm gefiel Adam nicht. Er schien fast *zu* unauffällig dazustehen. Adam beschloss, im Hauptgebäude des Bahnhofs auf den Zug zu warten. Dort war er besser vor den Blicken anderer geschützt. Er öffnete die Tür und betrat das Gebäude. Die Wände und der Boden bestanden aus Marmor, und seine Schritte hallten von den Wänden wider, als er durch die Schalterhalle lief. Über dem Haupteingang war eine Tafel angebracht, auf der die ankommenden und abfahrenden Züge aufgelistet waren. Daneben befand sich ein Wartesaal. Adam öffnete die Holztür und ging hinein. Die Holzbänke, die in drei Reihen standen, waren leer. Adam setzte sich auf den Platz, der am weitesten von den Fenstern und der Tür entfernt war, und versuchte die Augen aufzuhalten. Wellen von Müdigkeit drohten ihn zu übermannen, und er wollte auf keinen Fall einschlafen. Sein Blick wanderte zu dem Fernseher, der an der gegenüberliegenden Wand angebracht war. Er war auf einen italienischen Kanal geschaltet, der rund um die Uhr Nachrichten sendete.

Mit einem Mal war er hellwach.

Zwei Fotos erschienen auf dem Bildschirm. Sie zeigten seinen Vater und seine Mutter. Darunter die Schlagzeile auf einem knalligen roten Hintergrund: *Eilmeldung: Feuertod in Monte Carlo.*

Unglücklicherweise war der Fernseher auf stumm geschaltet, und so konnte er sich nur anhand der Kamerabilder zusammenreimen, was angeblich geschehen war. Das Hotelzimmer seiner Eltern war vollständig ausgebrannt und drei Leichen waren geborgen worden. Die seiner Eltern und … *seine eigene*? Wie war das möglich? Er war doch noch am Leben. Außerdem wurden die

Schusswunden seiner Eltern und Adams Verfolgungsjagd mit keinem Wort erwähnt. Was wurde hier gespielt?

Das Rattern eines einfahrenden Zuges riss ihn aus seinen Gedanken. Mist, das war die Bahn nach Deutschland! Er rannte zur Holztür, riss sie auf und lief durch die Bahnhofshalle. Als er durch die Tür ins Freie gelangte, gellte der Pfiff des Schaffners schon durch die Nacht. Adam nahm seine gesamte Kraft zusammen und sprintete die letzten Meter. Der Zug hatte schon an Fahrt aufgenommen, als Adam auf die Treppenstufe eines Großraumwaggons sprang und die Tür aufzog. Er hatte Glück, dass es ein alter Zug war und die Türen sich noch manuell öffnen ließen. Sein Puls raste. Er betrat den Wagen und setzte sich auf den erstbesten freien Sitz. Adam blickte aus dem Fenster. Sein Herzschlag beruhigte sich. Diesmal versuchte er vergeblich, die Augen offen zu halten: Das sanfte Beben des Zuges und die Lichter, die draußen vorbeihuschten, hatten eine einschläfernde Wirkung auf ihn. Bald darauf war er eingenickt.

6

»*Un biglietto, per favore.*«

Adam schreckte hoch und blickte in das Gesicht des Schaffners, der ihn unsanft an der Schulter gerüttelt hatte.

»Ihren Fahrschein, bitte«, wiederholte er auf Deutsch. Adam benötigte einen Augenblick, um sich ins Gedächtnis zu rufen, wo er war. Er saß in der Falle. Natürlich hatte er keinen Fahrschein, und der Zug fuhr mit 150 km/h durch die norditalienische Landschaft, sodass eine Flucht undenkbar war. Er versuchte es wieder mal mit Charme und gespielter Unschuld. »Natürlich! Wo habe ich ihn denn?«

Er kramte seinen Geldbeutel hervor und öffnete ihn. Mit dem Zeigefinger suchte er zwischen den Kassenzetteln, Kinotickets und Mitgliedskarten, die sich über die Jahre in seiner Brieftasche angehäuft hatten.

»Das ist aber merkwürdig. Ich könnte schwören, dass ich ihn vorhin noch hier drin gesehen habe.«

Der Blick des Schaffners verdüsterte sich. Auch hier stieß Adams aufgesetzt heitere Art auf Granit. Er steckte die Hand in seine Hosentaschen und durchsuchte sie. Das Einzige, was er zu Tage führte, waren einige Fusseln.

»Also, das ist doch wie verhext.«

Langsam hob der Schaffner den Zeigefinger einer Hand und krümmte ihn, was unmissverständlich *mitkommen* bedeutete. Adam war geliefert. Er konnte weder flüchten noch sich herausreden. Wenn der Schaffner ihn der Polizei übergab und die seine Personalien aufnahmen, dann drohten ihm sicher unangenehme Fragen. Zum Beispiel warum er immer noch am Leben war, wenn seine verkohlte Leiche in einem Hotelzimmer in Monte Carlo lag. Die Leute, die seine Eltern auf dem Gewissen hatten, würden sicher Wind davon kriegen und den Glatzkopf schicken, um den Job zu beenden. Oder die Polizei würde ihn für den Tod an seinen Eltern verantwortlich machen. All diese Gedanken rasten durch Adams Kopf, als er aufstand, um dem Schaffner zu folgen. Doch weit kam er nicht.

»Entschuldigung!«

Adam und der Schaffner drehten sich um. Adam zuckte unwillkürlich zusammen, als er den hageren Mann entdeckte, der ihm schon auf dem Bahnsteig von Genua verdächtig vorgekommen war.

»Ich habe das Ticket hier auf dem Boden gefunden. Kann es sein, dass es dir gehört?« Der Mann grinste ihn freundlich an. In der Hand hielt er ein Zugticket. Sollte Adam das Ticket annehmen? Die Worte seines Vaters schossen ihm durch den Kopf: *Vertraue niemandem.* Doch was konnte er sonst tun? In diesem Moment ging ein Ruck durch den Zug, und die Geschwindigkeit verringerte sich.

»Nächster Halt, Mailand Hauptbahnhof«, klang es auf Italienisch aus den Lautsprechern.

Kurz entschlossen griff Adam nach dem Ticket und grinste den Mann an.

»Vielen Dank!«, sagte er. »Das muss mir aus der Tasche gefallen sein, als ich mich hingesetzt habe.«

Er hielt dem Schaffner den Fahrschein hin und hob eine Augenbraue. Der Schaffner blickte von Adam zu dem hageren Mann. Irgendetwas war hier faul. Mürrisch griff er nach dem Ticket und entwertete es mit seiner Lochzange. Er warf den beiden einen letzten, herablassenden Blick zu und ging dann zur nächsten Sitzreihe, wo er der wartenden Dame ein äußerst missgelauntes »*Un biglietto, per favore*« entgegenbellte.

Adam wandte sich dem Mann zu. »Danke«, sagte er und musterte ihn. Er hatte graues, schütteres Haar und dunkle Ringe unter den Augen. Irgendetwas an seinem Blick erweckte bei Adam den Eindruck, dass diesem Mann nichts entging. Seine Augen schienen ständig hin und her zu zucken, als würden sie die Umgebung genau absuchen. Er war Adam ein bisschen unheimlich.

»Können wir uns kurz unterhalten?«, fragte der Mann. Er deutete auf den Sitz, von dem Adam aufgestanden war.

»Natürlich«, sagte Adam. »Ich muss nur kurz zur Toilette.«

Der Mann nickte. Adam ging an ihm vorbei und spürte förmlich die suchenden Augen des Mannes in seinem Nacken. Er ging durch die Schiebetür und betrat den engen Korridor, der zum nächsten Waggon führte. Der Zug wurde immer langsamer, und durch das Fenster konnte Adam den Bahnsteig des Mailänder Bahnhofs sehen. Er betrat die Toilette. Dort wartete er, bis der Zug völlig zum Stehen gekommen war. Dann verließ er sie, genau in dem Moment, als sich die Außentür des Zuges öffnete. Er lief darauf zu. Ein älterer Herr war gerade dabei, seinen riesigen Koffer in den Waggon zu hieven. Adam taumelte unsanft an ihm vorbei und fiel der Länge nach auf den Bahnsteig. Unter einer wüsten Schimpftirade des Mannes rappelte er sich auf.

»Hey, warte!« Der hagere Mann war ans Fenster gerannt. »Ich will doch nur mit dir reden!«

Adam hörte nicht auf ihn. Er rannte, so schnell er konnte, den Bahnsteig entlang und hörte noch, wie der Mann mit dem Koffer erneut schimpfte, als der hagere Mann sich wohl auch unsanft an ihm vorbeizwängte.

Die Wartehalle war ziemlich leer. Adam lief an einem Blumenladen vorbei, schlug einen Haken nach links und hastete eine Treppe hinab, die ins Untergeschoss führte. Er durchquerte dieses, nahm die nächste Treppe wieder nach oben und fand sich auf dem Vorplatz des Bahnhofs wieder. In der Mitte der Hauptstraße, die am Bahnhof vorbeiführte, hielt gerade eine Trambahn und ließ Passagiere ein- und aussteigen. Die Fußgängerampel war rot, doch Adam lief trotzdem über die Straße, was ihm ein Hupkonzert der heranfahrenden Autos einbrachte. Die Tür der Bahn schloss sich gerade, doch Adam zwängte sich trotzdem hindurch, sodass er fast eingeklemmt wurde. Mit einem Kopfschütteln öffnete der Trambahnfahrer die Tür erneut, und Adam lief geduckt den Gang hinunter. Er setzte sich an einen freien Platz und lugte durchs Fenster. Als die Trambahn gerade an Fahrt aufnahm, kam der hagere Mann japsend die Treppe hinaufgestürmt. Er drehte sich nach links und rechts und suchte den Vorplatz ab, doch Adam war nirgends zu sehen. Kopfschüttelnd zog er sein Handy aus der Tasche. Adam atmete auf. Er war entkommen.

Er fuhr mit der Tram bis zur Endhaltestelle. Er hatte Glück, denn diesmal wollte niemand seinen Fahrschein sehen. Im Norden der Stadt stieg er aus und überlegte sich, was er als Nächstes tun sollte. Die Frage wurde von seinem Magen beantwortet, der wie ein Wolfsrudel knurrte. Zum Glück besaß Adam noch die Gutscheinkarte, die ihm die Verkäuferin in dem Fast-Food-Laden in Genua so *freundlich* überlassen hatte. Zwei Straßen weiter entdeckte er eine Filiale der Restaurantkette, deren Leuchtreklame nicht zu übersehen war, und betrat diese. Er bestellte einen Cheeseburger mit Pommes. Sein Blick fiel auf ein Kindermenü, das als Geschenk einen Satz Wachsmalstifte enthielt. Adam lächelte die Dame an, die ihn bediente. Sie war Mitte vierzig und hatte ein freundliches Gesicht.

»Ihr habt nicht zufällig noch einen Satz Wachsmalkreiden übrig?«, fragte Adam sie. »Mein kleiner Neffe würde sich so sehr darüber freuen.«

Diesmal klappte es mit seinem Charme. Die Dame griff unter die Theke und legte ihm eine bunte Pappschachtel aufs Tablett, die mit kindischen Cartoonfiguren verziert war. Adam bedankte sich und setzte sich an einen der freien Tische. Er begann, den Cheeseburger zu essen, und öffnete die Pappschachtel. Darin befanden sich, in Plastik eingeschweißt, die Wachsmalstifte.

Zehn Minuten später verließ er das Restaurant. Nebenan gab es eine Tankstelle, auf die er jetzt zusteuerte. Die Tankstelle befand sich an einer großen Kreuzung, kurz vor der Autobahnauffahrt in Richtung Deutschland. Da er vom Zugfahren erst mal genug hatte und der Flughafen viel zu riskant war, hatte Adam beschlossen, den Rest der Reise per Anhalter hinter sich zu bringen. Er war davon überzeugt, dass die Tankstelle hierfür der ideale Ort war, denn die Autos, die nach Deutschland unterwegs waren, mussten vor der langen Fahrt sicher auftanken. Er näherte sich dem Tankstellenshop. In einem Mülleimer an der Rückseite fand er, was er suchte: einen alten Karton, in dem Ölflaschen transportiert worden waren. Er riss ein großes Stück des Kartons ab und nahm die Wachsmalstifte aus seiner Hosentasche. Mit diesen malte er eine große Deutschlandflagge auf die Pappe. Darunter schrieb er in schwarzer Farbe *Germany*. Mit seinem neuen Pappschild bewaffnet stellte er sich an die Ausfahrt der Tankstelle und hielt seinen Daumen in die Luft.

X

Zwei Stunden später stand er immer noch da. Es hatte erneut zu regnen begonnen, und Adam fröstelte. In den ersten Minuten hatte er noch Hoffnung gehabt, dass ihn bald jemand mitnehmen würde. Mehrere Autos mit deutschen Kennzeichen hatten getankt und waren dann losgefahren, doch obwohl Adam sein freundlichstes Lächeln aufgesetzt hatte, waren sie einfach an ihm vorbeigefahren. Während er dastand und den Autos dabei zusah, wie sie auf die Autobahn fuhren, waren seine Gedanken immer wieder zu seinen Eltern gedriftet. Die letzten zwölf Stunden hatte er so sehr unter Adrenalin gestanden, dass er keinen klaren Gedanken fassen konnte. Doch jetzt, wo er an dieser Tankstelle festsaß und der Wind ihm den Regen in die Augen blies, kam wieder das Bild seiner Eltern in ihm hoch, wie sie in einer Blutlache auf dem Hotelbett lagen. Erst jetzt wurde ihm richtig klar, dass er keine Familie mehr hatte. Er war Waise. Die Erkenntnis kam so plötzlich, dass er kaum merkte, wie sich seine Tränen mit dem Regen mischten, der an seinem Gesicht hinablief. Er setzte sich auf die niedrige Mauer, die an der Ausfahrt der Tankstelle entlangführte, und überließ sich ganz der Trauer, die sich wie Beton in seinem Körper anfühlte. Er wollte aufgeben, zur Polizei gehen und sich stellen, alles, nur nicht hier im Regen sitzen und sich so elend fühlen wie noch nie in seinem Leben. Doch etwas glomm in seinem Herzen auf, ein Funke Wärme, eine Flamme aus Zorn. Nein, er würde nicht aufgeben. Er stand auf, kletterte auf die Mauer, blickte in den wolkenverhangenen Himmel und stieß einen lauten Schrei aus. Er hatte das Gesicht des Glatzkopfs vor Augen, den kalten Blick, das hämische Grinsen des Mannes, der seine Eltern auf dem Gewissen hatte.

Er ballte beide Hände zur Faust und schrie erneut, so laut er konnte: »ICH KRIEGE DICH!«

»Germania?«, fragte eine Stimme.

Adam blickte verdutzt nach vorn. Ein Kleinbus war neben ihm zum Stehen gekommen, und der Fahrer hatte das Fenster heruntergekurbelt. Er war um die zwanzig, hatte einen Bart und einen Pferdeschwanz und trug eine Brille mit kreisrunden Gläsern auf der Nase. Auf den hinteren Bänken des Busses saßen zwei Frauen und ein weiterer Mann, alle etwa im selben Alter. Plötzlich war Adam sein Ausbruch ein bisschen peinlich. Er senkte die Hände, kletterte von der Mauer hinab und ging zum Fenster des Busses.

»Habt ihr noch Platz?«, fragte er auf Italienisch.

»Wo willst du hin?«, fragte der Fahrer in ziemlich gutem Deutsch.

»Wolfsbach«, sagte Adam.

»Wir können dich bis München mitnehmen.«

»Super!«

Adam stieg ein, und der Bus fuhr los.

7

WOLFSBACH, DEUTSCHLAND

Endlich hatte Adam ein wenig Glück auf seiner Flucht, denn Cesare, der Fahrer, und seine Passagiere Giovanna, Francesca und Dino, erwiesen sich als äußerst angenehme Reisebegleiter. Cesare spielte italienische Rockmusik über die Lautsprecher, und die anderen sangen lauthals mit. Sie brachten Adam die Texte bei, sodass auch er nach kurzer Zeit mitgrölen konnte.

Kurz vor der österreichischen Grenze legten sie eine Pause ein, und Adam spendierte den anderen das Mittagessen als Dank fürs Mitnehmen. Er brauchte dazu das restliche Guthaben seiner Fast-Food-Karte auf. Bei Pommes und Burgern, die Adam langsam wirklich satthatte, fragten sie ihn danach aus, wie er an einer Mailänder Tankstelle gestrandet war. Adam hatte seine Wartezeit dafür genutzt, sich eine Geschichte zurechtzulegen. Er gab vor, zum Auswärtsspiel seines Fußballvereins angereist zu sein. Dabei hatte er sein Zugticket im Stadion verloren. Beim Thema Fußball waren die Italiener sofort in ihrem Element, und sie diskutierten lang und breit, wie die Chancen der einzelnen Teams standen, die Championsleague zu gewinnen. Sie bohrten nicht weiter nach, wo Adam hergekommen war, was ihm nur recht war. Kurze Zeit später fuhren sie weiter.

Am Abend kamen sie in München an. Zum Abschied legten die vier Mitfahrer zusammen und schenkten Adam das Geld für das Zugticket zurück nach Wolfsbach. Adam bedankte sich und schwor den Italienern, ihnen das Geld zu schicken, sobald er zu Hause angekommen war. Er mied den Hauptbahnhof und stieg am Ostbahnhof in den Zug nach Wolfsbach ein. Zwei Stunden später war er in dem kleinen Ort angekommen. Er stieg aus und ließ seinen Blick über den Bahnsteig schweifen. Eine Familie lief in Richtung Ausgang, doch sonst war niemand zu sehen. Adam kam sich merkwürdig vor. Er hatte sein ganzes Leben in dem kleinen Ort gewohnt, doch jetzt fühlte er sich wie ein Fremder. Er lief zu der kleinen Bahnhofshalle und trat durch die Schwingtür. Neben einem Warteraum befanden sich zwei Reihen mit Schließfächern. Adam suchte das Fach mit der Nummer 307. Es war mit einem dicken Schloss versehen, auf dem man per Drehrad Zahlen eingeben konnte. Was hatte sein Vater gesagt? *Die Kombination kennst du.* Was hatte er damit gemeint? Zuerst probierte er die Geburtsdaten seiner Familie durch, doch im Grunde wusste er, dass sein Vater nie so unvorsichtig gewesen wäre, einen Zahlencode zu wählen, der so leicht zu erraten war. Adam überlegte. Es musste eine Kombination sein, von der sein Vater sicher war, dass Adam sie auswendig kannte. Schließlich fiel es ihm ein. Als Adam noch ein kleiner Junge war, hatten sie zusammen in einer Wohnung in München gelebt. Da Adam noch kein Handy besessen hatte, hatte er die Festnetznummer auswendig gelernt und musste sie seinen Eltern immer wieder aufsagen, damit sie sicher sein konnten, dass er sie nicht vergaß. Er probierte die Nummer aus. Mit einem Klicken öffnete sich das Schloss. Im Inneren lag ein weißer Umschlag. Adam zog ihn heraus. Am anderen Ende der Halle ging die Tür auf, und ein Mann betrat das Gebäude. Er ging zu dem Fahrplan, der in einem beleuchteten Kasten angebracht war. Er trug eine Baseballkappe und einen Dreitagebart. Mit einer Hand kratzte er sich am Kinn, während er die Ankunftszeiten der

Züge studierte. Adam schloss das Schließfach und bemerkte, dass der Mann zu ihm hinüberblickte. Das Ganze war ihm nicht geheuer. Adam nahm den Umschlag und verschwand in entgegengesetzter Richtung. Durch die Hintertür gelangte er ins Freie. Jetzt begann er zu rennen. Seine Verfolger hatten seine Spur in Mailand verloren, doch er konnte sich sicher sein, dass sie in Wolfsbach auf ihn warteten. Er musste das Dorf meiden. Auf der anderen Seite der Gleise grenzte ein Waldstück an den Bahnhof. Hier hatte Adam ganze Sommernachmittage verbracht, war auf Bäume geklettert und mit dem Mountainbike über Wurzeln und Erdhügel gesprungen. Er kannte jeden Pfad und jeden Baum wie seine Westentasche. Er blickte nach links und nach rechts, um sicherzustellen, dass kein Zug kam, und rannte dann über die Bahntrassen und in den Wald hinein. Er lief einen Schleichpfad entlang, der zu einer versteckten Lichtung führte. Dort wuchs eine alte Eiche, die sich hervorragend zum Klettern eignete. Hier hatte er als Kind oft Superheld gespielt, war in die Krone des alten Baums geklettert und hatte mit einem Ast als Waffe auf imaginäre Bösewichte geschossen. Es war über fünf Jahre her, dass er den Wald betreten hatte, und er war erleichtert, den alten Baum an derselben Stelle wiederzufinden, als wäre er ein alter Spielkamerad, der dort nur auf ihn gewartet hätte. Adam schwang sich auf den untersten Ast und zog sich zu einer dicken Astgabel hoch, auf der er mit dem Rücken zum Stamm sitzen konnte. Gerade wollte er den Umschlag öffnen, als es im Gebüsch unter ihm raschelte. Adam hielt die Luft an. Für einen Moment war es still. Nur die leisen Geräusche des Waldes waren zu hören. Das Knacken der Äste. Der Wind, der durch die Blätter blies. Ein Vogel, der in einer Baumkrone saß und vor sich hin zwitscherte. Adam dachte schon, dass er sich geirrt hatte, doch dann trat der Mann mit der Baseballkappe aus dem Unterholz und blickte sich um. Er horchte in die Stille hinein. Adam erschrak. Der Mann hatte eine Pistole gezückt. Er versuchte, das Dickicht mit seinen Augen zu durchdringen. Ein Blick nach oben, und Adam war geliefert.

Irgendwo zwischen den Bäumen knackte es. Der Mann drehte sich in die Richtung, aus der das Geräusch gekommen war. Im nächsten Moment war er im Unterholz verschwunden. Es war also todernst. Diese Männer hatten vor, ihn kaltzumachen.

Adam öffnete den Umschlag. Zum Vorschein kamen Bargeld, ein Smartphone mit SIM-Karte, ein Reisepass, ein Personalausweis und eine Geburtsurkunde, ganz wie Adams Vater es in seiner Nachricht beschrieben hatte. Er öffnete den Pass. Neben seinem Foto stand sein Codename: Jonas Brandt. Adam Cassel gab es nicht mehr. Sein Name, das Einzige, was ihn noch mit seinen Eltern verband, war ausgelöscht. Er fühlte sich wie ein Verräter. Für einen Moment spielte Adam mit dem Gedanken, den Pass, den Ausweis und die Geburtsurkunde zu verbrennen, doch er wusste, dass er die Papiere brauchen würde. Jetzt, wo er offiziell für tot erklärt worden war, war seine alte Identität nutzlos. Adam schwor sich, dass er seine Eltern nicht nur rächen würde, sondern auch alles daransetzen würde, ihren Namen wieder anzunehmen. Er war Adam Cassel, jetzt und für immer. Doch allein würde er es nicht schaffen, die Mörder seiner Eltern zu stellen. Er brauchte Hilfe. Jemand, dem er mit seinem Leben vertrauen konnte. Für Adam kam nur eine einzige Person infrage.

8

Adam duckte sich hinter die Hecke des kleinen Vorgartens und spähte zu dem Haus hinüber, das zwischen Apfelbäumen am Rand von Wolfsbach stand. Im Wohnzimmer konnte er das blaue Flackern eines Fernsehers sehen. Im Obergeschoss brannte in einem einzigen Fenster Licht. Adam hob einen winzigen Kieselstein auf und warf ihn an die Scheibe des Fensters. Nichts geschah. Er warf einen zweiten Stein hinterher, und als er zum dritten Wurf ansetzen wollte, hörte er, wie jemand das Fenster von innen öffnete. Der Kopf eines Mädchens erschien. Sie hatte braune Augen und lange schwarze Haare, die zu einem Pferdeschwanz gebunden waren. Adam stand auf und winkte.

»Yasemin, hier unten!«

»Adam?«, flüsterte das Mädchen.

Adam kletterte auf den Apfelbaum, der vor dem Haus stand, und robbte an einem Ast entlang, bis er das Fenster erreicht hatte. Das Mädchen half ihm hinein.

»Spinnst du?«, raunte sie. »Weißt du, wie spät es ist? Was meinst du, was meine Eltern sagen, wenn sie dich so spät noch in meinem Zimmer finden? Wie siehst du eigentlich aus? Deine Klamotten sind ja völlig verdreckt. Und riechen tust du auch nicht gerade wie ein Rosenbeet.«

»Wie wär's mit: Hallo, Adam, freut mich, dass du nicht tot bist.«

»Tot? Was faselst du denn da?«

Anstatt zu antworten, ging Adam zu Yasemins Schreibtisch.

Dort stand ihr Laptop, auf dem sie gerade Hausaufgaben machte. Adam öffnete ein Browserfenster und tippte den Namen seines Vaters in die Suchmaschine. Der erste Treffer war eine Nachrichtenmeldung mit mehreren Fotos. Darüber stand in großen roten Buchstaben die Überschrift: *Dreifachmord in Monte Carlo.* Er drehte den Laptop zu Yasemin hin. Sie schlug die Hand vor den Mund.

»Oh mein Gott!«, rief sie. »Deine Eltern sind …?«

Adam nickte bloß. Yasemin kamen die Tränen.

»Das kann ich nicht glauben. Was ist passiert? Setz dich erst mal. Du musst mir das alles genau erzählen.«

Adam setzte sich auf den Stuhl, der an Yasemins Schreibtisch stand, und begann, die ganze Geschichte von vorn zu erzählen. Als er zu der Stelle kam, an der er seine Eltern im Hotelzimmer gefunden hatte, saß ihm plötzlich ein Kloß im Hals. Erst jetzt, als er die Ereignisse der letzten 24 Stunden jemand anderem schilderte, wurde ihm das gesamte Ausmaß seines Schmerzes klar. Es laut auszusprechen, machte es real. Er sah, wie Yasemin die Tränen über die Wangen liefen. Nachdem er sich gesammelt hatte, fuhr er fort. Als er am Ende seiner Geschichte angekommen war, gab er Yasemin die Dokumente, die sein Vater ihm im Schließfach hinterlassen hatte. Sie öffnete den Umschlag und nahm den Pass heraus.

»Jonas Brandt«, sagte sie. Dann blickte sie ihn an.

»Das ist alles so krass. Wie fühlst du dich dabei?«

»Ich kann es selbst kaum glauben«, sagte Adam.

Draußen im Gang knarzte eine Treppenstufe. Schritte waren zu hören, die langsam die Treppe hinaufkamen.

»Schnell, in meinen Kleiderschrank!«, sagte Yasemin. »Meine Mutter darf dich hier auf keinen Fall sehen.«

Yasemin öffnete ihren Schrank, und Adam zwängte sich zwischen die Klamotten, die von der Querstange an Kleiderbügeln herabhingen. Er versuchte, so leise wie möglich zu atmen. Draußen wurde die Zimmertür geöffnet.

»Wir gehen jetzt ins Bett«, sagte Yasemins Mutter. »Morgen fahren wir sehr früh los. Bist du sicher, dass du nicht mitkommen willst?«

»Ich habe Hausaufgaben«, hörte Adam Yasemin sagen. »Nächstes Mal bestimmt.«

»Gute Nacht!«, sagte ihre Mutter.

»Nacht, Mama.«

Die Tür wurde geschlossen, und die Schritte entfernten sich. Yasemin wartete einige Minuten und öffnete dann die Tür des Kleiderschranks. Adam kroch heraus und streckte sich.

»Die Luft ist rein. Meine Eltern fahren morgen nach Frankfurt, Verwandte besuchen. Wir haben also Zeit, uns richtig zu unterhalten.«

»Meinetwegen musst du aber nicht hierbleiben«, sagte Adam. »Wenn du mit zu deinen Verwandten willst, verstehe ich das.«

»Spinnst du? Deine Eltern sind gerade ...« Sie brach ab. »Du schwebst in Gefahr, Adam, und ich lasse dich nicht im Stich. Außerdem muss ich bei meinen Verwandten immer die brave türkische Tochter geben. Mit Kopftuch und so. Da habe ich nicht so große Lust drauf.«

»Tut mir leid, dass ich dir solche Umstände bereite«, sagte Adam.

»Ach, Quatsch. Du bist doch mein bester Freund.«

Es tat gut, das zu hören. Er überlegte gerade, wie er Yasemin dazu überreden konnte, ihm zu helfen, als diese ihm zuvorkam.

»Eins ist klar. Wir müssen die Typen finden, die deine Eltern auf dem Gewissen haben. Niemand tut meinen Freunden so etwas an, ohne dafür zur Rechenschaft gezogen zu werden.«

»Ja«, sagte Adam, doch er hatte plötzlich Zweifel. Konnte er Yasemin da wirklich mit hineinziehen? Die ganze Sache würde sicher gefährlich werden. Schließlich war er erst vor ein paar Stunden einem Mann entkommen, der ihn mit einer Pistole verfolgt hatte.

»Yasemin, das sind keine Kleinkriminellen. Das sind Leute, die selbst vor Mord nicht zurückschrecken. Wenn wir uns mit denen anlegen, kann das böse Folgen haben.«

»Meinst du, ich lasse dich im Stich? Dann kennst du mich aber schlecht. Lass uns keine Zeit verschwenden. Wir müssen uns einen Plan zurechtlegen. Also, wie sollen wir vorgehen?«

Eine Eigenschaft, die Adam an Yasemin bewunderte, war, dass sie nicht zu übermäßigen Gefühlsausbrüchen neigte. Sie war jemand, der jede Situation kühl und klar analysierte. Darüber hinaus besaß sie einen messerscharfen Verstand, der manchmal ans Unheimliche grenzte. Bei ihren Mitschülern hatte sie sich dadurch nicht immer beliebt gemacht.

Adam dachte nach. Bisher hatte er zwar Rachegefühle gegen die Täter gehegt, doch er hatte sich noch keine Gedanken darüber gemacht, wie er sie überhaupt finden sollte.

»Das Ganze muss mit der Arbeit meines Vaters zusammenhängen«, sagte er. »Er muss auf etwas gestoßen sein, das ihn das Leben gekostet hat.«

»Hat er irgendetwas erwähnt, das uns weiterhelfen könnte? Vielleicht einen besonderen Fall, an dem er gearbeitet hat?«

»Nein. Er hat nie über seine Arbeit geredet. Über seine richtige Arbeit jedenfalls. Manchmal hat er meiner Mutter von seinem Job als Diplomat erzählt, doch das war ja anscheinend alles gelogen. Es ist schon komisch. Ich weiß nicht einmal, ob meine Mutter in die ganze Sache eingeweiht war oder ob sie nichts davon gewusst hat.«

Yasemin massierte ihre Stirn mit ihrer Hand.

»Aber er muss doch irgendwo Unterlagen gehabt haben. Beweismaterial, Dossiers, Forschungsakten.«

Adam blickte auf.

»Ich weiß, dass er einen Laptop in seinem Arbeitszimmer hatte, den er nach jedem Gebrauch in den Schrank schloss.«

»Den suchen wir morgen zuerst«, sagte Yasemin überschwänglich.

»Das können wir nicht riskieren«, sagte Adam. »Das Haus wird bestimmt beschattet. Ich bin doch am Bahnhof fast einem von ihnen in die Hände gelaufen.«

»Dann müssen wir uns eben etwas Schlaues einfallen lassen«, entgegnete Yasemin.

»Was denn?«, fragte Adam.

»Keine Ahnung.«

Einen Moment lang dachten beide nach. Adam spürte, wie seine Augenlider schwer wurden.

»Du siehst müde aus«, sagte Yasemin. »Vielleicht sollten wir uns morgen weiter unterhalten.«

Yasemin hatte recht. Dieser Tag hatte an Adams Kräften gezehrt, und er merkte, wie die Müdigkeit ihn übermannte.

»Macht es dir was aus, auf dem Boden zu schlafen?«, sagte Yasemin. »Ich habe eine Extradecke und ein Kissen für dich.«

Adam gähnte.

»Ich glaube, in meinem Zustand könnte ich auf einem Nagelbrett einschlafen.«

Adam wickelte sich am Fußende von Yasemins Bett in die Decke ein und legte seinen Kopf auf das Kissen, das sie ihm überlassen hatte. Obwohl er hundemüde war, konnte er nicht sofort einschlafen. Immer wieder gingen ihm die Ereignisse des vergangenen Tages durch den Kopf. Er war froh, dass Yasemin für ihn da war. Die beiden kannten sich seit dem Kindergarten und hatten als Kleinkinder viel miteinander gespielt. Sie konnten verschiedener nicht sein. Adam ließ keine Party aus, verbrachte jede freie Sekunde mit Sport, Livemusik oder Reisen und liebte nichts so sehr, wie im Mittelpunkt der Aufmerksamkeit zu stehen. Yasemin war das genaue Gegenteil. Ihre Vorstellung eines gelungenen Samstagabends war es, mit einem guten Buch in ihrem Zimmer zu sitzen und zu lesen. Sie verfügte über eine blitzschnelle Auffassungsgabe und schon in der Grundschule hatte sie oft die Fehler ihrer Lehrer korrigiert. In der Schule hatte sie es nicht immer leicht gehabt. Oft wurde sie wegen ihrer Art als Streberin oder Lehrerliebling bezeichnet und gehänselt. Sie hatte Schwierigkeiten, Freunde zu finden, da sie oft in sich gekehrt war. Ihre Eltern hatten sie schließlich in ein Internat für hochbegabte Kinder geschickt. Dort vermisste sie zwar oft ihre Heimatstadt, doch sie fühlte sich besser aufgehoben. Adam konnte sich manchmal selbst nicht erklären, wieso seine Freundschaft mit Yasemin trotz allen Widrigkeiten so lang gehalten hatte. Vielleicht war es genau dieser Gegensatz, der sie so sehr miteinander verband? War es nicht möglich, dass er die Dinge an ihr schätzte, die ihm in seinem eigenen Leben fehlten? Und umgekehrt? Mit diesen Gedanken driftete Adam in einen traumlosen Schlaf.

9

Am nächsten Morgen musste Adam erneut für kurze Zeit in Yasemins Kleiderschrank flüchten. Ihre Eltern wollten früh losfahren, und Yasemin bereitete ihnen ein Abschiedsfrühstück. Als sie gegessen und ihre Koffer gepackt hatten, verabschiedete sich Yasemin von ihnen. Adam hörte, wie das Auto in die Straße einbog und davonfuhr. Er stieg aus dem Kleiderschrank und streckte sich. Dann lief er die Treppe hinunter und fand Yasemin in der Küche, wo der Frühstückstisch noch gedeckt war. Beim Anblick der frischen Brötchen begann sein Magen zu knurren.

»Guten Morgen, *Whywhy*«, sagte er. *Whywhy* war ein Spitzname, den Adam Yasemin in der Grundschule gegeben hatte und der hängen geblieben war. Ihr voller Name war Yasemin Yıldırım, daher waren ihre Initialen YY.

»Schlag zu!«, sagte Yasemin, die seinen hungrigen Blick gesehen hatte. »Willst du Tee oder Kaffee?«

»Tee, bitte«, sagte er, bevor er anfing, sich den Mund vollzustopfen.

Während er aß, schmiedete er mit Yasemin zusammen einen Plan.

»Zuerst müssen wir herausfinden, ob, und von wie vielen Leuten, das Haus überwacht wird«, sagte Adam. »Es gibt eine Hintertür, die in den Keller führt. Sie ist leicht zu übersehen, doch wir müssen sichergehen, dass wir nicht beobachtet werden.«

»Am besten steigen wir bei Nacht ein«, schlug Yasemin vor.

»Und was ist, wenn sie Nachtsichtgeräte haben?«, warf Adam ein. »Wir müssen davon ausgehen, dass es sich um Profis handelt.«

»Dann brauchen wir eben eine Ablenkung«, sagte Yasemin. »Mir fällt schon was ein. Du gehst jetzt erst mal duschen. Ich habe ein paar T-Shirts, die mir zu groß sind. Davon könnte dir eins passen.«

»Solange keine glitzernden Einhörner drauf sind«, sagte Adam.

»Wie lange kennen wir uns?«, fragte Yasemin und verschränkte die Arme. »Habe ich jemals ein Kleidungsstück mit einem Einhorn drauf getragen?«

»Ist ja gut«, sagte Adam und grinste.

Nach dem Frühstück holte Yasemin das Fernglas ihres Vaters aus seinem Arbeitszimmer. Adam kam frisch geduscht aus dem Bad und hatte das dunkelblaue T-Shirt angezogen, das Yasemin ihm gegeben hatte.

»Ich hoffe, das T-Shirt entspricht deinem *Look*«, sagte Yasemin trocken.

»Die Farbe ist annehmbar«, sagte Adam.

»Dann können wir ja loslegen. Lass uns die Beschatter beschatten.«

Die Villa der Cassels lag am Rande des Dorfs inmitten eines großen Gartens. Dieser grenzte an einen Hügel, von dem man einen Blick auf das gesamte Dorf hatte. Yasemin und Adam liefen an der Rückseite des Hügels hinauf und legten sich unter einen Strauch, der ihnen vor feindlichen Blicken Schutz bot. Adam hob das Fernglas an die Augen und suchte die Straße vor dem Haus ab.

»Da, genau gegenüber der Einfahrt. Ein weißer Lieferwagen ohne Beschriftung. Der Mann am Steuer ist der Typ, den ich am Bahnhof gesehen habe. Der mit der Baseballkappe.«

Er gab Yasemin das Fernglas, damit sie sich ebenfalls einen Überblick der Lage verschaffen konnte.

»Ich sehe ihn. In dem Wagen haben mehrere Leute Platz. Gut möglich, dass sie in Schichten arbeiten. Keine Chance, dass wir von vorne ins Haus kommen, ohne bemerkt zu werden.«

Sie schwenkte zur Rückseite des Hauses.

»Mist, auf dem Weg hinter dem Haus ist ein zweiter Wagen geparkt. Siehst du den Golf da drüben?«

Adam nahm das Fernglas und blickte auf den Punkt, den sie ihm zeigte.

»Ja. Zwei Männer, die die Rückseite beobachten. Da kommen wir nicht ungesehen vorbei.«

»Wir müssen uns eine Ablenkung überlegen«, sagte Yasemin.

»Wie sollen wir das machen?«, fragte Adam. »Ich kann sie nicht ablenken, da sie ja nach mir suchen. Und dich setze ich auf keinen Fall einem solchen Risiko aus.«

»Uns fällt schon was ein. Wir sind schließlich nicht auf den Kopf gefallen.«

Adams Magen knurrte. Seit dem Frühstück waren schon wieder einige Stunden vergangen.

»Hast du Lust auf Pizza?«, fragte er.

X

Bei einem kleinen Italiener am anderen Ende des Dorfes besprachen sie die Lage, während sie die ofenfrische Pizza in sich hineinstopften.

»Die Typen liegen jetzt mindestens seit dem Tod meiner Eltern auf der Lauer, um mich abzupassen«, sagte Adam. »Sie haben mich am Bahnhof gesehen, deshalb wissen sie, dass ich in der Stadt bin. Sie sind also auf der Hut. Wir müssen sie irgendwie ablenken. Ein paar Minuten müssten genügen, um durch die Kellertür ins Haus zu gelangen.«

»Aber wer soll sie ablenken?«, fragte Yasemin.

Adam dachte nach. Er ließ seinen Blick aus dem Fenster schweifen. An der Innenseite des Fensters klebten kleine goldene Buchstaben, die spiegelverkehrte Worte bildeten: *Kostenlose Lieferung.*

»Ich habe eine Idee«, sagte Adam.

Kurz nach acht Uhr abends ging in der Straße vor der Villa der Cassels die Nachtbeleuchtung an. Adam stand hinter einem Baum in der Nähe der Villa und beobachtete die Straße. Zwei Männer waren durch die Windschutzscheibe des Lieferwagens erkennbar. Der Mann mit der Baseballkappe suchte mit dem Fernglas die Umgebung ab. Nichts regte sich, nur eine schwarze Katze saß unter einem Auto auf der gegenüberliegenden Seite und ließ gelangweilt ihren Blick über den Asphalt schweifen. Der Mann mit der Kappe wollte gerade das Fernglas absetzen, als ein Fahrrad in die Straße einbog. Er stieß seinen Kompagnon an und nickte zu dem Fahrradfahrer hinüber, der nun von seinem Sattel abstieg.

Dann wählte er eine Nummer auf seinem Handy. Nach einem einzelnen Piepton hob sein Gesprächspartner ab. Er wechselte ein paar Worte. Der Fahrradfahrer blickte nach links und rechts und ging dann auf das Haus der Cassels zu. In der Hand trug er eine Plastiktüte. Der Mann mit der Kappe rief etwas in sein Handy und stieg aus. Auf der anderen Seite des Hauses öffnete sich die Tür des Golfs, der die Rückseite überwachte, und zwei weitere Männer hasteten zum vorderen Hauseingang hinüber.

Zu viert stellten sie den Mann, der vom Fahrrad gestiegen war. Der Mann mit der Kappe klemmte ihm eine Hand über den Mund, und die vier bugsierten ihn unsanft zum Lieferwagen hinüber. Dort drückten sie ihn gegen die Seite des Wagens und tasteten ihn nach Waffen ab. Adam huschte hinter einen anderen Baum, der näher an dem Lieferwagen stand. Jetzt konnte er das Gespräch der Männer belauschen.

»Hallo, Adam«, sagte der Mann mit der Kappe.

»Wer ist Adam?«, antwortete der Fahrradfahrer ängstlich.

Einer der Männer öffnete die Plastiktüte, die der Fahrradfahrer bei sich trug.

»Das ist … Lasagne?«

»Hallo! Sind Sie vom Pizza-Lieferservice?«, rief eine Stimme von der anderen Straßenseite.

Die vier Männer drehten sich um. In der Einfahrt eines Wohnungsblocks stand Yasemin. Sie war in Bademantel und Hausschlappen gekleidet. Ihr Haar steckte in einem Handtuch, als wäre sie gerade aus der Dusche gekommen.

»Ich bin so blöd. Ich habe beim Bestellen die falsche Hausnummer angegeben. 12 statt 21. Ich bin manchmal so ein Schussel.«

Sie lachte verlegen und nahm dem verdutzten Mann die Plastiktüte ab. Dann steckte sie dem Fahrradfahrer einen Zwanzigeuroschein in die Brusttasche.

»Danke schön!«

Sie drehte sich um und lief zum Eingang des Wohnblocks, der gegenüber der Cassel-Villa stand. Etwas ratlos ließen die Männer den Lieferanten frei. Er rannte zu seinem Rad, schwang sich in den Sattel und war Sekunden später um eine Straßenecke verschwunden.

Adam nutzte das Ablenkungsmanöver, um, so schnell er konnte, über die Wiese zur Kellertreppe zu laufen. Der Schlüssel lag unter einer Vase am Fuß der Treppe. Adam schloss die Tür auf und schlüpfte hinein. Er war zwar unbemerkt ins Innere des Hauses gelangt, doch er war sich bewusst, dass er auf keinen Fall Licht machen durfte. Die List mit dem Pizzadienst hatte ihm genug Zeit verschafft, um ins Haus zu gelangen, doch er wusste, dass die Beschatter sofort wieder auf ihre Posten zurückkehren würden, sobald sie den Fahrer laufen gelassen hatten. Vorsichtig schlich er die dunkle Kellertreppe hinauf, die in der Eingangshalle des Hauses mündete. Es war stockfinster, doch Adam hatte sein ganzes Leben in diesem Haus verbracht und kannte selbst mit verschlossenen Augen jeden Winkel. Er durchquerte die Eingangshalle und lief die Treppe zum ersten Stock hinauf. Am Ende des Korridors befand sich die Tür zum Arbeitszimmer seines Vaters. Adam betrat es und erschrak. Der Raum sah aus wie nach einem Erdbeben. Sämtliche Bücher und Ordner, die in den Regalen gestapelt worden waren, waren herausgerissen und zerfleddert worden. Der Boden war mit Papieren übersät, der Schreibtisch war umgekippt worden, und die Tür des Schranks, in dem sein Vater den Laptop aufbewahrt hatte, war aufgebrochen worden. Der Laptop lag in der Ecke des Zimmers auf dem Boden. Adam öffnete ihn und schaltete ihn ein. Die Festplatte fuhr hoch, doch auf dem Bildschirm erschien nur eine Fehlermeldung. Adam vermutete, dass sein Vater die Daten auf dem Computer mit einem Zerstörungsmechanismus gesichert hatte. Wenn man das falsche Passwort mehrmals eingab, wurde die Festplatte gelöscht. Der Computer war nutzlos. Sein einziger Hinweis auf die Arbeit seines Vaters war verloren.

Adam setzte sich mit dem Rücken zum umgekippten Schreibtisch zwischen die verstreuten Papiere auf den Boden. Sollte er aufgeben? Sollte er dem Rat seines Vaters folgen und irgendwo anders ein neues Leben aufbauen? Sein Blick fiel auf ein gerahmtes Foto, das hinter dem Schreibtisch an der Wand hing. Es war ein Schwarz-Weiß-Bild, das ihn mit seinen Eltern zeigte. Sein Vater hatte es per Selbstauslöser bei einem Strandurlaub auf Mykonos aufgenommen. Adam war vielleicht fünf Jahre alt gewesen, und er strahlte in die Kamera. Die Hausdurchsucher waren so unsanft vorgegangen, dass das Glas des Bilderrahmens gesprungen war. Eine Erinnerung kam in Adam hoch. Seine Mutter hatte ihn einmal, vor vielen Jahren, gebeten, seinen Vater zum Abendessen zu rufen. Adam hatte damals das Arbeitszimmer betreten, und sein Vater war gerade dabei gewesen, das Bild zu betrachten. Er hatte eine Hand an den Rahmen gelegt. Damals hatte Adam es nur für eine unscheinbare Geste gehalten, als würde sein Vater in Erinnerungen an den Tag am Strand schwelgen. Doch was, wenn an der Sache mehr dran war? Was, wenn …

Adam stand auf und ging zu dem Foto. Er nahm den Rahmen von der Wand. Tatsächlich, Adams Intuition war richtig. Hinter dem Foto war ein Safe in die Wand eingelassen. Er war ziemlich klein, etwa so groß wie ein Briefkasten. Seine Freude währte jedoch nur kurz. Ohne eine Zahlenkombination ließ der Safe sich bestimmt nicht öffnen, und Adam hatte keine Ahnung, welche Zahlen sein Vater gewählt hatte. Er war nicht der Typ, der eine einfach zu erratende Ziffernfolge wählte. Klar, für das Schließfach am Bahnhof hatte er eine alte Telefonnummer benutzt, doch diese Nummer war längst nicht mehr in Gebrauch. Außerdem hatte niemand von der Existenz des Schließfachs gewusst, weshalb das Risiko eines fremden Eindringens gering war. Doch für den Safe in seinem eigenen Arbeitszimmer hatte er sicher eine völlig zufällige Zahlenkombination gewählt. An der Vorderseite des Safes war eine Klappe angebracht. Adam öffnete sie. Dahinter kam jedoch kein Drehrad oder Zahlenschloss zum Vorschein, sondern eine kleine rote Plastikfläche. Ein Fingerabdrucksensor. Adams Mut sank. Wie sollte er jemals den Fingerabdruck seines Vaters fälschen? Niedergeschlagen ging er zur Zimmertür zurück. Kurz bevor er in den Gang hinaustrat, drehte er sich jedoch noch einmal um. Sein Vater hatte niemandem vertraut. Außer seiner eigenen Familie. Was, wenn er für den Fall seines Ablebens vorgesorgt hatte? Schließlich hatte er die automatische Nachricht für Adam verfasst. Es würde jedenfalls nicht schaden, es auszuprobieren. Adam ging zum Safe zurück und presste seinen Zeigefinger auf den Sensor. Mit einem leisen Klicken schwang die Tür auf. Im Inneren lagen ein Zettel und ein Schlüssel. Adam nahm alles an sich und las den Zettel:

> Adam, sei gewarnt, der Schlüssel wird dir nichts als Schwierigkeiten einbringen. Wenn du dein Leben in Ruhe leben willst, dann wirf ihn in den Fluss und vergiss, dass du ihn je gesehen hast. Ansonsten pass auf dich auf. Ich liebe dich. – Papa

Adam sah sich den Schlüssel genauer an. Auf einem Anhänger stand ein handgeschriebenes Wort: *Kuckucksberg*. Adam hatte nicht den blassesten Schimmer, was es damit auf sich hatte, doch er würde es herausfinden.

»Polizeidienststelle Wolfsbach. Wie kann ich Ihnen weiterhelfen?«

»Ja, Herr Wachtmeister, bei mir in der Straße parkt so ein komischer Wagen.«

»Können Sie den Wagen näher beschreiben?«

Adam blickte aus dem Fenster und räusperte sich. Er hatte seine Stimme verstellt und sprach mit einem starken bayerischen Dialekt, den er sich schon als Kind von ihrer Nachbarin, Frau Schweiger, abgeguckt hatte. Die ältere Dame hatte bei ihnen gern mal über den Zaun geschimpft, wenn der *Cassel-Bua*, wie sie ihn nannte, wieder zu laut im Garten Fußball gespielt hatte.

»Das ist so ein weißer Lieferwagen. Und jetzt steigt da so ein Mann aus. Völlig vermummt. Ist das ein Brecheisen in seiner Hand? Wissen Sie, ich sehe nicht mehr so gut. Himmelherrgott, jetzt hat der da die Scheibe eingeschlagen. Kommen Sie schnell!«

Adam legte auf und wartete. Fünf Minuten später bog ein Streifenwagen in die Straße ein und hielt mit quietschenden Reifen vor dem weißen Lieferwagen. Zwei Beamte stiegen aus und befahlen den Beschattern, mit erhobenen Händen das Fahrzeug zu verlassen. Das war der perfekte Zeitpunkt, um zu fliehen. Adam lief die Kellertreppe hinunter, durchquerte die Tür und legte den Schlüssel zurück in sein Versteck unter der Vase. Dann stieg er die Stufen in den Garten hinauf und überquerte geduckt die Wiese, bis er die Bäume erreicht hatte.

10

Adam kehrte zu Yasemins Haus zurück. Sie öffnete ihm die Tür, und er setzte sich, etwas außer Atem, an den Wohnzimmertisch.

»Hast du Lust auf Lasagne?«

»Ich habe einen Mordshunger«, sagte Adam.

Bei aufgewärmter Lasagne berichtete Adam, was er im Haus entdeckt hatte. Yasemin begutachtete den Schlüssel.

»Kuckucksberg. Nie gehört«, sagte sie.

Sie holte ihren Laptop aus ihrem Zimmer, klappte ihn auf und suchte nach dem Namen auf dem Schlüsselanhänger im Internet. Eine Landkarte öffnete sich. Der Kuckucksberg war ein kleiner, bewaldeter Hügel, der sich unscheinbar zwischen die Gipfel des Alpenmassivs duckte. Yasemin zoomte mit der Maus und vergrößerte die Ansicht. Dort, unter den Bäumen, am Rande eines dünnen Bachs, der sich durch die Natur schlängelte, stand ein Gebäude, das wie eine kleine Berghütte aussah.

»Da, die Hütte scheint die einzige Behausung weit und breit zu sein«, sagte Yasemin.

»Ich bin mir sicher, dass dieser Schlüssel dort ins Schloss passt. Hast du morgen etwas vor? Ansonsten würde ich dich gern auf eine Bergtour einladen.«

Yasemin lächelte. »Du glaubst doch nicht wirklich, dass ich mir das entgehen lasse.«

Adam blickte auf das unscheinbare Dach, das auf dem Bildschirm von Yasemins Laptop zu sehen war. Welche Geheimnisse verbargen sich dort? Was hatte sein Vater dort vor seinen Verfolgern versteckt? Er wusste, dass die Antwort sein Leben für immer verändern würde. Würde er es bereuen, in dem Wespennest, das die Vergangenheit seines Vaters war, zu stochern? Vielleicht, aber er war sich sicher: Er würde seine Eltern rächen und ihre Mörder entlarven.

Koste es, was es wolle.

X

Früh am nächsten Morgen machten sich Adam und Yasemin auf den Weg zum Bahnhof. Da sie damit rechneten, dass die Männer, die das Haus observiert hatten, nach ihnen Ausschau halten würden, mieden sie das Hauptgebäude und schlichen sich über eine Treppe an der hinteren Seite auf den Bahnsteig. Adam sah sich um, konnte jedoch niemanden entdecken, der sich auffällig verhielt.

»Ich glaube, die Luft ist rein«, flüsterte er Yasemin zu.

»Ich hätte zu Hause etwas zu essen einpacken sollen«, sagte sie.

»Mir knurrt auch ganz schön der Magen«, antwortete Adam.

In der Mitte der Plattform befand sich der Stand einer Bäckerei. Adam sah sich noch einmal um und ging dann zu der Vitrine hinüber, in der belegte Brötchen und Croissants auslagen.

»Zwei Butterbrezen, bitte«, sagte er zu der Verkäuferin.

Adam kehrte zu Yasemin zurück. Fünf Minuten später fuhr der Zug ein und hielt mit quietschenden Rädern. Die Türen öffneten sich, und die beiden stiegen ein.

Die Zugfahrt verstrich ohne besondere Vorkommnisse, und sie

kamen zwei Stunden später in Gamsstein an. Sie stiegen an dem kleinen Bahnhof aus. Die Butterbrezen hatten den ersten Hunger gestillt, doch für den Aufstieg zum Kuckucksberg würden sie eine Menge Kraft brauchen. Sie gingen in ein kleines Café am Bahnhofsplatz und aßen, im Schatten eines Sonnenschirms, ein spätes Frühstück.

Als Adam und Yasemin satt waren, studierten sie noch einmal die Landkarte der Umgebung auf ihren Smartphones und planten die Route, die sie zur Berghütte einschlagen wollten. Sie verließen das Café und gingen eine Landstraße entlang, die aus dem Dorf führte. Hinter der Dorfgrenze stieg sie sanft nach Süden hin an. Gamsstein befand sich direkt am Fuß des Alpenmassivs, dessen Gipfel hoch über ihnen in den klaren Himmel ragten. Die Hütte stand etwa auf halber Höhe des Kuckucksbergs, der an diesem sonnigen Tag mehrere Bergsteiger angelockt hatte. Als sie der Landstraße etwa eine halbe Stunde gefolgt waren, bogen sie auf einen Kiesweg ein, der in Serpentinen den Berg hinaufführte. Der Anstieg forderte einiges an Kraft, doch sie wurden durch die fabelhafte Aussicht belohnt, die sich vor ihnen ausbreitete. Sie konnten das gesamte Voralpenland überblicken, und in der Ferne glitzerten die bayerischen Seen wie poliertes Silber.

Der Weg führte sie in einen Wald hinein. Die kühle Luft im Schatten der Bäume roch nach Harz und Tannennadeln. Sie überquerten eine Holzbrücke, die über einen Bach lief, der munter durch die Landschaft plätscherte. Dieser wurde von einem glucksenden Wasserfall gespeist, dessen Tröpfchen das Sonnenlicht einfingen und einen Regenbogen in die Luft malten. Yasemin blieb stehen.

»Es ist wirklich traumhaft schön hier«, sagte sie und atmete tief ein. Adam wollte keine Zeit damit verschwenden, die malerische Natur auf sich wirken zu lassen.

»Komm schon, ich möchte wissen, was sich in der Hütte verbirgt«, antwortete er ungeduldig. Yasemin warf einen letzten Blick ins Tal.

»Hey, siehst du die zwei Typen da unten?«, fragte sie. Adam blickte in die Richtung, in die sie mit ihrem Finger deutete.

»Ich glaube, die habe ich in Gamsstein gesehen«, sagte sie. »Meinst du, die verfolgen uns?«

»Wie sollen die uns von Wolfsbach gefolgt sein?«, fragte Adam.

»Keine Ahnung«, antwortete Yasemin.

»Ich habe eine Idee«, sagte Adam. »Komm mit!«

Er lief los, über die kleine Brücke und ein Stück weit den Weg hinauf. Dann verließ er den Weg und verschwand im Wald. Yasemin folgte ihm. Sie duckten sich hinter einen Baumstamm, der auf dem Waldboden lag.

»Leise«, sagte Adam. »Wenn die uns wirklich verfolgen, dann suchen sie sicher nach uns, wenn sie unsere Spur verlieren.«

Obwohl sie außer Hörweite des Wegs waren, hielten sie die Luft an. Sie mussten nicht lange auf die Männer warten, denn es verstrichen nur wenige Minuten, ehe sie auf dem Kiesweg auftauchten. Beide waren muskulös und trugen Wanderstiefel und sportliche Kleidung. Einer der beiden hatte einen Strohhut auf dem Kopf, der andere eine Strickmütze. Ihre Augen waren hinter Sonnenbrillen verborgen. Als sie an die Stelle kamen, an der Adam und Yasemin verschwunden waren, blieben sie stehen.

»Habe ich's mir doch gedacht«, flüsterte Yasemin. »Die suchen nach uns.«

Der Mann mit der Strickmütze nahm seinen Rucksack von der Schulter und kramte etwas daraus hervor. Es war eine Landkarte. Er entfaltete sie und zeigte sie seinem Begleiter. Sie studierten die Karte und blickten sich um. Dann packte der Mann mit der Strickmütze die Karte wieder ein, und sie folgten dem Weg.

»Falscher Alarm«, sagte Adam erleichtert.

»Puh, ich dachte schon, der zieht eine Pistole aus seiner Tasche«, sagte Yasemin.

»Lass uns einen Moment warten«, schlug Adam vor. »Es schadet nichts, wenn wir zu den beiden Abstand halten.«

Fünf Minuten später kehrten sie zu dem steinigen Weg zurück und setzten ihren Aufstieg fort. Der Weg wurde immer wieder von dicken Wurzeln unterbrochen, die durch das Erdreich an die Oberfläche gedrungen waren und natürliche Stufen bildeten. Sie mussten aufpassen, nicht über diese Wurzelstränge zu stolpern. Als die Sonne ihren höchsten Punkt erreicht hatte, kamen sie an der Hütte an. Am Morgen war es angenehm kühl gewesen, doch jetzt zur Mittagszeit war es so heiß, dass Adam und Yasemin unter ihren Wanderklamotten mächtig schwitzten. Die Hütte lag auf einer Lichtung abseits des Wanderpfads. Sie besaß zwei Stockwerke und kleine Fenster, deren Scheiben von einer Schicht aus Staub und Spinnweben bedeckt waren. An der Fassade prangte ein Hirschgeweih. Die Wände waren aus dunklem Holz gefertigt, und vor dem Haus stand eine Sitzbank.

»Mann, ich hatte keine Ahnung, dass diese Hütte überhaupt existiert«, sagte Adam. »Wir haben hier in der Nähe oft die Ferien verbracht. Ich frage mich, ob mein Vater damals heimlich hierhergekommen ist.«

»Ich muss mich erst mal hinsetzen«, sagte Yasemin. Sie ließ sich auf der Bank nieder und nahm einen großen Schluck aus ihrer Wasserflasche.

Adam ging zur Vordertür und steckte den Schlüssel ins Schloss. Er musste ihn ein bisschen hin und her rütteln, bis er ganz hineinglitt. Dann drehte er ihn langsam um. Das Schloss schnappte zurück. Adam drückte die Klinke herunter und zog die Tür auf.

Er betrat die Hütte.

11

Das Erste, was ihm entgegenschlug, war heiße Luft. Durch die dunkle Farbe der Außenwände hatte sich der Innenraum wie eine Sauna aufgeheizt. Da alle Fenster geschlossen waren, konnte die Hitze nirgendwo entkommen. Adam sah sich um. Der Raum, in dem er sich befand, bestand aus einem Wohnzimmer mit einer Kochzeile, die sich an die linke Wand drängte. Ein kleiner Esstisch stand daneben. Auf der gegenüberliegenden Seite standen zwei Feldbetten. Im hinteren Teil des Raums befand sich eine dicke Holzsäule, die wohl das Gewicht des oberen Geschosses trug. Yasemin betrat die Hütte. Durch den Staub, den Adam beim Betreten des Wohnzimmers aufgewirbelt hatte, musste sie niesen.

»Gemütlich ist es hier nicht gerade«, meinte Yasemin, als sie zu Adam stieß. »Die Luft kann man ja mit dem Messer schneiden.«

Sie ging zu einem der Fenster, die die Lichtung überblickten, und öffnete es. Adam fühlte, wie unvermittelt ein Gefühl der Trauer in ihm hochstieg. Er stellte sich vor, wie sein Vater hierhergekommen war, um irgendwelche geheimen Dinge zu erledigen. Adam setzte sich auf eines der Feldbetten. Hatte er hier geschlafen, wenn er bis tief in die Nacht gearbeitet hatte? Wie gern wäre Adam mit ihm hierhergekommen, um tolle Abenteuer zu erleben. Yasemin merkte, dass Adam still geworden war.

»Brauchst du einen Moment? Soll ich draußen warten?«

Adam blickte sie an.

»Nein, nein. Schon gut.« Er stand auf. »Lass uns hier alles durchsuchen«, sagte er.

Yasemin nahm sich die linke Seite des Raumes vor und Adam die rechte. Sie suchten jeden Winkel ab. Die Küche, die Wandschränke und sogar die wurmstichigen Holzdielen, die den Boden bildeten.

»Hier ist nichts«, sagte Adam. »Ich habe nur Staub, ein paar alte Zeitungen und fünf Spinnen gefunden. Zwei tote und drei lebendige.«

»Bei mir ist auch Fehlanzeige«, sagte Yasemin. »Im Küchenschrank sind ein paar Dosen Thunfisch, die vor drei Jahren abgelaufen sind, und hier im Wandschrank ist rostiges Werkzeug. Eine Axt, eine Säge, ein Hammer und ein Werkzeugkasten, bei dem die Hälfte der Teile fehlt.«

Adam seufzte. »Ich glaube nicht, dass wir heute noch einen Baum fällen müssen«, sagte er.

»Ganz schön primitiv, diese Hütte«, sagte Yasemin. »Kein Strom und kein fließendes Wasser. Die Kochzeile läuft mit Gas.«

»Kein Wunder, dass wir hier nie die Ferien verbracht haben«, meinte Adam.

Yasemin widmete sich der Rückseite der Hütte. »Hier hinten ist noch ein kleiner Raum«, antwortete sie. »Den nehme ich mir vor.«

Yasemin betrat das Hinterzimmer. Adam blickte zur Decke. Im vorderen Teil der Hütte war dort eine Luke eingelassen. Neben der Eingangstür hing eine Stange, mit der man die Luke an einem Haltegriff herunterziehen konnte. Adam schnappte sich die Stange, die am Ende mit einem Haken versehen war. Er hob sie an und manövrierte den Haken in die Öse der Luke. Dann zog er sie auf. Staub rieselte aus dem Obergeschoss herab und tanzte in der Luft. An der Luke kam eine Klappleiter zum Vorschein. Adam benutzte erneut den Haken an der Stange, um diese herunterzuklappen. Dann stieg er daran hinauf. Er fand sich auf einem engen Dachboden wieder. Die Wände spitzten sich schräg über ihm zu und durch ein Fenster, das die Lichtung überblickte, fiel schummriges Licht in den Raum. An der Rückwand der Dachkammer befand sich ein zweites Fenster. Dieses war klein und kreisrund wie das Bullauge eines Schiffes. Hier oben war die Luft noch heißer und stickiger als im Erdgeschoss. An den Seiten des Dachbodens waren reihenweise Kisten aufgestapelt, und auf jeder dieser Kisten standen zwei Buchstaben: *AP*. Darunter war ein merkwürdiges Symbol abgebildet. Es stellte ein Auge dar, aus dem eine Träne rann. Oder war es ein Blutstropfen?

Am anderen Ende des Raums stand ein Schreibtisch. Auf diesen ging Adam jetzt zu. Eine Kiste, deren Deckel entfernt worden war, stand auf der Schreibfläche. Sie war vollgestopft mit Dokumenten, die in großen gelben Umschlägen steckten. Einer dieser Umschläge lag auf dem Schreibtisch. Adam setzte sich auf den kleinen Stuhl, der vor dem Tisch stand, und öffnete den Umschlag. Einige zusammengeheftete Papiere kamen zum Vorschein. Adam überflog das erste Dokument. Es handelte es sich um einen Frachtschein. Auf diesem Schein heftete ein Klebezettel. Darauf stand eine Nachricht in der Handschrift seines Vaters.

Adam las:

D., diese Papiere wurden mir von Blue Fox zugespielt.
Ich glaube, das ist ein Volltreffer. – F.

Adam betrachtete den Umschlag. Er besaß weder eine Empfängeradresse noch einen Absender. Sein Vater musste wohl kurz davor gewesen sein, die Dokumente abzuschicken. Doch an wen hatte er sie schicken wollen? Wer war *D.*? Adam nahm sein Handy aus der Hosentasche und fotografierte den Frachtschein und die Notiz. Es schepperte hinter ihm. Er fuhr herum. Ein Stein war durch die Fensterscheibe geflogen und in einem Scherbenregen auf dem Boden gelandet. Einen Moment später segelte eine brennende Leuchtkerze durch das Loch in der Scheibe. Sie kam auf dem Boden auf und rollte in eine Ecke des Raumes – genau neben eine der Kisten, die mit Papier vollgestopft waren. Die Flamme des roten Signalfeuers steckte den Pappkarton sofort in Brand. Das Feuer fraß sich blitzschnell durch das trockene Holz der Bodendielen. Eine Wand aus Feuer loderte zwischen Adam und der Luke auf – der einzige Ausweg aus dem Dachboden.

12

Adam hustete. Dichte Rauchschwaden breiteten sich unter dem Dach aus. Adam wusste, dass der Rauch eine größere Gefahr als das Feuer darstellte. Wenn er keinen Ausweg aus dem Flammenmeer fand, würde er ersticken, noch bevor er dem Feuer zum Opfer fallen würde.

Er konnte die Luke nicht mehr erreichen. Vorsichtig versuchte er einzuatmen, doch der beißende Rauch stach wie Stacheldraht in seiner Lunge. Er zog sich das T-Shirt aus und hielt es sich über Mund und Nase. Voller Panik suchte er nach einem anderen Ausweg. Er drehte sich um. Die Hinterwand der Hütte besaß nur das kleine Fenster. Es war viel zu eng, als dass er sich dort hindurchzwängen konnte. Er hob den Stein auf, der durch das andere Fenster geflogen war, und benutzte ihn, um das kleine Rückfenster einzuschlagen. Dann steckte er den Kopf hindurch und blickte nach unten. Yasemin stand hinter der Hütte. Er rief ihren Namen. »Yasemin!«

»Adam! Die zwei Typen sind aufgetaucht und haben die Hütte in Brand gesteckt.«

»Lauf!«, rief Adam. »Bring dich in Sicherheit! Ich komme schon irgendwie hier raus.«

»Auf keinen Fall!«, antwortete Yasemin. Zu Adams Entsetzen rannte Yasemin auf die Hütte zu und öffnete die Tür.

»Bist du wahnsinnig?«, brüllte er, doch sie war schon im Inneren des Hauses verschwunden.

Adam schaute zurück. Das Feuer breitete sich blitzschnell aus. Jetzt standen beide Seiten des Dachbodens in Flammen. Sollte er versuchen, durch die Feuersbrunst zu rennen, um die rettende Luke zu erreichen? Es war seine einzige Chance. Er nahm all seinen Mut zusammen und wollte gerade loslaufen, als er über sich ein lautes Krachen hörte. Ein Balken hatte sich aus dem Dachstuhl gelöst und knallte mit voller Wucht auf den Boden in der Mitte des Raumes.

»Adam!«, hörte er Yasemins Stimme aus dem Erdgeschoss rufen.

»Ich kann die Luke nicht mehr erreichen! Verschwinde, solange du es noch kannst.«

Yasemin antwortete nicht. Das Feuer nahm nun zwei Drittel des Dachbodens ein, und die Luft war so heiß, dass er die Arme schützend vor das Gesicht halten musste, um den Schmerz zu ertragen. Der dicke Rauch benebelte ihm die Sinne und stach in seinen Augen. Ihm wurde schwindelig. War das das Ende? Wenigstens hatte Yasemin sich in Sicherheit gebracht. Doch dann hörte er ein Geräusch, das aus dem Erdgeschoss kam.

TSCHAKKK!

TSCHAKKK!

TSCHAKKK!

Es rumpelte. Dann krachte es.

Im nächsten Moment brach der Boden unter ihm weg. Adam taumelte abwärts und kam in einem Funkenregen hart auf dem Boden auf. Holzsplitter und halb verbrannte Papierfetzen prasselten auf ihn herab. Adam blieb liegen. Er hatte keine Kraft mehr. Jemand hob seine Arme hoch und begann, ihn aus dem Inferno zu ziehen. Er sah nach oben. Es war Yasemin. Sie hatte ihn nicht im Stich gelassen. Sie zog ihn auf die Wiese hinter der Hütte. Als sie weit genug von der Hütte entfernt waren, ließ sie ihn und sich selbst zu Boden sinken. Sie blickte ihn an. Er atmete.

»Bist du okay?«, fragte sie besorgt.

»Geht schon«, sagte Adam und versuchte sich aufzusetzen. Yasemin blickte zu dem Flammenmeer.

»Mist, die Gasflasche!«, rief sie und deutete auf die Rückseite der Hütte. Sie rappelte sich auf und zog Adam in die Höhe. Zusammen liefen sie zum Waldrand – gerade im letzten Moment, denn mit einer ohrenbetäubenden Explosion ging die Hütte Sekundenbruchteile später in die Luft. Ein Feuerball stieg über dem Flammenmeer in den Himmel, und Yasemin und Adam wurden von einer Druckwelle erfasst, die sie meterweit durch die Luft fliegen ließ. Sie kamen unsanft auf dem Waldboden auf.

Ein Funkenregen ging auf die Bäume nieder. Adam und Yasemin setzten sich auf.

»Alles okay?«, fragte Yasemin.

»Bestens«, keuchte Adam. »So 'ne kleine Explosion wirkt Wunder für meinen Teint. Wie sehe ich aus?«

Sein Gesicht war mit Ruß beschmiert, und er blutete aus mehreren kleinen Wunden. Dennoch grinste er sie an.

»Idiot!«, sagte Yasemin und boxte ihn in die Schulter. Adam musterte Yasemin. Ihre schwarzen Haare waren an mehreren Stellen angebrannt.

»Dich hat's aber auch ganz schön erwischt«, sagte er.

»Ja, aber wir hatten dennoch verdammt Glück«, antwortete Yasemin.

»Wenn der Boden nicht unter mir eingebrochen wäre, wäre von mir jetzt nur noch ein Häufchen Asche übrig«, sagte Adam.

»Na ja, ich habe ein bisschen nachgeholfen.«

»Wie denn das?«

»Mit der Axt, die wir in dem Wandschrank gefunden haben.

Ich habe so lange auf die Säule des Dachbodens eingehackt, bis dieser eingestürzt ist.«

Adam blickte Yasemin bewundernd an. »Yasemin Yıldırım, du bist echt furchtlos.«

»Komm, lass uns hier verschwinden«, meinte Yasemin. »Es dauert sicher nicht lange, bis die Bergwacht hier ist. Kommt ja nicht alle Tage vor, dass hier eine Almhütte in die Luft geht. Ich habe keine Lust, unangenehme Fragen zu beantworten.«

Sie machten einen weiten Bogen um die Hütte und liefen durch den Wald zurück ins Tal. Etwa zwanzig Minuten, nachdem die Hütte explodiert war, hörten sie das Knattern eines Hubschraubers über den Bäumen. Sie duckten sich ins Unterholz und blickten nach oben. Ein roter Hubschrauber jagte über die Baumwipfel und hielt auf die Hütte zu. Sie warteten, bis der Helikopter verschwunden war, und liefen dann weiter. Adam fiel das Atmen schwer. Der Rauch hatte ihm doch ziemlich zugesetzt.

»Jetzt weiß ich, wie sich ein Kettenraucher fühlt«, sagte er und hustete.

Zwei Stunden später hatten sie Gamsstein erreicht. Das Dorf war in hellem Aufruhr. Dorfbewohner und Touristen blickten zum Kuckucksberg hinauf, wo eine dicke Rauchsäule aus dem Wald aufstieg. Niemand achtete auf Adam und Yasemin, die sich in eine Gaststätte schlichen, um sich in den Toiletten frisch zu machen.

Adam wusch sich das Gesicht und sah sich im Spiegel an. Er hatte wirklich Glück gehabt. Bei seinem Sturz aus dem Dachboden hatte er sich eine Wunde direkt über der Augenbraue zugezogen. Einen Zentimeter weiter unten, und er hätte das Auge verloren. Hey, die Narben werden sicher ziemlich cool aussehen, wenn die Wunden verheilt sind, dachte er. Er wischte den Gedanken beiseite und verließ die Toilette. Auf dem Gang traf er Yasemin. Ihre schönen schwarzen Haare wirkten wirklich ziemlich mitgenommen. An mehreren Stellen hatten sie Feuer gefangen.

»Deine schönen Haare!«, sagte er. »Wie wollen wir das deinen Eltern erklären?«

Yasemin zog ein Tuch aus ihrer Tasche und legte es sich über den Kopf, dann steckte sie es mit einer besonderen Technik fest. Ihre Haare waren verdeckt.

»Kopftuch tragen hat seine Vorteile«, sagte sie und zwinkerte ihm zu.

Adam konnte sich ein Grinsen nicht verkneifen.

13

Bevor sie in den Zug nach Wolfsbach stiegen, füllten sie ihre Wasserflaschen auf. Die Bahn fuhr ein, und sie setzten sich in ein freies Abteil.

»Ist es nicht gefährlich, wenn wir nach Wolfsbach zurückkehren?«, fragte Yasemin.

»Ich glaube nicht. Wir sind nur knapp mit dem Leben davongekommen. Die Typen, die uns auf den Fersen waren, glauben bestimmt, dass wir in dem Feuer draufgegangen sind.«

»Hast du irgendetwas Interessantes auf dem Dachboden gefunden?«, fragte Yasemin.

»Vielleicht. Da waren eine Menge Kisten mit Papieren, auf denen die Buchstaben *AP* standen.«

»*AP*? Was könnte das bedeuten?«

Adam nahm sein Smartphone aus der Hosentasche und suchte im Internet nach der Buchstabenkombination. Eine Seite mit Ergebnissen öffnete sich. Adam überflog die Resultate. Wie erwartet, gab es eine Menge Dinge, für die die Abkürzung verwendetet wurde. »Eine Presseagentur, politische Parteien, eine Luft- und Raumfahrtfirma. Das könnte für alles Mögliche stehen. Auf den Papieren war unter den Buchstaben ein Logo abgebildet. Ein Auge, aus dem ein Tropfen oder eher eine Träne lief. Das ist jedoch bei keinem der Suchergebnisse zu sehen.«

»Hast du was dagegen, wenn wir in den Speisewagen gehen?«, fragte Yasemin. »Ich habe einen Mordshunger.«

X

Am späten Nachmittag fuhr der Zug im Bahnhof Wolfsbach ein. Adam und Yasemin stiegen aus und liefen zum Haus von Yasemins Eltern zurück. Sie hatten die erste Hälfte der Fahrt im Speisewagen verbracht und waren dann in ihr Abteil zurückgekehrt, wo sie ein wenig eingedöst waren. In Yasemins Zimmer setzten sie sich an ihren Schreibtisch und versuchten, das Rätsel der Akten in der Hütte zu lösen. Yasemin klappte ihren Laptop auf, und Adam öffnete die Fotogalerie seines Smartphones.

»Ich konnte eine der Akten fotografieren, bevor das Feuer ausbrach«, sagte Adam und wischte durch die Fotos. Yasemin hob das Handy auf, vergrößerte eines der Fotos mit Daumen und Zeigefinger und sah es sich genau an. Dann untersuchte sie die folgenden Fotos.

»Liefertermine, Ladelisten, Zollpapiere«, murmelte Yasemin, während sie die Dokumente begutachtete. »Das sieht mir nach Frachtpapieren aus. Hier steht: *Ladung: Getreide, Medikamente, Nahrungsmittel.* Scheint alles ganz harmlos zu sein.«

Adam rief das Dokument auf, das offen auf dem Schreibtisch gelegen hatte.

»Was ist mit dem Klebezettel?«, fragte Adam. »Bei *F.* muss es sich um *Friedrich*, also meinen Vater handeln. Aber wer ist *D.*? Und was meinst du, wer mit *Blue Fox* gemeint ist?«

Yasemin las die Notiz.

D., diese Papiere wurden mir von Blue Fox zugespielt.
Ich glaube, das ist ein Volltreffer. – F.

Sie fuhr ihren Laptop hoch und öffnete einen Webbrowser. Dann gab sie *Blue Fox* in der Suchleiste ein. Die Liste der Ergebnisse erschien auf dem Bildschirm.

»Hm … ein Videospiel, ein Restaurant und ein Automechaniker in Schottland. Ich kann mir nicht vorstellen, dass die irgendwas mit diesen Akten zu tun haben.«

»Eins ist klar«, sagte Adam. »*Blue Fox* muss eine Art Informant gewesen sein, der meinem Vater und seinem Komplizen diese Papiere zugespielt hat. Wenn sie es als *Volltreffer* bezeichnen, muss da irgendwas dran sein.«

Yasemin rief den Frachtschein wieder auf. »Hier ist der Name der Reederei angegeben, die die Ladung verschifft hat: *De Laurent S. A.* Mal sehen, ob wir über die etwas in Erfahrung bringen können.«

Sie öffnete ein weiteres Browserfenster und suchte nach dem Namen der Firma. Auf der offiziellen Webseite klickte sie auf den *Über uns*-Link. Jetzt erschienen Biografien des Führungspersonals.

»Das ist der CEO – das steht für Chief Executive Officer«, sagte Adam und zeigte auf den Bildschirm. »Rocco De Laurent.«

Er blickte auf das Foto, das neben dem Lebenslauf des Mannes abgebildet war. Es zeigte einen gut aussehenden Mann Mitte fünfzig mit platinblonden Haaren und blauen Augen. Er hatte sein Kinn auf seine Hand gestützt, sodass man die sündhaft teure Uhr, die sein Handgelenk zierte, gut sehen konnte.

Adam wurde das Gefühl nicht los, dass er diesen Mann schon einmal irgendwo gesehen hatte.

»Kannst du mehr über diesen De Laurent herausfinden?«, fragte er Yasemin. »Ich glaube, den kenne ich irgendwoher.«

Yasemin tippte seinen Namen in die Suchleiste. Die Ergebnisse auf der ersten Seite hingen alle mit seiner Firma zusammen. Yasemin klickte auf die Optionen *Bildersuche* und *nach Datum sortie-*

ren, um die neuesten Bilder des Mannes zu finden. Als die Seite mit den Ergebnissen erschien, zuckte Adam zusammen. Eines der Bilder verschlug ihm regelrecht den Atem. Yasemin bemerkte, dass mit ihm etwas nicht stimmte.

»Was ist?«, fragte Yasemin.

Mit zitternden Fingern zeigte Adam auf eines der Bilder. Es war auf dem roten Teppich einer Veranstaltung aufgenommen worden, und im Hintergrund war eine Wand mit Sponsorenlogos zu sehen. Er stand neben einer attraktiven Frau, die merklich jünger war als er. Der Bilduntertitel wies sie als seine Ehefrau Monique De Laurent aus. Die beiden waren in teure Abendgarderobe gekleidet. Er im feinsten italienischen Smoking, sie in einem eng anliegenden Ballkleid. Doch das war es nicht, was Adam so aus der Fassung gebracht hatte. Es war der Mann, der hinter ihnen stand. Er war nur halb zu sehen, da der Bildrand ihn senkrecht in der Mitte durchgeschnitten hatte. Adam hatte ihn jedoch sofort erkannt. Es war nicht nur die blank polierte Glatze, die ihm bekannt vorkam, es war der eiskalte Blick, mit dem er in die Kamera blickte.

»Das ist er«, sagte Adam. »Das ist der Mann, der meine Eltern ermordet hat.«

14

Adam fühlte, wie eine Welle von Hass in ihm hochstieg. Das Bild des Hotelzimmers schoss ihm wieder durch den Kopf. Seine Eltern, die in einer Blutlache auf dem Bett lagen. Unwillkürlich ballte er die Hände zu Fäusten.

»Das Bild wurde auf einem Wohltätigkeitsball in Monte Carlo aufgenommen«, sagte Yasemin. »Mal sehen, ob ich noch mehr Fotos im Internet finden kann.«

Sie öffnete die Seite einer Bilderagentur und gab den Namen des Wohltätigkeitsballs ein, auf dem das Foto aufgenommen worden war.

»Monte Carlo?«, fragte Adam. »Wann war das?«

»Letzten Samstagabend«, sagte Yasemin.

»Dann ist dieser Typ in aller Seelenruhe auf den Ball gegangen, nachdem er meine Eltern umgebracht hat«, sagte Adam. Eine neue Welle des Zorns überkam ihn.

»Hier, ich habe weitere Aufnahmen gefunden.« Yasemin blätterte durch die Ergebnisseiten, die Bilder des roten Teppichs am Veranstaltungsort zeigten. Mehr oder weniger prominente Gäste posierten für die Fotografen und stellten ihre Abendgarderobe zur Schau.

»Da ist er!«, sagte Adam und zeigte auf eines der Fotos. Yasemin klickte es an, und weitere Fotos von Rocco De Laurent erschienen.

»Der Typ mit der Glatze weicht nicht von seiner Seite. Wahrscheinlich ist er ein Bodyguard«, mutmaßte Yasemin.

»Ob mein Vater deswegen in Monte Carlo war?«, fragte Adam. »Wir wollten schließlich auch auf diesen Ball. Vielleicht wollte er diesen De Laurent beschatten.«

Auf dem letzten Bild stand De Laurent neben einer jungen Frau. Er hatte den Arm um sie gelegt. Sie trug ein teures Designerabendkleid und ein Diamantcollier.

»Wer ist das da?«, fragte Adam.

Yasemin las die Bildunterschrift. »Claire De Laurent. Das muss seine Tochter sein.«

»Sieht gar nicht so übel aus«, sagte Adam.

»Ja, wenn ihr Papa nicht deine Eltern auf dem Gewissen hätte, wäre sie perfekt«, bemerkte Yasemin.

»Ich meine ja bloß«, sagte Adam.

»Moment mal!«

Yasemin öffnete das Foto in einem Einzelfenster und vergrößerte es. Sie zoomte auf Claire De Laurents Gesicht.

»Das kann doch nicht sein. Ich kenne sie! Die geht bei mir auf die Schule!«

»Was, ins Streberinternat?«

Yasemin knuffte ihn die Schulter. »Jetzt fang du nicht auch noch an«, sagte sie. »Das ist kein Streberinternat, das ist eine Schule für besonders Begabte.«

»Sag ich doch. Streber.«

Yasemin sah Adam vorwurfsvoll an. »Wie lange kennen wir uns schon?«, fragte sie ernst. »Du weißt, wie sehr ich dieses Wort hasse. Nur weil ich mich für mehr interessiere als Klamotten, Musik und Videospiele, bin ich noch lange keine Streberin. Wegen diesem Blödsinn habe ich die Schule gewechselt.«

Adam hob beschwichtigend die Hände.

»Okay, okay, Whywhy, ich nehme es zurück.«

Yasemin schien besänftigt. Adam sammelte seine Gedanken.

»Mein Vater hat also diesen De Laurent auf dem Kieker gehabt. Es hat irgendwas mit seiner Reederei zu tun. In Monte Carlo will er ihn bei dem Wohltätigkeitsball treffen, doch vorher wird er von dem Glatzkopf da …«

Er wollte es nicht aussprechen.

»Wenn wir herausfinden wollen, was dieser De Laurent vorhat, dann geht das vielleicht am besten über seine Tochter. Wenn ich mich mit ihr … anfreunde, erfahren wir sicher mehr.«

Yasemin warf Adam einen argwöhnischen Blick zu. »Anfreunden?«, fragte sie vielsagend.

»Du weißt, was ich meine«, sagte Adam.

Yasemin nickte. »Ja, ich weiß ganz genau, was du damit meinst.«

Adam ignorierte ihren spöttischen Ton. »Und du musst mir dabei helfen«, sagte er.

»Wie denn?«, fragte Yasemin.

»Ganz einfach, ich werde mich in dein Str… in dein Hochbegabteninternat als neuer Schüler einschleichen.«

»Das ist nicht so einfach«, sagte Yasemin. »Es gibt zwei Möglichkeiten, auf dem Internat Winkelried angenommen zu werden: Du bist besonders schlau oder du bist besonders reich.«

Adam nahm scherzhaft seinen Geldbeutel aus der Hosentasche und kramte die Münzen zusammen, die er besaß. »Reicht gerade für einen Lottoschein. Vielleicht haben wir ja Glück?«

Yasemin schmunzelte. »Über Nacht wirst du sicher kein Millionär, bleibt also nur, ein Mathegenie aus dir zu machen.«

»Wieso ausgerechnet Mathe?«, fragte Adam entgeistert. »Davon verstehe ich überhaupt nichts.«

»Aber ich! Und ich kann dir dabei helfen, so zu tun, als hättest du eine Ahnung von Mathematik. Wir haben jedoch ein ganz anderes Problem. Für dieses Schuljahr ist der Anmeldetermin längst verstrichen. Selbst wenn du irgendwie als hochbegabt durchgehst, wirst du erst nächstes Jahr aufgenommen werden können.«

»So viel Zeit haben wir nicht. Wir müssen sie irgendwie davon überzeugen, dass sie mich sofort nehmen.«

Yasemin stutzte. »Wie sollen wir das denn tun?«

»Ich weiß, dass tief in dir eine begabte Schauspielerin schlummert.«

Adam erklärte ihr seinen Plan. Sie war alles andere als begeistert.

Es dauerte eine Weile, bis Yasemin den Mut aufgebracht hatte, Adams Plan in die Tat umzusetzen. Sie nahm ihr Handy, stellte es auf *Nummer unterdrücken* und wählte die Nummer des Internats Winkelried. Einige Sekunden später nahm jemand am anderen Ende ab.

»Ich würde gern Herrn Zwingli sprechen, bitte«, sagte Yasemin mit ungeduldiger Stimme. Dabei sprach sie mit einem übertriebenen vornehmen Hochdeutsch, das so klang, als wäre sie es nicht gewohnt, zu warten. Kurz darauf war Herr Zwingli, der Schulleiter, am Apparat.

»Einen schönen guten Abend«, sagte Yasemin. »Ich wollte nachfragen, warum wir bezüglich der Bewerbung meines Sohnes noch nichts von Ihnen gehört haben. Die Kaltenbergschule in Dresslach und die École d'Estaing in Frankreich haben schon längst ihre Zusagen geschickt. Wir würden natürlich vorziehen, wenn er zu Ihnen nach Winkelried kommt, allein schon wegen der Nähe, doch wenn Ihre Schule es nicht schafft, seine Bewerbung zeitnah zu bearbeiten, dann bleibt uns nichts anderes übrig, als ihn nach Kaltenberg zu schicken.«

Yasemin schaltete den Lautsprecher an, damit Adam mithören konnte.

»Ja, äh, Frau … wie war noch gleich der Name?«, antwortete Herr Zwingli mit einem höflichen Schweizer Tonfall.

»Euler«, sagte Yasemin. »Mein Sohn heißt Lorenz Euler.«

»Einen Moment, bitte.«

Zwingli schaltete den Anruf in die Warteschleife. Klassische Musik rieselte aus dem Lautsprecher.

»Wie ich den Zwingli kenne, ist es ihm furchtbar peinlich, dass er die Bewerbung nicht findet«, sagte Yasemin. »Er ist das Abbild eines akkuraten Schweizers.«

»Und diese anderen Schulen, die du genannt hast?«

»Kaltenberg kam letztes Jahr im Internatsranking knapp vor Winkelried. Das hat den Zwingli ganz schön mitgenommen. Der wird alles tun, um Kaltenberg einen Schüler abzuluchsen.«

»Du hast nicht nur für Mathe eine Begabung, Whywhy«, sagte Adam anerkennend.

Herr Zwingli nahm den Anruf wieder an. »Ähm, Frau Euler, sind Sie noch dran?«

»Ja«, antwortete Yasemin.

»Das, äh … das ist mir jetzt äußerst unangenehm«, stammelte Zwingli. »Aber wir können die Bewerbung Ihres Sohnes nicht lokalisieren.«

»Aha«, bemerkte Yasemin knapp.

»Ja, also, sehen Sie, wir könnten Folgendes tun. Wenn Sie mir die Unterlagen nochmals per E-Mail zuschicken, dann würde ich sofort … also umgehend … mit größter Eile … diese noch mal durchsehen und Ihnen dann baldmöglichst eine Antwort geben.«

»Soso. Baldmöglichst heißt wann?«

»Binnen vierundzwanzig Stunden.«

»Das ist akzeptabel.«

»Vielen lieben Dank, Frau …«

Weiter kam er nicht, denn Yasemin hatte schon aufgelegt.

»Wow, du hast echt Schauspieltalent«, sagte Adam bewundernd.

»Danke«, antwortete Yasemin und atmete erleichtert aus. »Ich war ganz schön nervös. Jetzt kommt der schwierige Teil. Wir müssen dir eine neue Identität geben.«

Den Rest des Abends verbrachten sie damit, Adam auf dem Papier in Lorenz Euler zu verwandeln. Zuerst fertigte ihm Yasemin am Computer neue Schulzeugnisse an, die ihm bescheinigten, ein Mathematikwunder zu sein. Adam verfasste ein Empfehlungsschreiben seines meistgehassten Mathelehrers, um seine fiktiven Fähigkeiten noch zu unterstreichen. Im Internet erstellte Yasemin die Webseite eines internationalen Mathewettbewerbs, bei dem Adam den zweiten Platz erreicht hatte.

»Warum nicht den Ersten?«, fragte Adam.

»Wir wollen es nicht übertreiben«, sagte Yasemin.

Zuletzt versuchte Adam, einen Bewerbungsaufsatz zu schreiben, in dem er mit blumigen Worten erklärte, wie sehr er von der Welt der Zahlen fasziniert war. Yasemin half ihm dabei.

»Ich habe keine Ahnung, was an Mathe so toll sein soll«, sagte er.

Yasemin dachte nach. »Also, für mich ist es so, als würde ich Zahlen sehen. Als echtes 3-D-Gebilde. Jede Zahl hat eine andere Farbe … oder sie fühlt sich anders an. Es ist wie eine eigene Welt, in die ich gehen kann, wenn ich die Augen schließe.«

Adam blickte sie an, als wäre bei ihr eine Sicherung durchgebrannt. »Alles okay mit dir, Whywhy?«, fragte er.

Yasemin zuckte mit den Schultern. »Ich finde Zahlen halt cool. Was soll ich sagen?«

Adam begann zu schreiben: »Die Welt der Zahlen ist für mich ein wirklich existierender Ort …«

Eine Stunde später hatten sie alle Unterlagen bereit, um sie Herrn Zwingli zu schicken. Sie kontrollierten ein letztes Mal auf Rechtschreibfehler, dann scannten sie alle ein und sendeten sie ihm per E-Mail. Kurz darauf bekamen sie eine äußerst unterwürfig klingende Antwort von Herrn Zwingli mit der Info, dass er sich bald zurückmelden würde.

»Jetzt können wir nur noch abwarten, ob er den Köder schluckt«, sagte Adam.

»Im Gegenteil«, sagte Yasemin. »Jetzt fängt die richtige Arbeit erst an.«

»Was meinst du damit?«, fragte Adam.

»Jetzt müssen wir an dir arbeiten. Du kannst da nicht als Adam Cassel aufkreuzen. Du musst Lorenz Euler werden. Ein introvertiertes Mathegenie.«

»Warum introvertiert?«, fragte Adam.

»Das macht alles einfacher. Wenn du ein wortkarger, in sich gekehrter Sonderling bist, musst du nicht so viele blöde Fragen beantworten.«

Adam blickte sie mürrisch an.

»In sich gekehrter Sonderling«, murmelte er. »Ich weiß nicht, ob mir diese Rolle liegt. Außerdem kann ich mir nicht vorstellen, dass eine wie Claire auf solche Typen steht.«

»Das kriegst du schon hin. Das muss eine oscarwürdige Darbietung werden, die du über mehrere Wochen aufrechterhältst, sonst ist der ganze Plan im Eimer«, ermahnte Yasemin.

»Na gut. Dann lass uns mal üben.«

15

Als Inspiration sahen sich Adam und Yasemin Ausschnitte von Filmen über Mathematikgenies an: *A Beautiful Mind*, *Good Will Hunting*, *Die Entdeckung der Unendlichkeit*. Adam beobachtete vor allem die Körpersprache der Protagonisten. Er bemerkte, dass die Figuren immer ein wenig abwesend wirkten, als würde es in ihren Hirnen ständig arbeiten. Er achtete auch auf den Sprachduktus, eine Art Murmeln, als wären sie fortwährend in einen inneren Monolog vertieft.

Yasemin brachte Adam Grundbegriffe der Mathematik bei, damit er wenigstens halbwegs wusste, wovon er sprach. Am nächsten Morgen fragte sie ihn beim Frühstück ab. »Wie nennt man eine Zahl, die nur durch sich selbst und eins teilbar ist?«

»Primzahl«, antwortete Adam.

»Wie lauten die ersten fünfzehn Ziffern der Kreiszahl Pi?«

»Drei Komma eins, vier, eins, fünf, neun, zwei, sechs, fünf, drei, fünf, acht, neun, sieben, neun.«

»Wie lautet der Große Fermatsche Satz?«

»Die Gleichung a hoch n plus b hoch n gleich c hoch n ist unlösbar.«

»Was ist eine imaginäre Zahl?«

Adam hob die Hände. »Ich brauche eine Pause! Mir schwirrt schon der Kopf vor lauter Zahlen und Gleichungen. Eins ist klar, mir erscheint nichts als eine tolle 3-D-Welt. Für mich klingt das alles wie Kauderwelsch.«

»Du musst es ja nicht verstehen. Du musst ja nur so tun, als ob.«

Adam schmierte sich Butter und Erdbeermarmelade auf eine Scheibe Toast. Dann hob er sie an und betrachtete die Oberfläche, als würde er eine geheimnisvolle Landkarte studieren.

»Alles okay mit dir?«, fragte Yasemin.

Plötzlich war Adam verschwunden. Stattdessen saß Lorenz Euler am Frühstückstisch, ein in sich gekehrter Junge, dessen Hirn so schnell arbeitete, dass sein Mund kaum hinterherkam, seine Gedanken auszusprechen.

»Siehst du sie nicht?«, fragte Adam, mit leiser Stimme. »Die Primzahlen, die auf diesem Stück Brot tanzen. Es ist eine eigene Welt, die sich da abspielt.« Er zeigte mit dem Finger auf verschiedene Stellen der Brotoberfläche. »Imaginäre Zahlen, komplexe Zahlen, Koordinatensysteme, höhere Dimensionen. Ein eigenes Universum.«

Die ganze Darbietung hätte lächerlich wirken können, doch Adam war so in die Figur des Lorenz Euler versunken, dass Yasemin für einen Moment lang glaubte, mit einem Mathegenie am Tisch zu sitzen.

Adam biss in den Toast und grinste sie kauend an. »Na, habe ich den Oscar verdient?«, fragte er.

Yasemin klatschte Beifall. »Das war echt nicht schlecht. Hut ab!«

»Ich wusste, in mir steckt ein Schauspieler«, sagte Adam zufrieden.

Yasemins Handy klingelte. Sie nahm ab und wollte fast ihren eigenen Namen sagen, ehe sie die Nummer erkannte. Yasemin schaltete auf Lautsprecher. »Euler«, sagte sie ungeduldig.

»Ja, Frau Euler, Zwingli hier vom Internat Winkelried. Also, es wäre für uns eine große Ehre, wenn die Wahl Ihres Sohnes auf unsere Schule fallen würde. Seine Bewerbung hat uns mehr als überzeugt. Wir können ihm sogar ein volles Stipendium anbieten, das wir nur den klügsten Köpfen vorbehalten.«

»Danke, Herr Zwingli. Wir werden Ihnen unsere Entscheidung mitteilen.« Ohne ein weiteres Wort legte sie auf. »Herzlichen Glückwunsch, Lorenz«, sagte sie zu Adam. »Willkommen im Streberinternat.«

Adam lächelte.

»Du spielst die Rolle zwar perfekt«, sagte Yasemin, »aber eine Sache fehlt noch.«

»Was denn?«, fragte Adam.

»Na, das Aussehen. Was, wenn dich einer von De Laurents Männern wiedererkennt?«

»Was hast du vor? Einen falschen Schnauzbart und Nickelbrille?«, fragte Adam scherzhaft.

»Nicht ganz«, erwiderte Yasemin geheimnisvoll.

X

Adam saß im Badezimmer der Yıldırıms auf einem Hocker. Er hatte den Kopf in den Nacken gelegt, sodass seine Haare ins Waschbecken hingen. Yasemin hatte ihm ein Handtuch als Umhang um den Hals gelegt. In der Hand hielt sie eine Schere. Adam sah sie aus dem Augenwinkel an.

»Ich weiß nicht, ob ich von diesem Plan begeistert bin«, sagte Adam.

»Halt still«, mahnte Yasemin. »Sonst verschneide ich mich noch.«

»Hast du das schon mal gemacht?«, fragte Adam.

»Nö. Aber ich habe meiner Mutter dabei zugeguckt, wie sie meinem Vater die Haare geschnitten hat. Danach sah er aus wie ein Zuchtpudel.« Yasemin lachte laut.

Adam schluckte.

»Dann mal los«, sagte Yasemin. Sie setzte die Schere an. Es machte *schnipp*, und die ersten Strähnen von Adams Lockenpracht segelten ins Waschbecken. Einige Minuten später begutachtete Yasemin kritisch ihre Arbeit. »Na ja«, sagte sie. »Ich habe schon schlimmere Frisuren gesehen.«

Adam hob den Kopf aus dem Waschbecken, drehte sich um und blickte in den Spiegel. Von seinen Locken war nicht viel übrig geblieben. Adam rümpfte die Nase und zog wenig begeistert an seinen verbleibenden Haaren. »Meine schönen Locken«, jammerte er.

»Wächst alles wieder nach«, meine Yasemin. »So, jetzt fehlt noch ein Schritt.«

»Was denn jetzt noch?«, fragte Adam.

Anstatt einer Antwort zog Yasemin eine Packung Blondierung aus dem Wandschrank.

»Das geht zu weit«, sagte Adam.

»Wenn du wirklich unerkannt bleiben willst, führt kein Weg daran vorbei.«

Adam sah ein, dass Yasemin recht hatte, auch wenn ihm dieser Schritt ganz und gar nicht passte.

»Wieso hast du Blondierung zu Hause?«, fragte er Yasemin, während sie die Anleitung las.

»Ich habe mir vor ein paar Jahren mal in den Kopf gesetzt, dass ich eine Blondine werden muss. Meine Mutter hat mir das glücklicherweise verboten. Meine Eltern können mir manchmal mit ihrer strengen Art echt auf die Nerven gehen, aber für diese Entscheidung bin ich meiner Mutter auf ewig dankbar.«

Adam prustete. »Du als Blondine? Das passt überhaupt nicht zu dir.«

»Das war wirklich eine Schnapsidee«, stimmte Yasemin zu. »Aber mal sehen, ob es zu dir passt.«

Sie tunkte den Pinsel in das Bleichmittel und begann, es in Adams Haar zu streichen.

Eine halbe Stunde später wusch Adam das Mittel aus seinem Haar. Er sah Yasemin an. Diese schlug bestürzt die Hand vor den Mund. »Was habe ich bloß mit dir angestellt?«, rief sie.

Adam traute sich kaum, einen Blick in den Spiegel zu werfen. Seine schönen braunen Locken waren einer platinblonden Kurzhaarfrisur gewichen. Yasemin hatte sogar seine Augenbrauen gebleicht, was ihn in einen völlig anderen Menschen verwandelt hatte.

»Ich sehe aus wie ein Eisbärbaby«, sagte Adam missmutig. »Zur Friseurin taugst du wirklich nicht.«

Yasemin lachte laut. »Ich würde in der nächsten Zeit die Sonne meiden«, riet ihm Yasemin. »Ohne deine Bräune wirkst du noch unscheinbarer. Mathegenies sind selten Sonnenanbeter.«

»Ich kann mich ja erkundigen, ob Winkelried ein Schlossgespenst braucht«, meinte Adam trocken.

16

Da Yasemins Eltern bald zurückkehren würden, beschloss Adam, sich sofort auf den Weg in die Schweiz zu machen. Schließlich bestand immer noch die Gefahr, dass die Schergen De Laurents in Wolfsbach nach ihm suchten. Yasemin begleitete ihn zur Tür.

»Danke für deine Hilfe«, sagte er zu Yasemin. »Ohne dich würde ich das alles nicht durchstehen.«

»Gern geschehen. Ich rufe den Zwingli gleich zurück und sage ihm, dass du heute Abend ankommst. Dann kann er schon mal den roten Teppich ausrollen. Wir sehen uns dann dort. Ich reise erst übermorgen an.« Yasemin trug ihr Kopftuch, um die angebrannten Stellen in ihrem Haar zu kaschieren.

»Echt ungewohnt, dich im Kopftuch zu sehen, Whywhy«, sagte Adam.

»Es gehört zu mir. Selbst wenn ich nicht superreligiös bin.«

»Wir sehen uns in der Schweiz«, sagte Adam. Yasemin ging zurück ins Haus. Adam ging zur Straße und lief über Schleichwege durch das Dorf, um keine unnötige Aufmerksamkeit auf sich zu ziehen. Am Bahnhof kaufte er sich ein Ticket nach Sankt Stephan, dem kleinen Schweizer Dorf, das am Fuße des Kauzhorns lag. Das Internat Winkelried war in einem alten Schloss untergebracht, das auf einem Berghang über dem Dorf errichtet worden war. Ein Unternehmer hatte das Schloss Winkelried vor Jahrzehnten gekauft und zu einem Eliteinternat umfunktioniert.

Natürlich konnte Adam in seiner verbliebenen Kleidung nicht

in der Schule aufkreuzen. Seine Jeans war von dem Abenteuer in der brennenden Berghütte mit Rußflecken bedeckt, und auf Höhe des Oberschenkels klaffte ein Brandloch. Das T-Shirt, das Yasemin ihm geliehen hatte, roch auch schon recht streng. Adam beschloss, in München am Hauptbahnhof haltzumachen. Er stieg aus und ging in ein Kaufhaus, das direkt gegenüber des Bahnhofsgebäudes stand. Dort kaufte er einen Satz T-Shirts, Unterhosen, zwei paar Jeans, eine dicke Daunenjacke, eine Reisetasche und einen Kulturbeutel mit den nötigsten Waschutensilien. Er erinnerte sich an die Italiener, die ihn von Mailand aus mitgenommen hatten, und ging in die Postfiliale am Bahnhofsplatz. Dort steckte er einige Euroscheine in einen Umschlag, adressierte ihn an Cesare, frankierte ihn und warf ihn in den Briefkasten. Den Rest seines Geldes gab er für Reiseproviant aus. Als er das Kaufhaus voll beladen verließ, hatte er nur noch ein paar wenige Münzen in seinem Geldbeutel.

Adam stieg in den nächsten Zug nach Sankt Stephan, suchte sich ein freies Abteil, hievte seine neue Reisetasche in die Gepäckablage und setzte sich ans Fenster. Als der Zug anfuhr, hatte er schon damit begonnen, Yasemins Mathe-Crashkurs in seinem Kopf zu wiederholen. Primzahlen, imaginäre Zahlen, die Kreiszahl Pi …

Adam schreckte hoch. Draußen huschten sattgrüne Tannen am Fenster vorbei. Vor lauter Mathebegriffen musste er eingenickt sein. Zu seiner Überraschung stellte er fest, dass er nicht mehr allein in seinem Abteil war.

Ihm gegenüber saß ein Mann, den er schon einmal gesehen hatte. Es war der hagere Typ, der ihm in Italien mit dem Schaffner aus der Patsche geholfen hatte. Er hielt eine Tüte mit Pistazien in der Hand. Genüsslich knackte er die Schalen, warf sich die Nüsse in den Mund und kaute. Er hielt Adam die Tüte hin. »Pistazie?«, fragte er.

Adam schüttelte den Kopf.

»Wahrscheinlich besser so«, sagte er. »Traue niemandem.« Er zwinkerte Adam zu.

»Im Film sagen das immer die Typen, die die Hauptfigur später verraten«, gab Adam trocken zurück.

»Stimmt.« Der Mann musste schmunzeln.

»Was wollen Sie?«, fragte Adam.

»Dich vor dir selbst schützen.«

»Was meinen Sie damit?«

»Als die Berghütte von deinem Vater abgebrannt ist, habe ich mir schon gedacht, dass du seiner wahren Identität auf der Spur bist. Du musst dir darüber im Klaren sein, dass das gefährliche Leute sind, mit denen du dich anlegst.«

Adam stellte sich stur. »Ich weiß nichts von einer Berghütte«, sagte er. »Ich reise zum Skifahren in die Schweiz.«

Der Mann lächelte und blickte zur Gepäckablage hinauf. »Verstehe«, sagte er. »Ich bin kein Experte, aber braucht man dazu keine Skier?«

»Die leihe ich mir dort«, sagte Adam. »Ist das ein Hobby von Ihnen?«

»Was?«

»Na, kreuz und quer im Zug durch Europa zu fahren, um irgendwelche Leute anzuquatschen?«

Der Mann lachte. »Du erinnerst mich sehr an deinen Vater«, sagte er.

»Da muss es sich um eine Verwechselung handeln«, sagte Adam. »Mein Vater ist einen Meter fünfzig groß und besitzt eine Pizzeria in Frankfurt.«

Der Mann wurde plötzlich ernst. »Deine Eltern wurden in Monte Carlo ermordet, und wenn du nicht untertauchst, so wie er es dir gesagt hat, dann bist du als Nächster dran.«

Adam blickte ihn eiskalt an. »Soll das eine Drohung sein?«, fragte er.

»Nein, du Idiot, eine Warnung«, sagte der Mann ungeduldig. »Ich hoffe, du kennst den Unterschied.«

Adam fühlte, wie er zornig wurde. »Woher weiß ich, dass Sie nicht für den Tod meiner Eltern verantwortlich sind?«

Jetzt war es der Mann, der nachdenklich aus dem Fenster sah. »Ich trage sicher ein Stück weit Schuld daran. Ich hätte wissen müssen, in welche Gefahr sich Friedrich begab.«

Als Adam den Namen seines Vaters hörte, stieg die Trauer wieder in ihm hoch.

»Als … als es vorbei war, habe ich alles versucht, um wenigstens dein Leben zu schützen«, fuhr der Mann fort. »Ich habe eine weitere Leiche in das Hotelzimmer gebracht. Dann habe ich das Feuer gelegt, um deinen Tod vorzutäuschen. Wenn du jetzt nicht von der Bildfläche verschwindest und dir ein neues Leben aufbaust, war das alles umsonst.«

»Wo hatten Sie die extra Leiche her?«, fragte Adam. »So was haben Sie einfach so zur Hand?«

»In meinem Job kommt es zu Todesfällen. Manchmal muss man improvisieren.«

»Und Ihnen soll ich trauen?«

»Nein, du Dummkopf, du sollst niemandem trauen.«

Adam verschränkte die Arme. »Ich habe keine Ahnung, wer Sie sind, und wenn Sie nicht sofort das Abteil verlassen, ziehe ich die Notbremse.«

Der Mann sah ihn an. »Okay. Irgendwie verstehe ich das. Aber sei dir einer Sache bewusst: Das hier ist dein letzter Ausweg. Wenn du jetzt nicht abhaust, steckst du in dieser Sache drin, ob du willst oder nicht. Und ich habe keine Zeit, deinen Babysitter zu spielen.«

Der Mann stand auf und ging zur Tür. Er zog an dem Handgriff und öffnete sie. Gerade wollte er auf den Gang hinaustreten, als er sich noch einmal umdrehte. Er wirkte, als habe er einen Entschluss gefasst. »Übrigens, ich heiße Dietrich«, sagte er. »Dietrich und Friedrich. Wir waren ein gutes Team, dein Papa und ich.«

Adam blickte ihn an. Er wollte dem Mann glauben, doch Adam traute seiner eigenen Einschätzung nicht. Es war sicherer, dem Rat seines Vaters zu folgen und niemandem zu vertrauen. Dietrich nahm eine Visitenkarte aus der Innentasche seiner Anzugjacke und gab sie Adam. Er blickte auf die Karte. In schwarzer Schrift standen darauf genau zwei Dinge: der Name Dietrich und eine Telefonnummer.

»Ruf diese Nummer an, wenn du Hilfe brauchst«, sagte er. Dann warf er ihm die Tüte mit den Pistazien zu. »Hier, Nervennahrung. Wirst du brauchen.«

Adam sah die Tüte misstrauisch an.

»Keine Angst, sind nicht vergiftet«, sagte der Mann und zwinkerte ihm zu. Er schloss die Tür hinter sich und verschwand den Gang hinunter.

Adam nahm eine der Pistazien aus der Tüte, schälte sie und warf sie sich in den Mund. Als er auf der salzigen Nuss herumkaute, fiel ihm die Notiz aus der Berghütte wieder ein:

D., diese Papiere wurden mir von Blue Fox zugespielt.
Ich glaube, das ist ein Volltreffer. – F.

F. und *D.* Friedrich und Dietrich. Zumindest dieses Detail schien die Geschichte des Mannes zu bestätigen. Adam steckte die Karte in seinen Geldbeutel, aß Pistazien und blickte aus dem Fenster.

17

Sankt Stephan, Schweiz

Am Nachmittag fuhr der Zug im Bahnhof von Sankt Stephan ein. Adam schnappte sich seine neue Reisetasche aus dem Gepäckfach und stieg aus. Sankt Stephan war ein verschlafenes kleines Nest, das in einem Talkessel zwischen zwei Bergmassiven lag. Der Bahnhof bestand aus einer einzigen Plattform mit zwei Gleisen. Adam lief die Treppe hinunter und ging durch die Unterführung zum Bahnhofsvorplatz. Ein Landgasthof und eine Postfiliale bildeten das Zentrum des Dorfes. Adam ging zu einer Umgebungskarte, die in einer Vitrine ausgehängt war, und suchte das Kauzhorn. Am Fuße des Berges war das Schloss Winkelried eingezeichnet, in dem das Eliteinternat untergebracht war. Da Adam kein Geld für ein Taxi ausgeben wollte und sowieso weit und breit kein Auto zu sehen war, machte er sich zu Fuß auf den Weg. Das Dorf wirkte wie ausgestorben. Außer einer Dame, die ihren Berner Sennenhund ausführte, und einer gelangweilten Bäckereibedienung, die vor der Filiale saß und in einem Magazin blätterte, begegnete er niemandem. Er ließ das Dorf hinter sich und lief an der Straße entlang, die zum Schloss führte. Nachdem er eine Stunde bergauf marschiert war, erreichte er die Einfahrt des Internats. Sie wurde von zwei großen Adlerstatuen gesäumt, die ihre Flügel aufgespannt hatten und auf hohen Säulen links und rechts der Straße saßen. *Schloss Winkelried* stand auf einer bronzenen Plakette, die auf einer der Säulen angebracht war und die Form eines Wappenschilds besaß. Adam bog in die Einfahrt ein und lief die geteerte Straße zum Internat entlang.

Hinter einer Biegung erschien bald das Schloss Winkelried. Adam musste zugeben, dass er beeindruckt war. Bei dem Schloss handelte es sich um ein Kastell im italienischen Stil, dessen Steinmauern gelb gestrichen waren. Das Hauptgebäude besaß eine Fachwerkfassade, und an den kleinen Fenstern waren rote Fensterläden angebracht. Die spitzen Dächer des Schlosses waren mit roten Schindeln gedeckt. Ein hoher, rechteckiger Turm ragte in der Mitte aus dem Gebäudekomplex heraus. Vor dem Schloss waren Blumenbeete mit prächtigen Rosen angelegt, und an den Außenwänden kroch wilder Wein empor.

»Hier kann man es aushalten«, murmelte Adam, während er sich dem Schloss näherte. Durch einen großen Torbogen trat er in einen Innenhof. Hier spendeten die Schlossmauern kühlen Schatten. Eine große Treppe führte zum Haupteingang des Internats hinauf. Er stieg die Stufen hinauf und betrat das Gebäude. Neben der Eingangstür befand sich ein Fenster, hinter dem ein Sicherheitsbeamter in einer grünen Uniform saß.

»Entschuldigung, wen darf ich melden?«, fragte er in einem Tonfall, der fast nach einer Drohung klang.

Adam schlüpfte in die Rolle des Lorenz Euler. Er vermied Augenkontakt, spielte nervös mit seinen Fingern und sprach mit leiser Stimme. »Ähh … Lorenz … Lorenz Euler.«

Der Sicherheitsmann nahm den Hörer eines Telefons ab und drückte eine Taste auf dem Apparat. Er wechselte ein paar Worte und legte dann wieder auf. »Wenn Sie einen Moment hier warten möchten.«

Adam nickte. Er sah sich um. Die Eingangshalle besaß einen Marmorfußboden und große Fenster, die auf eine Wiese hinter dem Schloss blickten. Eine große Treppe führte zu einer Galerie hinauf, die rund um den ganzen Saal lief. Von dieser gingen Türen und Korridore ab, die in die oberen Stockwerke führten. An den Wänden hingen Wandteppiche, Hirschgeweihe und riesige Ölgemälde. Sogar eine Ritterrüstung stand neben einer Holztür. Durch diese Tür trat nun ein groß gewachsener Mann in einem dunkelgrauen Anzug. Er hatte grau meliertes Haar und auf seiner Nase saß eine dünne rote Brille. Als er Adam entdeckte, streckte er die Hand aus und vollführte eine Art Verbeugung. Adam zögerte, ehe er die Hand schüttelte, immer noch in die Rolle des schüchternen Genies vertieft.

»Zwingli, mein Name!«, sagte der Mann in einem Tonfall, als würde er eine Spielshow im Fernsehen moderieren. »Und Sie müssen Lorenz Euler sein.«

Adam nickte.

»Schön, dass Sie zu uns gefunden haben. Sind Sie mit dem Taxi gekommen?«

»Vom Bahnhof gelaufen«, murmelte Adam.

»Aber, Herr Euler, wir hätten Ihnen doch einen Wagen geschickt. Nächstes Mal bitte bloß kurz anrufen, und der Hausmeister, Herr Lohser, holt Sie ab.« Er wies mit der Hand auf den Mann, der hinter dem Fenster saß.

»Darf ich Ihnen das Gelände zeigen? Sie dürfen Ihr Gepäck ruhig hier abstellen.«

»Ja«, sagte Adam und setzte seine Reisetasche ab.

Herr Zwingli öffnete die Eingangstür, und die beiden schritten die Treppe zum Innenhof hinunter.

»Das ist Schloss Winkelried«, begann Herr Zwingli stolz. »Erstmals urkundlich erwähnt wurde es im dreizehnten Jahrhundert als ...«

Adam hörte geduldig zu, während Zwingli die Historie des

Schlosses herunterratterte. Als er im neunzehnten Jahrhundert angekommen war, fuhr ein großer schwarzer Geländewagen auf den Innenhof. Die Beifahrertür öffnete sich, ein Mann in dunklem Anzug stieg aus und öffnete die hintere Tür. Ein Junge in Adams Alter stieg aus. Er trug ein T-Shirt der Band *Sunscream*, eine abgewetzte Jeans, und auf seinem Kopf saß eine Baseballkappe mit dem Logo eines American-Football-Teams. Er hatte drahtlose Kopfhörer im Ohr. Adam erkannte den letzten Hit von *Sunscream*, den der Junge in voller Lautstärke hörte. Als er Herrn Zwingli entdeckte, nahm er einen der Kopfhörer aus seinem Ohr. Er ging auf ihn zu, legte ihm lässig den Arm um die Schultern und boxte ihn scherzhaft gegen den Arm. »Zwingli! *My man!*«, rief er mit einem deutlichen amerikanischen Akzent. »Alles locker bei dir? Hast ein bisschen zugenommen über die Ferien.«

Zwingli lächelte dünn. Der Junge musterte Adam von Kopf bis Fuß.

»Neu hier?«, fragte er.

Adam nickte stumm.

Der Junge streckte die Hand aus. »Maitland. Gregg Maitland. Und mit wem habe ich das Vergnügen?«

Adam wusste nicht warum, aber dieser Gregg war ihm sofort zutiefst unsympathisch. »Lorenz Euler«, sagte er leise.

»Lorenz! Lorenzo! *Nice to meet you!*« Gregg zwinkerte ihm zu, was Adams Eindruck von ihm nicht gerade verbesserte. Der Mann, der Gregg die Autotür geöffnet hatte, war zum Kofferraum gegangen und hob nun einen feuerroten Koffer heraus, der mit allerlei Aufklebern verziert war. Diesen hievte er die Treppe hinauf.

»Venturi, du weißt wo's lang geht!«, rief Gregg dem Mann auf Englisch zu. Venturi quittierte dies mit einem »Yes, Sir.«

»Wir sehen uns später, Zwingli.« Er machte Pistolen aus seinen Fingern und feuerte imaginäre Patronen auf Adam. »Renzo!«

Damit stöpselte Gregg den zweiten Kopfhörer wieder in sein Ohr und lief die Treppe hinauf. Zwingli wandte sich an Adam.

»Schön, dass Sie einen unserer Schüler kennengelernt haben. Das war Gregory Maitland der Dritte. Sein Vater ist US-Senator.« Beim letzten Satz wippte Zwingli leicht auf den Zehenspitzen auf und ab. Adam hörte den Stolz in seiner Stimme. »Wollen wir uns weiter umsehen?«

Zum Glück hatte Zwingli durch Greggs Unterbrechung den historischen Faden verloren, was Adam zwei Jahrhunderte Geschichtsunterricht ersparte. Zwingli führte Adam um das Schloss herum zu den Sportanlagen, die sich hinter dem Komplex befanden. Die Schule hatte einen großen Fußballplatz, Tennisplätze und eine kleine Sporthalle zu bieten. Außerdem gab es einen Badesee und ein Skigebiet ganz in der Nähe. Die Wintersaison stand kurz vor der Tür, und Adam freute sich schon darauf, die örtlichen Pisten einzuweihen. Sie kehrten zum Innenhof zurück. Als sie gerade an der Treppe zum Hauptgebäude angekommen waren, fuhr ein Kleinbus durch den Torbogen der Mauer. Lohser, der Hausmeister saß am Steuer. Er stieg aus und öffnete die Fahrgasttür. Eine Schar Schüler strömte aus dem Fahrzeug und lief die Treppe hinauf. Adam sah sich jeden einzelnen Schüler an, doch die Person, nach der er suchte, war nicht unter den Neuankömmlingen.

Wo war Claire De Laurent?

18

Am Ende der Besichtigungstour führte Herr Zwingli Adam in den dritten Stock, in dem sich die Schlafzimmer der Jungen befanden. Sie gingen einen langen Korridor entlang und blieben vor einer Zimmertür stehen. Zwingli klopfte an und wartete.

»Herein«, sagte eine Stimme.

Zwingli öffnete die Tür und betrat zusammen mit Adam das Zimmer. Die Wände waren weiß gestrichen, und Fußboden und Decke bestanden aus massivem Holz. Vom Fenster aus hatte man einen Ausblick auf das Dorf Sankt Stephan, und wenn man direkt nach unten sah, den Innenhof und den Eingang des Internats. Zwei Betten standen an gegenüberliegenden Wänden. Neben jedem Bett befanden sich ein Wandschrank und ein Schreibtisch. Auf einem der Betten lag ein großer Koffer, aus dem ein Junge in Adams Alter gerade seine Kleidungstücke in seinen Schrank räumte. Er war es, der sie hereingebeten hatte. An der Wand neben seinem Bett hingen Poster, die Science-Fiction- und Fantasy-Szenen zeigten.

Adams Blick fiel auf seinen Koffer. Zwischen den Hemden und Hosen, die der Junge gerade ausräumte, lag ein Stapel Comichefte. Als der Junge sah, dass Adam die Hefte gesehen hatte, bedeckte er diese verschämt mit einem T-Shirt.

»Das ist Jonathan Berger«, sagte Zwingli. »Herr Berger, Ihr neuer Zimmergenosse, Lorenz Euler.«

Adam schüttelte Jonathan die Hand.

»Abendbrot gibt es in einer Stunde unten im Speisesaal«, sagte Zwingli. »Ich lasse Sie dann mal auspacken.«

Damit verließ er das Zimmer. Adam legte seine Reisetasche auf das freie Bett. Er setzte sich auf die Matratze und sah sich die Poster über Jonathans Bett an. Das Fantasyposter zeigte fünf verschiedene Helden, die einen riesigen Drachen bekämpften. Das Logo einer Rollenspielreihe prangte darüber.

»Spielst du *Elder Swords*?«, fragte Adam, um das Eis zu brechen.

»Äh … ja.« Jonathans Tonfall klang, als würde er Spott erwarten.

»Cool, das habe ich früher auch gespielt«, log Adam, der diese Rollenspiele immer für Kinderkram gehalten hatte. »Ich hatte einen Level-zehn-Ninja.«

Jonathan lächelte. »Ich spiele meistens die Magier«, sagte er. »Da hat man mehr Möglichkeiten, auf Situationen zu reagieren. Wegen der Zaubersprüche.«

Adam hatte den Eindruck, dass Jonathan ein Stein vom Herzen gefallen war, weil Adam sich nicht lustig über ihn gemacht hatte.

»Wir können ja mal eine Partie spielen, wenn du magst«, fuhr er fort. »Meine Kumpels und ich treffen uns immer freitagabends.«

»Gern«, sagte Adam. Er öffnete seine Reisetasche und begann, seine Kleidung in den Schrank zu räumen.

»Hast du auch ein Stipendium, oder …?« Jonathan ließ den Rest der Frage in der Luft hängen, doch Adam war sich ziemlich sicher, dass der Teil, den er nicht ausgesprochen hatte »… bist du reich?« lautete.

»Mathe«, antwortete Adam knapp.

Jonathan lächelte. »Ich auch!«, rief er. »Frau Glarus ist eine echt super Lehrerin. Sie hat mir sogar erlaubt, mit komplexen Zahlen anzufangen. Was ist dein Spezialgebiet?«

Das war das Letzte, was Adam gebrauchen konnte. Ein Mathegenie als Zimmergenosse! Seine neue Identität würde keine Woche lang halten. »Äh … Primzahlen«, sagte Adam, weil es das Erste war, das ihm in den Sinn kam.

»Cool«, sagte Jonathan. »Damit kannst du vielleicht einmal beim Geheimdienst arbeiten. Kryptografie und so.«

Adam nickte, antwortete jedoch nicht. Vielleicht war es besser, den introvertierten Teil seiner Persönlichkeit stärker herauszustellen, allein schon, um weitere Mathefragen zu vermeiden. Auch Jonathan verstummte. Erst als es Zeit war, zum Speisesaal zu gehen, sprachen sie wieder miteinander.

»Komm mit, ich zeig dir, wo es langgeht«, sagte Jonathan. Gemeinsam gingen sie den Korridor zum Treppenhaus entlang. Aus den Türen der Schlafzimmer strömten die anderen Schüler, die lautstark die Treppe hinunterschwärmten. Sie durchquerten die Eingangshalle und betraten den Speisesaal durch eine Doppeltür.

Adam und Jonathan stellten sich in der Schlange zur Essensausgabe an und nahmen Tabletts von einer Ablage. Als sie ihre Teller mit dampfenden Nudeln erhalten hatten, suchten sie sich einen Sitzplatz. Der Speisesaal war sehr geräumig, und an zwei Wänden gaben Fenster den Blick auf die Umgebung frei. Die Aussicht war traumhaft. Die untergehende Sonne färbte die dünnen Wolken in ein zartes Rosa. Adam setzte sich an einen der Tische am Fenster.

»Lass uns lieber woanders sitzen«, stammelte Jonathan.

»Wieso?«, fragte Adam. »Das sind doch die besten Plätze.«

»Genau deshalb«, antwortete Jonathan kryptisch.

Adam ignorierte die Warnung seines Zimmergenossen und setzte sich hin. Jonathan blickte sich nervös um und nahm dann den Platz neben ihm ein. Adam hatte wirklich Hunger. Er hatte gerade ein paar Nudeln auf seine Gabel genommen, als ihm jemand auf die Schulter tippte. Adam drehte sich um.

»Renzo!« Es war Gregg, der Junge aus dem Geländewagen. Er hatte sein Outfit komplett gewechselt. Er trug jetzt eine knallrote Jeans und ein blaues Designershirt. Gregg setzte sich neben Adam, legte seinen Arm um Adams Schultern und nahm ihm die Gabel mit den Nudeln ab. Jonathan sah aus, als wolle er im Boden versinken. Gregg steckte sich die Nudeln in den Mund und sprach, während er kaute. »*Listen, pal*, du bist neu hier. Dafür habe ich volles Verständnis. Deshalb kennst du die Regeln noch nicht.« Er wandte sich an Jonathan. »*Geeky-Jon*, hast du ihm die Regeln noch nicht erklärt?«

»Äh … nein«, stammelte Jonathan.

»Also, pass auf, es ist ganz einfach, Renzo. Die Plätze hier am Fenster sind für … Leute wie mich. Und die Tische da drüben, bei der Küche, die sind für Leute wie euch.«

Adam musste sich zusammenreißen. Er hatte alle Mühe, diesem Gregg Maitland dem Dritten keinen Kinnhaken zu verpassen. Er musste um jeden Preis seine Tarnidentität schützen. »Äh … ich verstehe nicht. Leute wie wir?«

»Es ist so: Meine Freunde und ich, wir sind diejenigen, die hier alles bezahlen. Das Essen, die Tische, die Stühle, die Betten, den Sportplatz, das finanzieren alles wir. Und Typen wie ihr lebt hier gratis.«

Adam konnte sich einen Seitenhieb nicht verkneifen. »Ah, verstehe, weil wir besonders begabt sind und ihr nicht.«

Er hatte diesen Satz in einem vollkommen neutralen Tonfall gesagt, sodass Gregg nicht einschätzen konnte, ob Adam ihn absichtlich beleidigt hatte.

»Du hältst dich wohl für oberschlau. Ich will das heute mal

durchgehen lassen«, sagte er gnädig. »Und jetzt mach den Tisch frei.«

Alles in Adam schrie danach, nicht aufzustehen und diesem Gregg den Teller Nudeln über das Designershirt zu kippen, doch er konnte nicht schon am ersten Abend auffliegen. Jonathan war schon aufgestanden und mit seinem Tablett zu einem der hinteren Tische gegangen. Missmutig folgte Adam ihm. Mit diesem Gregg hatte er auf jeden Fall noch eine Rechnung offen. Als Adam zu Jonathans Tisch ging, fiel ihm auf, dass keiner der Lehrer etwas gesagt hatte. Herr Zwingli saß zwei Tische weiter mit der gesamten Lehrerschaft beisammen, doch niemand hatte es gewagt, diesen Gregg zurechtzuweisen.

Er setzte sich zu seinem Zimmergenossen, und sie aßen stumm zu Abend.

Nach dem Essen zeigte Jonathan Adam den Fernsehraum. Dort wartete bereits eine Gruppe von Jonathans Freunden.

»Das sind Leon, Sandra und Xenia«, stellte Jonathan die anderen vor. Adam schüttelte ihnen reihum die Hand. Leon schaltete den Fernseher ein und startete *Willow*, einen Fantasyfilm, den Adam noch nicht kannte. Die vier unterhielten sich darüber, wie sehr die Handlung anderen Fantasygeschichten ähnelte. Nach etwa zwanzig Minuten flog die Tür auf, und Gregg und seine Freunde betraten den Raum. »Tut mir leid, Nerds, wir haben den Raum gebucht.«

Ohne ein Wort des Protests standen Jonathan und seine Freunde auf. Gregg beendete den Fantasyfilm und startete einen Actionfilm über illegale Straßenrennen. Adam folgte Jonathan nach draußen.

»Ihr lasst euch das einfach gefallen?«, fragte er.

»Was sollen wir machen?«, antwortete Jonathan niedergeschlagen. »Wenn wir uns beschweren, drohen die mit ihren Eltern.

Und die haben bei der Schulleitung mehr zu melden als wir. Schau mal, da oben.«

Er zeigte auf eine Bronzeplakette, die über dem Eingang des Speisesaals hing.

»Maitland-Saal«, las Adam.

»Greggs Vater hat die Renovierung des Speisesaals bezahlt. Wenn Gregg davon redet, dass ihm die Fensterplätze gehören, dann hat er gar nicht so unrecht.«

Adam spürte, wie sich ein Gefühl der Wut in seinem Magen zusammenbraute.

Um neun Uhr war es Zeit, ins Bett zu gehen. Jonathan las im Licht einer Taschenlampe. Adam schloss die Augen, doch er konnte nicht einschlafen. Die Wut auf diesen arroganten Gregg ließ ihn nicht zur Ruhe kommen. Einige Stunden später hörte er, wie unten im Innenhof ein Auto vorfuhr. Er blickte zu Jonathan hinüber, doch dieser schlief tief und fest. Leise stellte Adam sich ans Fenster und blickte nach unten. Ein weißer Mercedes war vorgefahren. Die hintere Tür öffnete sich, und eine junge Frau stieg aus. Adam erkannte sie sofort, selbst aus der großen Entfernung. Es handelte sich um niemand anderen als Claire De Laurent. Rocco, ihr Vater, öffnete die Fahrertür. Die beiden waren gerade in einen tiefen Streit verwickelt. Sie warfen sich laut etwas auf Französisch an den Kopf. Adam beherrschte die Sprache zwar einigermaßen, aber er konnte nur ungefähr heraushören, worüber sie stritten. Das Echo des Innenhofs machte es schwierig, einzelne Wörter zu verstehen. Claire nannte ihren Vater einen Egoisten, der nur an sich selbst dachte und sie und ihre Mutter wie Angestellte behandelte. Rocco versuchte seine Tochter zu beschwichtigen, doch es gelang ihm nicht. Der Anblick Roccos ließ Adam erschaudern. Das war der Mann, der aller Wahrscheinlichkeit nach den Befehl gegeben hatte, seine Eltern zu ermorden.

Adam stellte sich vor, er wäre ein Scharfschütze, der auf De Laurent anlegte. Ein einziger Schuss und seine Eltern waren gerächt. Doch er musste Geduld haben, wenn er diesen Typen zur Strecke bringen wollte.

De Laurent war zur Rückseite des Wagens gegangen und hob einen silbernen Koffer aus dem Kofferraum. Immer noch streitend liefen Vater und Tochter die Treppe empor. Adam reagierte schnell. Er wollte wissen, in welchem Zimmer Claire wohnte. Das würde sich später vielleicht als nützlich erweisen. So leise er konnte, um Jonathan nicht zu wecken, ging er zur Tür und zog sie auf. Sie knarzte leise, doch nicht genug, um seinen Zimmergenossen aus dem Schlaf zu reißen. Er prüfte, ob die Luft rein war, dann schlich er auf den Gang hinaus und die Stufen in den zweiten Stock hinunter, wo die Mädchen schliefen. Im selben Moment kamen De Laurent und seine Tochter die Treppe hinauf. Da es auf den Gängen dunkel war, hatte Claire die Taschenlampe ihres Handys aktiviert. Adam duckte sich hinter eine Ritterrüstung, die am Anfang des Korridors aufgestellt worden war. Claire und ihr Vater waren so sehr in ihren Streit vertieft, dass sie ihn nicht bemerkten. Als sie an ihm vorbeigegangen waren, verließ er sein Versteck und lugte um die Ecke des Korridors. Er beobachtete, wie Claire eine Zimmertür am hinteren Ende des Ganges öffnete. Adam wollte gerade wieder in den dritten Stock hinaufgehen, als ihm eine Idee kam. Er schlich sich in die Eingangshalle hinunter, verließ das Gebäude durch die Doppeltür und betrat den Innenhof, wo der weiße Mercedes stand. Er versteckte sich hinter einer der Säulen, die den Hof säumten. Von dort aus wollte er beobachten, wie Rocco sich verhielt, wenn er allein war. Lange musste er nicht warten. Wenige Minuten später kam Rocco aus dem Internatsgebäude. Ein grimmiger Ausdruck lag auf seinem Gesicht. Er öffnete den Wagen und setzte sich ans Steuer, doch er fuhr nicht sofort los. Stattdessen zog er ein Handy aus der Tasche und wählte eine Nummer.

Adam wollte unbedingt hören, was Rocco zu sagen hatte. Er ging in die Hocke und kroch auf allen vieren auf die Fahrertür zu. Geduckt lauschte er dem Telefongespräch, das er durch das offene Fenster hören konnte. Eine gereizte Note lag in Roccos Stimme. Er war hörbar von dem Streit mit seiner Tochter aufgewühlt. Adam wusste nicht, mit wem Rocco sprach, doch er klang ungeduldig.

»Nein! Auf keinen Fall! Das Treffen findet statt«, sagte er auf Französisch. »Wir müssen nur den Treffpunkt ändern … Hier in der Schweiz … Dann musst du Buteo eben davon überzeugen. Es wird sich für ihn lohnen. In Monte Carlo war er doch ganz heiß auf den Deal.«

Rocco legte auf. Da Adam davon ausging, dass Rocco vorwärts aus dem Hof fuhr, kroch er hinter den Wagen, um nicht im Licht von Roccos Scheinwerfern aufzutauchen. Doch er hatte sich geirrt. Die weißen Rücklichter leuchteten auf. Rocco hatte den Rückwärtsgang eingelegt. Ein beunruhigender Gedanke schoss Adam durch den Kopf. Das Auto war sicher mit einer Rückfahrkamera ausgestattet. Wenn er recht hatte, war sein Gesicht jetzt hell ausgeleuchtet auf dem Display des Wagens zu sehen. Adam sprang hinter dem Mercedes hervor und duckte sich hinter einen Baum, der in der Nähe des Eingangs wuchs – keine Sekunde zu früh. Die Tür des Mercedes öffnete sich, und Rocco trat heraus. Er ging zur Rückseite des Wagens und suchte den Boden des Innenhofs mit seinen Augen ab. »Hallo?«, fragte er in die Dunkelheit hinein. »Jemand da?«

Keine zwei Meter trennten Rocco von Adams Versteck. Adam presste sich an den Baumstamm und versuchte, keinen Laut von sich zu geben. Rocco ließ seinen Blick ein letztes Mal über den

Hof schweifen und stieg dann wieder ein. Er setzte mit dem Auto zurück und fuhr die Einfahrt hinaus.

Adam atmete auf. Er wartete ab, bis das Motorengeräusch von Roccos Wagen in der Ferne verstummt war, dann kam er aus seinem Versteck hervor und lief die Treppe zum Eingang hinauf. Auf dem Weg zurück in sein Zimmer dachte er darüber nach, was De Laurent bei dem Telefongespräch gesagt hatte. Er hatte sich mit einem gewissen Buteo in Monte Carlo getroffen, um einen Deal zu besprechen. Das musste doch mit dem Tod seiner Eltern zusammenhängen. Er ging in sein Zimmer zurück, legte sich ins Bett und schlief ein.

19

Als Adam am nächsten Morgen aufwachte, war Jonathan gerade dabei, sich anzuziehen. Anstatt seiner Straßenkleidung trug er einen perfekt sitzenden weinroten Anzug mit Einstecktuch.

»Hast du ein Vorstellungsgespräch?«, murmelte Adam, während er sich den Schlaf aus den Augen rieb.

»Nein«, sagte Jonathan. »Heute ist vor dem Frühstück die große Willkommensversammlung. Zwingli hält eine Rede und gibt einen Ausblick auf das Schuljahr.«

Adam wälzte sich aus dem Bett und warf einen Blick in seinen Kleiderschrank. Außer den Jeans und T-Shirts, die er unterwegs gekauft hatte, sah es dürftig aus. »Du hast nicht zufällig noch einen zweiten Anzug übrig?«, fragte er Jonathan.

»Doch schon, aber der ist mir zu klein. Der passt dir ganz bestimmt nicht.«

»Besser als gar nichts«, sagte Adam.

Jonathan nahm seinen Zweitanzug aus dem Schrank und händigte ihn Adam aus. Dieser hatte alle Mühe, sich in das rote Sakko und die enge Hose zu zwängen. Irgendwie gelang es ihm, seine Hose zu schließen, ohne dass der Knopf abriss. Doch als er sich im Spiegel betrachtete, musste er sich ein Lachen verkneifen. Er sah aus, als hätte er aus Versehen die Kleidung eines Kindes angezogen. Zwischen Hosensaum und Schuhen sah man eine Handbreit Haut, und die Ärmel endeten in der Mitte seines Unterarms. Einen Moment lang weinte er in Gedanken den maßgeschneiderten Designeranzügen nach, die er in seinem früheren Leben besessen hatte.

»Lass uns runtergehen«, sagte Jonathan. »Die Versammlung fängt gleich an.«

Gemeinsam mit den anderen Schülern liefen sie die Treppe zur Eingangshalle hinunter. In dem langen Saal waren Stuhlreihen und ein Rednerpult aufgestellt worden. Die Schüler setzten sich auf die Stühle und unterhielten sich lautstark, bis Herr Zwingli vorn ans Pult trat und an den Kopf des installierten Mikrofons tippte. Die Anwesenden verstummten.

»Herzlich willkommen, meine lieben Schülerinnen und Schüler. Ich hoffe, ihr habt geruhsame Ferien verbracht und seit nun gut erholt und munter, bereit für ein neues Schuljahr.«

Er fuhr fort, die Lehrpläne, Klassenaufteilungen und Freizeitaktivitäten zu besprechen. Adam schenkte ihm keine Aufmerksamkeit. Stattdessen sah er sich in dem Saal um und beobachtete die Schüler. Zuerst fand er Yasemin, die neben einem blonden Mädchen auf der gegenüberliegenden Seite des Saals saß. Sie entdeckte ihn, und die beiden nickten sich verstohlen zu. Dann suchte er nach Claire De Laurent. Er fand sie im hinteren Drittel des Saals. Jetzt bei Tageslicht bemerkte er erst, wie hübsch sie war. Durchdringende dunkelblaue Augen, schulterlanges hellblondes Haar, ein umwerfendes Lächeln – wenn sie nicht die Tochter seines Erzfeindes gewesen wäre, wäre sie genau sein Typ gewesen. Wahrscheinlich wusste sie gar nicht, was für ein Monster ihr Vater war. Sie unterhielt sich mit zwei anderen Mädchen, die neben ihr saßen. Eines hatte langes rotes Haar, das andere einen dunkelbraunen Bob. Irgendwie hatte Adam das Gefühl, dass die drei ihren Look genau aufeinander abgestimmt hatten. Sie wirkten auch zehn Jahre älter als die anderen Mädchen des Internats.

Ein Papierfetzen landete in Claires Haar. Sie nahm ihn heraus und entfaltete ihn. Etwas genervt las sie eine Nachricht, die daraufgeschrieben war, und drehte sich um. Gregg, der zwei Reihen hinter ihr saß, hatte sie ihr zugeworfen. Er zwinkerte ihr zu und lächelte. Claire knüllte den Zettel zusammen, sah ihn eiskalt an und drehte sich wieder um. Sie tuschelte mit ihren Sitznachbarinnen und verdrehte verärgert die Augen. Gregg stieß seinen Nachbarn mit dem Ellbogen an und krümmte sich, als würde er vor Lachen sterben.

»Eine letzte Sache haben wir noch auf der Tagesordnung«, fuhr Zwingli am Rednerpult fort. »Wir dürfen nämlich einen neuen Schüler in unseren Reihen begrüßen. Herr Lorenz Euler, wenn Sie bitte vortreten würden.«

Adam war so sehr in seine Beobachtungen vertieft, dass er Herrn Zwingli gar nicht zugehört hatte.

»Herr Euler, bitte!«

Jonathan drehte sich zu ihm. »Lorenz, der meint dich«, raunte sein Zimmergenosse ihm zu.

Adam blickte nach vorn. Herr Zwingli bat ihn mit einer Geste, vorzutreten. Adam stand auf, zupfte sich den engen Anzug zurecht und ging zum Podium. Er fühlte sich gar nicht wohl in seinem Aufzug.

»Vielleicht möchten Sie sich Ihren Schulkameraden kurz vorstellen.«

Adam stellte sich ans Rednerpult. Sein zu kurzer Anzug half ihm ein wenig dabei, wieder in die Rolle des schüchternen Schülers zu schlüpfen. »Ha… hallo. Also … mein Name ist Lorenz. Lorenz Euler und … äh … ich …«

Er übertrieb das Stammeln ein wenig, doch es zeigte Wirkung. Vom hinteren Ende des Raumes erklang plötzlich Greggs Stimme.

»Hey, das ist mein Freund Renzo!« Er stand auf und rief mit

seinen Freunden Adams Spitznamen. »Renzo! Renzo! Renzo! Renzo!«

Bald stimmte der ganze Saal mit ein. Gregg blickte sich zufrieden um und dirigierte mit den Händen. Adam tat so, als würde er vor Scham am liebsten im Boden versinken. Er trat vom Pult zurück und senkte den Blick. Zwingli lachte dünn und wandte sich an die Schüler. »Vielen Dank für diesen lebhaften Winkelrieder Willkommensgruß!«, sagte er beschwingt. »Ich bin sicher, Herr Euler, dass Sie sich bei uns wie zu Hause fühlen werden.«

Adam blickte den Schulleiter fassungslos an. Er hatte nicht den geringsten Versuch unternommen, die Rufe der Schüler zu unterbinden. Ihm musste doch klar sein, dass sie versucht hatten, Adam lächerlich zu machen. Das grenzte ja an Mobbing.

»Dann wünsche ich Ihnen und uns ein erfolgreiches Schuljahr!«

Damit standen die Schüler auf und gingen in den Speisesaal. Adam gesellte sich dort zu Jonathan, der an einem der Tische in der Nähe der Küche saß. Er blickte zu Gregg und seinen Freunden an den Fensterplätzen hinüber. Jonathan versuchte ihn aufzumuntern. »Nimm's nicht so schwer«, sagte er. »Die behandeln jeden so, der neu auf die Schule kommt. Ein paar Tage haben sie dich auf dem Kieker, bis sie ein anderes Opfer finden.«

Nach dem Frühstück bildete sich eine lange Schlange vor der Bibliothek, die in einem der Außengebäude untergebracht war. Am Ende der Willkommensversammlung hatte jeder der Schüler einen Stundenplan und eine Liste mit Büchern in die Hand gedrückt bekommen, die sie nun abholen sollten. In der Mitte des Raums waren mehrere Tische zusammengestellt worden, hinter denen die Bibliotheksleiterin stand. Sie suchte aus mehreren Kisten die Bücher der Schüler zusammen und händigte sie ihnen aus.

Adam wollte diese Gelegenheit nutzen, um mit Claire De Laurent ins Gespräch zu kommen. Das war schließlich der ganze Sinn dieser Undercover-Aktion. Er mogelte sich so in die Schlange, dass er vor Claire und ihren Freundinnen stand. Als er an der Reihe war, seine Bücher abzuholen, wartete er, bis auch Claire ihren Stapel erhalten hatte. Einen Moment lang achtete sie nicht auf ihre Bücher und blickte stattdessen auf ihr Handy. Adam nutzte diesen Moment, um seinen Stapel mit dem von Claire zu tauschen. Als sie mit ihren Büchern die Bibliothek verließ, folgte er ihr. Sie überquerte gerade den Innenhof, als Adam ihr zurief: »Entschuldigung! Claire? Ist das dein Name?«

Claire drehte sich um und sah den komischen jungen Mann in dem viel zu kleinen Anzug herablassend an. »Wer will das wissen?«

Adam hielt die Bücherliste hoch, die auf dem Stapel seiner Schulbücher lag. »Ich glaube, ich habe deine Bücher.«

»Oh!« Claire blickte auf ihre Liste. »Lorenz Euler.«

»Das bin ich«, sagte Adam.

Claire hielt ihm seine Bücher hin, und er tauschte sie gegen ihren Stapel aus. Bei dem letzten Buch handelte sich um einen französischen Roman.

»Flaubert?«, fragte er und fügte in fast perfektem Französisch hinzu: »Sie sind Französin? Freut mich, Sie kennenzulernen.« Er küsste spielerisch ihre Hand und lächelte.

»Die Freude ist ganz auf meiner Seite«, antwortete sie, ebenfalls auf Französisch. »Du bist aber kein Franzose, oder?«

»Halb. Meine Mutter ist Französin. Ich bin jedoch in Deutschland aufgewachsen.«

»Ah, cool«, sagte sie und lächelte ihr umwerfendes Lächeln. Unvermittelt landete eine Hand auf Adams Brust und schob ihn zur Seite. Diese Hand gehörte zu Gregg Maitland.

»Mach 'ne Fliege, Renzo«, sagte er barsch und wandte sich an Claire. »Hast du mich vermisst?«

»Nein. Falls du dich nicht erinnerst, wir haben vor dem Sommer Schluss gemacht.«

Gregg tat so, als würde er nachdenken. »Hm … nein, ich kann mich nicht erinnern. Wollen wir essen gehen? Freitagabend? Kerzenlicht und der ganze Schnickschnack?«

Claire sah ihn mit einem Blick an, der sich nicht zwischen Verachtung und Sympathie entscheiden konnte. »Falls ich nichts Besseres zu tun habe«, sagte sie schließlich. Damit drehte sie sich um und ging ins Internatsgebäude zurück. Weder Claire noch Gregg schenkten Adam die geringste Beachtung. Dieser stand nun allein in dem Innenhof. Dachte er jedenfalls.

»Dein Charme zieht wohl bei den Frauen nicht mehr«, sagte eine Stimme hinter ihm. Er drehte sich um. Yasemin war gerade aus der Bibliothek gekommen und hielt ihre Bücher in den Händen. Sie lächelte.

»Ich bin ein bisschen aus der Übung, seit mein Leben auf den Kopf gestellt wurde, Whywhy«, antwortete er.

»Komm, lass uns auf die Wiese gehen«, sagte Yasemin. »Ist wahrscheinlich besser, wenn keiner herauskriegt, dass wir uns kennen. Mit deiner neuen Frisur habe ich dich fast nicht erkannt.«

Adam lachte. »Ich erschrecke mich immer noch jeden Morgen selbst, wenn ich in den Spiegel schaue.«

Sie brachten ihre Bücher auf ihre Zimmer und trafen sich dann hinter dem Internatsgebäude. Adam erzählte ihr, was ihm auf seiner Reise in die Schweiz widerfahren war. Yasemin war besonders an seiner Begegnung mit dem Mann im Zug interessiert.

»Meinst du, du kannst diesem Dietrich trauen?«, fragte sie.

»Ich glaube, ich kann niemandem trauen, doch irgendwie habe

ich ihm seine Geschichte geglaubt. Schließlich passt sie zu der Notiz, die wir in der Berghütte gefunden haben.«

Er nahm die Visitenkarte aus seinem Geldbeutel, die Dietrich ihm gegeben hatte. »Hier. Er hat gesagt, ich soll mich melden, wenn ich Hilfe brauche.«

Yasemin nahm ihr Handy aus ihrer Hosentasche und schoss ein Foto der Karte. »Für alle Fälle«, sagte sie. Adam steckte die Visitenkarte wieder ein.

»Hast du dich schon ein bisschen eingelebt?«, fragte Yasemin, als sie an den Blumenbeeten vorbeischlenderten, die an der Mauer entlang angelegt worden waren.

»Du hast nicht übertrieben, als du gesagt hast, man muss entweder reich oder intelligent sein, wenn man diese Schule besuchen will. Was du nicht erwähnt hast, ist, dass manche der Reichen sich wie Vollidioten verhalten.«

»Wer denn zum Beispiel?«, fragte Yasemin.

»Na, dieser Gregg. Der behandelt mich und die anderen Stipendiaten wie Menschen zweiter Klasse.«

»Ja, der ist einer der Schlimmsten«, sagte Yasemin.

Als Adam sich Greggs Verhalten ins Gedächtnis zurückrief, brodelte Wut in ihm hoch. »Ich weiß nicht, wieso, aber diesen Typen kann ich nicht ausstehen. Er ist arrogant, selbstverliebt und tut so, als gehöre ihm die Welt.«

Yasemin lachte.

»Was ist so komisch?«, fragte Adam.

»Ich weiß ganz genau, wieso du ihn nicht leiden kannst«, sagte sie.

Adam stutzte. »Und warum?«, fragte er.

»Ist doch klar. Du siehst dich selbst in ihm.«

Adam fiel die Kinnlade herunter. »Was soll das heißen?«, fragte er entrüstet.

»Du weißt, dass du mein bester Freund bist«, begann Yasemin. »Aber du hast dich gegenüber manchen Leuten in unserer Schule genauso arrogant und selbstverliebt verhalten wie dieser Gregg. Ich meine, dein ganzes Leben fand auf Instagram statt und wer für dich nicht cool genug war, der hat gar nicht existiert.«

Adam wollte protestieren. Er wollte Yasemin beweisen, dass sie unrecht hatte. Doch je länger er darüber nachdachte, desto klarer wurde ihm, dass sie ihn richtig eingeschätzt hatte. In seinem früheren Leben war er wie dieser Gregg gewesen. Ein arroganter, selbstverliebter Draufgänger. Diese Gewissheit schmerzte. Erst jetzt wurde ihm klar, wie er auf andere gewirkt hatte.

»Alles klar mit dir?«, fragte Yasemin.

»Ja, ja«, antwortete Adam.

Wortlos gingen sie ins Internatsgebäude zurück.

20

Am Nachmittag fand auf dem Fußballplatz hinter dem Internatsgebäude der Sportunterricht statt. Adam lief mit Jonathan über die Wiese. Dieser redete angeregt über den Lehrplan, doch Adam hörte nicht zu. Wieder und wieder ging er in Gedanken durch, was Yasemin über ihn und Gregg gesagt hatte: *Du siehst dich selbst in ihm.* Längst vergangene Situationen fielen ihm ein, die ihre Einschätzung nur bestätigten. Wie oft hatte er sich auf Kosten anderer Schüler einen Scherz erlaubt, um cooler zu wirken? Er erinnerte sich an eine Deutschstunde, in der die Lehrerin ein schüchternes Mädchen gebeten hatte, einen Absatz vorzulesen. Sie war rot angelaufen und hatte stotternd angefangen zu lesen. Adam hatte begonnen, sie anzufeuern, und seine Freunde hatten mit eingestimmt. Dadurch hatte sich das Mädchen nur noch mehr geschämt. Warum hatte er das getan? Es war keine Bosheit gewesen, er hatte dem Mädchen nichts antun wollen. Er hatte es getan, um im Mittelpunkt zu stehen. Er wollte auffallen, alle Aufmerksamkeit auf sich ziehen. Die Gefühle des Mädchens waren ihm dabei völlig gleichgültig gewesen.

Sie erreichten den Fußballplatz, wo Herr Wandschneider, der Sportlehrer, sie in Teams einteilte. Jonathan und Adam landeten in derselben Mannschaft, während Gregg und seine Freunde in das Team der Gegner eingeteilt wurden. Das war Adam nur recht. Sein Hass auf Gregg war durch Yasemins Bemerkung nur noch gewachsen. Jetzt sah er in Gregg seine eigenen miesesten Eigenschaften, ein dunkles Ebenbild seiner selbst. Herr Wandschneider hatte auf eine ausgeglichene Stärke der beiden Teams nicht viel Wert gelegt, denn kurz nach Anpfiff war klar, dass Adams Mannschaft keine Chance hatte. Gregg war, zu Adams Verdruss, ein exzellenter Mittelstürmer. Nicht nur seine Dribbelkünste ragten heraus, sondern auch seine Ellbogen, mit denen er ein ums andere Mal die Abwehrspieler von Adams Team aus dem Weg drückte. Bei einem besonders harten Angriff stieß er Jonathan so hart in den Brustkorb, dass dieser vor Schmerz ins Gras fiel. Adam half ihm auf. Jonathan hielt sich die Rippen. »Das ist Fußball, kein Kampfsport«, murmelte Jonathan.

Adam ging zu Herrn Wandschneider, um sich zu beschweren. »Das war doch ein klares Foul!«, rief er aufgebracht. Gregg stoppte den Ball und warf dem Lehrer einen vielsagenden Blick zu.

»Hier in Winkelried fördern wir einen robusten Wettbewerb unter den Schülern«, sagte Herr Wandschneider in einem Ton wie aus einem Werbespot.

Adam platzte fast der Kragen. »Das grenzt doch an Körperverletzung!«, rief er.

»Na, nun übertreib mal nicht«, mahnte der Lehrer.

Gregg prustete los. »Wie sagt man auf Deutsch?«, sagte er. »Ich hab's: Weichei!«

Adam musste sich zusammennehmen, um Gregg nicht an die Gurgel zu springen. Stattdessen nickte er ihm zu.

»Robuster Wettbewerb?«, sagte er zu sich selbst. »Das kannst du haben, *my friend.*«

Herr Wandschneider pfiff, und das Spiel ging weiter. Gregg rannte mit dem Ball in Richtung Tor. Jonathan kam von der Seite und stürzte sich in den Zweikampf. Gregg schubste ihn mit der Hand zu Boden und lenkte den Ball in den Strafraum. Er wollte gerade zum Schuss ansetzen, als Adam ihn mit voller Wucht zu Boden rammte.

Herr Wandschneider pfiff. Gregg rappelte sich auf und wollte Adam in den Schwitzkasten nehmen, doch dieser rammte ihm den Ellbogen in die Rippen und ließ ihn über sein Fußgelenk zu Boden fallen.

»Foul!«, rief Herr Wandschneider. »Grobes Foul! Elfmeter. Und du bist raus!«

Dabei zeigte er Adam die Rote Karte. Adam drehte sich zu ihm. »Ich dachte, Sie sind für robusten Wettbewerb«, sagte er in einem provokanten Tonfall.

»Es muss aber alles im Rahmen bleiben«, antwortete Wandschneider. »Zwei Stunden Nachsitzen wegen unsportlichen Verhaltens.«

Herr Wandschneider ging zu Gregg, der immer noch im Gras lag, und half ihm beim Aufstehen. »Alles in Ordnung?«, fragte er.

Gregg sah Adam mit einem wütenden Blick an. »Geht schon«, murmelte er.

Adam setzte sich an die Seitenlinie. Wieder begann es, in ihm zu brodeln. Je länger er in diesem Internat war, desto mehr wurde ihm klar, dass die Lehrer die reichen Schüler hofierten, während die anderen wie Menschen zweiter Klasse behandelt wurden.

Jonathan nickte ihm anerkennend zu. Wenigstens hatte er es gewürdigt, dass Adam ihm zur Seite gesprungen war.

Nach dem Abendessen im Speisesaal rief Herr Wandschneider Adam zu sich. »Herr Euler, da Ihr Betragen heute auf dem Sportplatz nicht dem Ehrenkodex unseres Instituts entsprach, muss ich Sie leider zu zwei Stunden Nachsitzen verdonnern. Kommen Sie bitte mit mir.«

Adam folgte dem Sportlehrer in die Bibliothek, wo er ihn anwies, an einem Tisch Platz zu nehmen. Er gab ihm ein leeres Schulheft und eine gebundene Ausgabe von Goethes *Faust*.

»Sie schreiben jetzt so lange ab, bis die Zeit um ist«, sagte er.

Adam seufzte, nahm den Füller, den Wandschneider ihm gegeben hatte, und begann zu schreiben. Zwei Stunden später hatte er den Prolog und die erste Szene abgeschrieben. Herr Wandschneider, der am Nebentisch saß und ein Taschenbuch las, entließ ihn, konnte sich eine weitere herablassende Bemerkung jedoch nicht verkneifen. »Ich hoffe, wir haben unsere Lektion gelernt. Unsportlichkeiten kann ich überhaupt nicht leiden.«

»Gelernt habe ich auf jeden Fall etwas«, sagte Adam trocken. »Gute Nacht.«

Er verließ die Bibliothek und betrat den Innenhof. Es war schon nach zehn Uhr und im Internatsgebäude brannte nur noch in vereinzelten Fenstern Licht. Als Adam die Treppe zum Eingang fast erreicht hatte, trat jemand aus dem Schatten des Gebäudes und versperrte ihm den Weg. Es war Gregg. Er lächelte, doch in seinen Augen lag keine Spur von Humor. »Hey, Renzo. Ich glaube, wir sollten reinen Tisch machen.«

Jemand packte Adam von hinten, sodass er seine Arme nicht bewegen konnte. Adam versuchte sich loszureißen, doch er konnte dem eisernen Griff nicht entkommen. Gregg trat auf ihn zu. Er legte ihm eine Hand auf den Hinterkopf und flüsterte ihm ins Ohr. »Du bist neu hier. Du weißt noch nicht, wie es läuft. Darum werde ich heute mal nicht so hart sein. Weißt du, wer mein Vater ist? Er sitzt im US-Senat. Und ich werde irgendwann auch dort sitzen. Ich werde Macht ausüben, von der so einer wie du nur träumen kann. Mag ja sein, dass du mehr Grips hast, aber du wirst noch herausfinden, dass das in dieser Welt nicht viel zählt. Was zählt, ist, wer du bist, wen du kennst und wie viel Macht du ausübst. Und davon gebe ich dir jetzt eine Kostprobe.«

Er trat zurück. »Venturi?«, sagte er und nickte demjenigen zu, der Adam festhielt. Adam hatte angenommen, dass es sich um einen von Greggs Freunden handelte, doch als er sich umdrehte, fand er sich Angesicht zu Angesicht mit Greggs Bodyguard.

»Los, Venturi, mach deinen Job. Dieser Typ hat mich schließlich heute angegriffen.«

Adam sah, dass der Bodyguard zögerte. Ihm war sichtlich unwohl dabei, einem unbewaffneten Jungen wehzutun.

»Venturi«, ermahnte Gregg. »Muss ich meinem Vater mitteilen, dass du deinen Job nicht machst?«

»Nein, Sir«, murmelte der Bodyguard. Er ballte die rechte Hand zur Faust und rammte sie in Adams Bauch. Es fühlte sich an, als wäre er von einer Kanonenkugel getroffen worden. Adam sackte mit einem Schmerzenslaut zusammen. Er krümmte sich auf dem Boden und hielt sich die Bauchmuskeln. Venturi trat zu. Die Spitze seines harten Lederschuhs grub sich in Adams Bauch. Er keuchte vor Schmerz. Der Bodyguard trat ein zweites Mal zu, bevor Gregg ihm Einhalt gebot.

»Das reicht für heute«, sagte Gregg. »Ich glaube, Renzo hat seine Lektion gelernt. Meinst du nicht auch, Venturi?«

»Ja, Sir«, sagte der Bodyguard mit einem Hauch von Selbstzweifel in der Stimme. Sie ließen Adam hustend auf dem Kopfsteinpflaster liegen und gingen ins Haus zurück. Adam biss die Zähne zusammen. Jeder Atemzug tat ihm weh. Er setzte sich auf und versuchte gleichmäßig zu atmen. Dieser Venturi musste wohl jede freie Minute im Fitnessstudio verbringen, seine Faust und seine Füße hatten jedenfalls die Durchschlagskraft von Dampfhämmern. Adam blickte zur Bibliothek. Verdutzt bemerkte er, dass Herr Wandschneider am Fenster stand. Der Lehrer blickte ihn ausdruckslos an, dann wandte er sich ab und verschwand. Hatte er die ganze Aktion mitbekommen und nichts unternommen? Adam rappelte sich auf und ging ins Internat zurück.

21

An Schlaf war in dieser Nacht nicht mehr zu denken. Jedes Mal, wenn Adam sich im Bett bewegte, flammte der Schmerz in seinem Bauch und seinen Rippen auf. Außerdem geisterten Adam immer schrecklichere Rachefantasien durch den Kopf. Am nächsten Morgen schlurfte er in den Duschraum. Die Haut an seinem Bauch hatte sich grün und blau gefärbt. Er band sich ein Handtuch um und putzte sich vor dem Spiegel die Zähne.

»Hey, danke für gestern«, sagte Jonathan, der das Waschbecken neben ihm benutzte. »Es gibt nicht viele, die es mit Gregg aufnehmen würden.«

»Ich verstehe, warum«, sagte Adam und rieb sich die blauen Stellen auf seinem Bauch.

»Lass mich raten«, sagte Jonathan. »Du bist aus Versehen mit voller Wucht in eine Wand gerannt.«

Adam lachte. »Ja, komischerweise trug die Wand einen maßgeschneiderten schwarzen Anzug.«

»Sein Bodyguard?«, fragte Jonathan ungläubig.

»Sieht so aus, also würde unser lieber Mr Maitland sich nicht selbst die Hände schmutzig machen.«

Die beiden gingen in ihr Zimmer zurück und zogen sich an. Im Frühstücksraum setzten sich Jonathan und Adam so weit wie möglich von Gregg weg. Adam beobachtete, wie dieser sich bei Claire einschmeichelte. Eine Mischung aus Verachtung und Eifersucht stieg in ihm hoch. Ihm fiel ein, dass er noch keine Fortschritte dabei gemacht hatte, mehr über Claire und ihren Vater herauszufinden.

»Sie ist hübsch, nicht wahr?«, sagte Jonathan.

»Hm?«, brummte Adam.

»Claire«, sagte Jonathan.

»Nicht so mein Typ«, sagte Adam nüchtern.

»Ach komm schon. Die ist jedermanns Typ.«

Adam war überrascht, dass Jonathan gemerkt hatte, wen er da beobachtet hatte. Nach dem Frühstück suchte er nach Yasemin und zog sich mit ihr in eine unbeobachtete Ecke zurück.

»Du musst mir helfen«, sagte er. »Ich will endlich mehr über Claire herausfinden.«

»Was soll ich tun?«, fragte Yasemin.

»Wenn ich irgendwie an ihr Handy käme, könnte ich ihre Kommunikation überwachen. Vielleicht kann ich mich in ihr Zimmer schleichen. Kannst du mir nicht eine App besorgen, die ich auf ihrem Handy installieren kann? Dann kann ich mithören, was sie mit ihrem Vater beredet.«

»Nein«, sagte Yasemin.

Adam war überrascht. »Ich dachte, so was ist für dich ein Kinderspiel«, sagte er.

»Wäre es auch«, sagte Yasemin. »Aber ich tue das nicht. Ich helfe dir gern dabei, mehr über Claire herauszufinden, aber ihr Handy zu hacken, grenzt ja an Stalking. Damit will ich nichts zu tun haben.«

»Sie hat meine Eltern auf dem Gewissen!«, rief Adam aufgebracht.

»Nein, ihr Vater hat deine Eltern auf dem Gewissen. Und selbst das haben wir noch nicht bewiesen.«

»Und wie soll ich das beweisen, ohne Zugriff auf ihr Handy zu haben?«, fragte Adam.

»Keine Ahnung«, sagte Yasemin. »Aber ich hacke mich auf gar keinen Fall in ihr Telefon.«

»Du bist ja eine tolle Freundin«, blaffte Adam.

Yasemin sah ihn fassungslos an. »Du hast ja Nerven«, sagte sie. »Ich helfe dir, wenn sich die ganze Welt gegen dich verschworen hat, rette dich sogar aus einem brennenden Haus, und jetzt bin ich nicht mehr gut genug für dich, weil ich nicht das Handy deiner Angebeteten hacke? Mach doch, was du willst.« Kopfschüttelnd ging Yasemin die Treppe zu den Klassenzimmern hinauf.

Adam kratzte sich am Kopf. »Super gemacht«, sagte er zu sich selbst. »Wirklich klasse, Alter.«

Er machte kehrt und ging den Korridor hinunter, der zu dem Klassenzimmer führte, in dem seine Mathestunde stattfand. Er setzte sich auf den Platz neben Jonathan. Natürlich konnte er sich kein bisschen auf den Stoff konzentrieren, den die Lehrerin, Frau Glarus, jetzt an der Tafel erklärte. Er dachte immer noch über das Zusammentreffen mit Yasemin nach. Warum wollte sie ihm nicht helfen? Klar, ein Handy zu hacken, war nicht die feine Art, mal abgesehen davon, dass es auch höchst illegal war, aber Claire war nun mal eine Gegenspielerin. Heiligte in diesem Fall der Zweck nicht die Mittel?

»Vielleicht kannst du uns weiterhelfen, Lorenz?«

Adam blickte auf. Er hatte keine Ahnung, wovon Frau Glarus sprach. Sie hielt ihm ein Stück Kreide hin. An die Tafel hatte sie eine Kurve in einem Koordinatensystem gemalt. $f(x)= x^4-16$ stand daneben geschrieben. Adam stand auf und ging langsam zur Tafel. Er senkte den Kopf und spielte wieder den introvertierten Schüler.

»Kannst du uns die Ableitung hinschreiben?«, fragte Frau Glarus lächelnd. »Das ist für dich doch sicher ein Kinderspiel.«

In Adams Hirn rasten die Gedanken. Ableitung? Was zur Hölle

war das? Er konnte sich dunkel erinnern, dass Yasemin dieses Wort mal erwähnt hatte, doch er hatte keine Ahnung, was es damit auf sich hatte.

»Äh … klar«, sagte er, um Zeit zu gewinnen. Er blickte die Kurve an. Dann die Gleichung. Wenn er auf einen Geistesblitz gehofft hatte, wurde er enttäuscht. Er drehte sich um. Jonathan sah ihn an. Dann senkte er, fast unmerklich, für einen Moment die Augen. Adam blickte auf seinen Tisch. Jonathan hatte seine Handfläche gehoben, als würde er eine Karte beim Pokern aufdecken. Dort stand die Lösung: $f'(x)=4x^3$. Adam hob die Kreide an und malte die Lösung langsam, mit laut quietschenden Zügen, an die Tafel. Dann schlurfte er an seinen Platz zurück und setzte sich.

»Sehr gut«, sagte Frau Glarus. »Mia, vielleicht kannst du versuchen, die abgeleitete Kurve einzuzeichnen«.

Sie hielt einem Mädchen die Kreide hin, das nun ihrerseits an die Tafel kam. Adam blickte zu Jonathan hinüber. »Danke«, murmelte er.

»Nicht der Rede wert«, antwortete dieser.

Nach der Stunde gingen sie zusammen zu ihrem nächsten Klassenzimmer. »Sag mal, das mit der Ableitung eben, wusstest du das echt nicht?«, fragte Jonathan.

Zuerst antwortete Adam nicht. Er wog ab, ob er Jonathan vertrauen konnte. Schließlich entschied er sich dagegen. »Ich hatte einfach einen kleinen Aussetzer.«

»Okay«, sagte Jonathan. »Das passiert jedem mal.«

»Danke, dass du mir geholfen hast«, sagte Adam.

»Das ist das Mindeste, das ich tun kann. Du bist der Erste, der sich gegen Gregg wehrt. Ich habe den Typen so satt.«

Adam antwortete nicht. Ihm fiel wieder ein, was Yasemin über Gregg und ihn gesagt hatte. Hätte er selbst Jonathan in seinem früheren Leben wie Dreck behandelt? Er konnte es nicht mit Sicherheit sagen, und das nagte an ihm. Vor dem Klassenzimmer, in dem der Englischunterricht stattfand, stand Claire mit ihren beiden Freundinnen und unterhielt sich. Gregg, der an der Englischklasse nicht teilnahm, schlich sich von hinten an sie heran. Er hielt ihr eine Visitenkarte vor die Nase. Sie drehte sich genervt um. »Was soll das?«, fragte sie Gregg.

»Da habe ich für uns beide heute Abend einen Tisch reserviert«, antwortete Gregg. »Fünf-Gänge-Menü, weltbekannter Koch, ein Michelin-Stern – ganz netter Laden also.«

Claires Freundinnen lächelten. Adam glaubte, ein wenig Neid in den Augen der Rothaarigen aufblitzen zu sehen.

»Venturi fährt uns und holt uns wieder ab. Was sagst du?« Gregg setzte sein – vermeintlich charmantestes – Lächeln auf.

»Ist ja ganz nett, aber letztes Mal hast du den ganzen Abend auf dein Handy geschaut und deinen Freunden Nachrichten geschrieben.«

»Okay. Wir lassen die Handys hier. Das gilt dann aber auch für dich.«

Claire konnte sich ein Lächeln ihrerseits nicht verkneifen. »Na gut, Gregg, aber wenn du dich nicht wie ein wahrer Gentleman verhältst, spreche ich danach kein Wort mehr mit dir. Ich hoffe, das ist dir bewusst.«

»Das würde ich auf keinen Fall riskieren«, antwortete dieser.

Claire drehte sich um und ließ die Visitenkarte zu Boden fallen. »Bis später«, sagte sie und ging ins Klassenzimmer.

Gregg hob die Karte auf und verschwand in einem der Korridore. Claire würde also diesen Abend mit Gregg in einem Restaurant verbringen, während ihr Handy in ihrem Zimmer lag. Das war der perfekte Moment, um darauf eine Spionage-App zu installieren. Warum musste Yasemin nur so stur sein? Adam kam ein Gedanke. Er wandte sich an Jonathan. »Sag mal, kennst du dich mit Handys aus?«

X

Es war neun Uhr abends, als Adam in seinem Zimmer stand und aus dem Fenster blickte. Venturi, Greggs Bodyguard, hatte den Geländewagen vorgefahren, und Gregg hielt Claire die hintere Tür auf. Sie stieg ein, Gregg setzte sich neben sie, und der Wagen fuhr los.

Adams Gelegenheit war gekommen. Er hatte Jonathan erzählt, dass er Greggs Handy hacken wollte. Jonathan, der einiges von Handysoftware verstand, hatte ihm eine App auf einen USB-Stick geladen. Diesen musste er nur in den Anschluss von Claires Handy stecken, um ihre gesamte E-Mail- und Textkommunikation auf seinem eigenen Handy abrufen zu können. Er wartete einige Minuten, um sich zu vergewissern, dass die beiden nicht aus irgendeinem Grund zurückkamen, dann schlich er sich auf den Gang hinaus. Ab zehn Uhr mussten die Schüler in ihren Zimmern sein, doch das galt natürlich nicht für Gregg und Claire. Adam erlebte ja jeden Tag, welchen Sonderstatus die reichen Schüler genossen. Er ging zum Ende des Ganges und schlich sich die Treppe zum Geschoss der Mädchen hinunter. Hier hatte er als männlicher Schüler erst recht nichts zu suchen. Wenn er hier erwischt wurde, konnte er von der Schule fliegen.

Frau Glarus, die Mathelehrerin, machte gerade ihren Rundgang. Adam stellte sich wieder hinter die Ritterrüstung, die ihm schon einmal als Versteck gedient hatte. Frau Glarus lief nichts ahnend an ihm vorbei und ging die Treppe hinunter. Der Gang war leer, und außer den Gesprächen, die hinter den Türen der Schülerinnen stattfanden, hörte er nichts. Er lief zu der Tür, die Claire mit ihrem Vater am Abend ihrer Ankunft betreten hatte, und presste sein Ohr an das Holz. Adam lauschte, doch von drinnen war nichts zu hören. Wie die meisten der reichen Schüler wohnte Claire allein. Adam drehte den Türgriff und ging hinein.

Claires Zimmer hatte die gleiche Ausstattung wie die anderen Zimmer, doch sie hatte noch ein paar Möbelstücke dazugekauft. Neben dem Wandschrank stand eine fahrbare Kleiderstange, an der mehrere Designeroutfits und Abendkleider hingen. Am Ende des Bettes stand ein Schminktisch mit einem beleuchteten Spiegel und an der Wand über dem Bett war ein Bücherregal angebracht. Auf diesem standen Schulbücher, aber auch Romane in Französisch, Deutsch und Englisch. Claire schien viel zu lesen. Adam wollte die Aktion so schnell wie möglich hinter sich bringen und ging zu Claires Nachttisch, der neben dem Kopfende des Bettes stand. Dort lag ihr Handy, das in einer roten Plastikhülle steckte. Er wollte gerade danach greifen, als er Schritte draußen im Gang hörte. Er hielt inne. Die Schritte mussten einer anderen Schülerin gehören, die auf ihr Zimmer ging. Oder machte Frau Glarus einen weiteren Rundgang? Irgendetwas störte Adam an diesem Geräusch. Die Schuhe klangen zu dumpf, zu schwer. Einer plötzlichen Eingebung folgend, huschte er zum Wandschrank und schlüpfte hinein. Keine Sekunde zu früh, denn als er gerade im Inneren des Schranks verschwunden war, öffnete sich die Tür zu Claires Zimmer. Adam spähte durch den Türspalt des Schranks. Es war nicht De Laurents Tochter, die in der Tür erschien, sondern Venturi, Greggs Bodyguard.

Was zum Teufel …? Er hielt die Luft an. Jetzt durfte er bloß kein Geräusch verursachen. Venturi musste die beiden am Restaurant abgeliefert haben und dann sofort zurückgekehrt sein. Was hatte er in Claires Zimmer verloren? Venturi ging zum Nachttisch und hob Claires Handy auf. Dann nahm er einen USB-Stick aus seiner Innentasche und steckte ihn in den Anschluss des Handys. Adam konnte es nicht fassen. Gregg musste ihm befohlen haben, Claires Handy zu manipulieren. Adam hielt den Atem an. Venturi legte das Handy zurück auf den Nachttisch, blickte sich ein letztes Mal im Zimmer um und trat dann wieder auf den Gang hinaus.

Adam verließ den Schrank. Gregg hatte das Date also genutzt, um Claires Handy zu hacken. Adam blickte auf den USB-Stick in seiner Hand, den Jonathan ihm gegeben hatte. Plötzlich wurde ihm klar, dass Yasemin recht gehabt hatte. Adam war keinen Deut besser als dieser Gregg. Klar, er wollte den Mörder seiner Eltern überführen, doch war das wirklich der Grund, warum er Claires Handy hacken wollte? Welche Informationen hatte er sich davon erhofft? War der wirkliche Grund nicht, dass er Claire näherkommen wollte? Er verwarf den Gedanken, horchte an der Tür und lief dann in den Gang hinaus. Im Treppenhaus lief er in den dritten Stock und ging in den Waschraum. Dort warf er den USB-Stick in die Toilette und drückte den Abzug. Der Stick verschwand gurgelnd im Abflussrohr.

Wenn er Claires Aufmerksamkeit auf sich ziehen wollte, dann nicht mit solchen Methoden.

22

Am nächsten Tag suchte Adam Yasemin nach dem Frühstück. Zusammen gingen sie in den Garten, um nicht belauscht zu werden.

»Du … also … ich …«, druckste Adam herum.

»Was denn?«, fragte Yasemin ungeduldig.

»Du hattest recht. Ich muss mich bei dir entschuldigen.«

»Recht womit?«, fragte sie.

»Wegen Gregg. Dass ich so bin wie er.«

Er schilderte Yasemin, was sich in der vergangenen Nacht zugetragen hatte. »Da habe ich es erst kapiert, was es heißt, jemandes Handy zu hacken. Das ist eine ganz miese Nummer.«

»Schön, dass du selbst drauf gekommen bist«, antwortete Yasemin.

Adam hielt ihr die Hand hin. »Freunde?«, fragte er.

Yasemin schüttelte sie. »Freunde.«

»Jetzt weiß ich aber auch nicht weiter, Whywhy. Wie soll ich an Claire rankommen?«, fragte er.

Yasemin hob fassungslos die Hände in den Himmel. »Dass ich den Tag noch erleben darf!«, rief sie. »Wo du mich um Rat fragst, wie du dich an eine Frau ranmachen sollst.« Sie lachte. »Na, lass deinen Charme spielen, Blödmann. Auf die Gefahr hin, dass es dir zu Kopf steigt: Du siehst ganz gut aus. Selbst mit der Frisur. Und auf den Mund gefallen bist du auch nicht. Wenn ich dir als Frau einen Rat geben darf: Auch Claire möchte nur jemanden haben, der hinter ihre oberflächliche Fassade blickt. Zeig ihr, dass du besser bist als Gregg.«

Jetzt war es Adam, der lächelte.

X

Es war ein kühler Nachmittag. Der Winter lag in der Luft, und es war nur noch eine Frage der Zeit, bis der erste Schnee fallen würde. Der Speisesaal besaß eine Terrasse, auf der man bei gutem Wetter draußen essen und dabei das Bergpanorama genießen konnte. Um dort zu essen, war es inzwischen zwar zu kalt, doch Claire und ihre beiden Freundinnen saßen, in dicke Daunenjacken gehüllt, an einem der Holztische und unterhielten sich. Adam hatte sich ein französisches Buch aus der Bibliothek ausgeliehen und setzte sich nun hinter die Mädchen. Er schlug seine Lektüre auf und begann so zu tun, als würde er lesen. Er wartete ab, bis eine Pause in der Konversation der Mädchen entstand, dann räusperte er sich.

»*Pardon, Mademoiselle*«, sagte er. Claire blickte auf.

»Kannst du mir vielleicht helfen?«, fuhr er in ihrer Muttersprache fort. »Ich habe mein Wörterbuch auf meinem Zimmer gelassen. Was heißt dieses Wort hier?« Er zeigte auf das Wort, das ihm angeblich Schwierigkeiten bereitete.

Claire stand auf und setzte sich neben ihn. Er konnte ihr Parfüm riechen. Er war zwar kein Experte, doch es duftete teuer.

»Zeig mal her«, sagte sie und sah sich das Buch an. »*Traîneau à voiles*«, las sie vor. »Traîneau ist ein …« Sie schnippte mit den Fingern, um ihrem Gedächtnis auf die Sprünge zu helfen. »Damit fährt man im Winter den Berg runter.«

»Ski?«, fragte Adam.

»*Non*, wie in dem Lied *Jingle Bells.*«

»Schlitten«, rief Adam.

»Genau, Schlitten«, bestätigte Claire. »Und *voiles* sind ...«

Wieder dachte sie nach. »An dem Mast von einem Piratenschiff ...«

»Segel!«, rief Adam.

»Das ist es.«

»Also ein Segelschlitten«, sagte Adam.

»Was ist das für ein Buch?«, fragte sie neugierig.

Adam zeigte ihr das Cover. »Ah, *Jules Verne*. Liest du das für den Unterricht?«, fragte sie.

»Nein, nur so. Um mein Französisch zu verbessern. Man weiß ja nie, wann es mal nützlich werden kann.«

Bei dem letzten Satz hatte er sie lächelnd angesehen. Claire erwiderte seinen Blick. Sie schien überrascht zu sein, dass er mit ihr flirtete, doch Adam bemerkte erfreut, dass sie es ihm nicht übel nahm. Im Gegenteil.

»Ich unterhalte mich immer gern in meiner Muttersprache«, sagte Claire.

Ein Schatten fiel auf Adams Buch. Claire blickte auf. Auch Adam drehte sich um. Gregg stand hinter ihnen. Adam konnte ihm ansehen, dass es ihm überhaupt nicht passte, dass Claire neben ihm saß.

»Claire, ich führe dich zum Essen aus, und du zeigst mir den ganzen Tag die kalte Schulter?«, fragte Gregg. »Und jetzt sitzt du hier neben diesem Loser?«

»Ich habe mich nur nett unterhalten«, antwortete sie. Gregg warf Adam einen verächtlichen Blick zu. Dieser beschloss, Salz in die Wunde zu streuen. Er stand auf und verneigte sich tief. »Vielen Dank, *Mademoiselle*«, sagte er auf Französisch. »Bis zum nächsten Mal. Ich mache mich jetzt mit meinem Segelschlitten auf und davon.« Er lächelte Claire an, und diese konnte sich ein Lachen nicht verkneifen. Adam zwinkerte Gregg zu. Dieser verstand natürlich kein Wort von dem, was er gerade gesagt hatte. Er versuchte nach außen hin cool zu bleiben, doch Adam wusste, dass es hinter seiner Fassade brodelte. Adam nahm sein Buch und verschwand im Speisesaal.

Er ging auf sein Zimmer, legte sich auf sein Bett und dachte nach. Es war ihm ziemlich leichtgefallen, mit Claire zu flirten. Das war auch kein Wunder, schließlich sah sie sehr gut aus. Doch da war noch etwas anderes. Er mochte sie. Er mochte sie wirklich. Als er sie zum ersten Mal gesehen hatte, auf den Fotos vom roten Teppich im Internet, da hatte er sie für eines dieser Starlets gehalten, die sich toll dabei vorkommen, in Designerkleidern vor Fotografen zu posieren. Doch er hatte den Verdacht, dass er sie unterschätzt hatte. Sie besaß einen scharfen Verstand. Außerdem hatte sie Humor.

»Oh Mist, du wirst dich doch nicht in sie verknallen«, sagte er zu sich selbst. Doch er ahnte, dass es bereits zu spät war. Er war drauf und dran, sich in die Tochter des Mannes zu verlieben, der seine Eltern auf dem Gewissen hatte. Jonathan öffnete die Tür und riss ihn aus seinen Gedanken. »Im Fernsehraum läuft gleich *Die Bourne Identität*. Hast du Lust runterzugehen?«, fragte er.

»Klar«, sagte Adam, der eine Ablenkung gut gebrauchen konnte. Zusammen gingen sie die Treppe hinunter. Der Film lief bereits auf dem großen Fernseher, als Adam und Jonathan den Raum betraten. Die anderen Schüler saßen auf den wild zusammengewürfelten Stühlen, Sofas und Sesseln, die im Raum verteilt waren. Adam und Jonathan setzten sich auf zwei Kissen an die hintere Wand. Zu Adams Rechten saßen Gregg und seine Freunde, sie schenkten dem Film jedoch keine Beachtung. Stattdessen blickten sie auf Greggs Handy. Dabei zeigten sie immer wieder auf das Display, während sie tuschelten und lachten.

Adam beugte sich vor, um zu sehen, was die Jungs da trieben. Auf der Anzeige von Greggs Smartphone waren Textnachrichten zu sehen. Der Name *Claire* stand am oberen Rand des Bildschirms. Eine neue Nachricht erschien und dann eine Antwort, obwohl Gregg gar keine verfasst hatte. Jetzt wurde Adam klar, was da vor sich ging. Gregg benutzte die Spionagesoftware, die Venturi auf Claires Handy installiert hatte. Die App ließ Gregg Claires Textnachrichten und E-Mails lesen. In diesem Moment drehte Gregg sich um. Er musste Adam aus den Augenwinkeln heraus gesehen haben. »Hast du ein Problem?«, fragte er missgelaunt.

Adam lehnte sich zurück. »Nein«, antwortete er. »Alles bestens.«

Gregg starrte ihn einige Sekunden lang an, dann wandte er sich wieder seinem Handy zu. Adam ließ den Film auf dem großen Fernseher an sich vorbeirauschen. Sollte er Claire warnen? Vor ein paar Tagen war er selbst kurz davor gewesen, ihr Handy zu hacken, doch jetzt wollte er sie vor einem Angriff schützen. Er musste es tun. Diesem Gregg konnte man nicht trauen. Adam stand auf, murmelte Jonathan eine Entschuldigung zu und verließ den Fernsehraum. Adam dachte nach. Wo hielt sich Claire jetzt wohl auf? Wahrscheinlich auf ihrem Zimmer. Er durfte das Stockwerk der Mädchen um diese Zeit zwar noch betreten, doch er wollte auf keinen Fall gesehen werden. Da er sie anonym warnen wollte, beschloss er, ihr eine Nachricht zu schreiben. In seinem Zimmer angekommen, nahm er einen Kugelschreiber aus seinem Federmäppchen und riss die Ecke eines DIN-A4-Blattes ab. Dann schrieb er in großen Druckbuchstaben eine kurze Nachricht darauf:

Jemand liest deine SMS. Handy gehackt.

Er faltete den Zettel in der Mitte und legte ihn in seine Handfläche. Dann ging er die Treppe zum Stockwerk der Mädchen hinunter, wartete, bis der Korridor ausgestorben war, und lief zu Claires Tür. Adam bückte sich und schob den Zettel unter dem Türspalt durch. Er stand auf, klopfte an die Tür und rannte dann, so schnell er konnte, den Gang entlang zu der Ritterrüstung, die ihm nun schon zum dritten Mal als Versteck diente. Er hörte, wie sich Claires Tür öffnete. Einen Moment später schloss sie sich wieder. Adam wartete einige Sekunden und lief dann die Treppe hinunter in die Eingangshalle. Er betrat den Fernsehraum und setzte sich wieder neben Jonathan.

Gregg blickte immer noch gebannt auf das Display seines Handys und las Claires Nachrichten. Einen Moment später zeigte das Fenster der App eine Fehlermeldung: *Verbindung unterbrochen.* Ungeduldig beendete Gregg die App und startete sie neu. Doch es half nichts. Die Verbindung zu Claires Handy war tot. Frustriert ließ er das Handy in seiner Hosentasche verschwinden und verschränkte die Arme.

Als die Schüler am nächsten Morgen in den Speisesaal kamen, färbte die aufgehende Sonne den Himmel rotorange.

»Ist es nicht schön?«, sagte Yasemin, die neben Adam am Tisch saß.

»Hm«, brummelte Adam missgestimmt.

»Was ist mit dir?«, fragte sie.

»Ach nichts«, sagt er.

Yasemin folgte seinem Blick und sah, dass er Gregg beobachtete, der neben Claire saß und mit ihr flirtete.

»Oh nein«, sagte Yasemin.

»Was ist los?«, fragte Adam.

»Den Blick kenne ich«, antwortete sie.

»Welchen Blick?«

»Diesen Ich-möchte-in-deinen-Augen-ertrinken-Blick.«

»Was willst du damit sagen?«, fragte Adam mürrisch.

»Na, dass du Claires Reizen erlegen bist.«

»Ihren Reizen erlegen?«, fragte Adam.

»Du willst was von ihr«, stellte Yasemin fest.

»Quatsch«, sagte Adam. »Wie kann ich was von ihr wollen? Ihr Vater ist schließlich mein Erzfeind.«

Yasemin lächelte. »Ich weiß, wie Jungs denken«, sagte sie. »Oder, besser gesagt, wann sie *nicht* denken. Jedenfalls nicht mit dem Kopf …«

»Yasemin!«, sagte Adam mit gespielter Empörung.

»… sondern mit dem Herzen, Lorenz. Oder was dachtest du?«

Adam grinste.

Plötzlich wurde Yasemin ernst. »Pass auf dich auf, okay?«, sagte sie. »Das kann nicht gut enden mit euch. Das ist dir hoffentlich klar.«

»Ist schon okay«, sagte Adam. »Ich bin ein großer Junge.«

Yasemin blickte ihn an. »Auch großen Jungs kann Schlimmes passieren.«

Sie blickte aus dem Fenster.

X

Vor seiner Französischstunde ging Adam in die Bibliothek, um ein Buch abzuholen. Als er diese wieder verließ und über den Innenhof ging, traf ihn ein Schneeball von hinten. Er drehte sich um und erwartete, Jonathan oder Yasemin zu sehen, die ihm einen Streich spielen wollten, doch es war Gregg, der hinter ihm stand.

»Hey, Asshole!«, rief er und stürzte sich auf ihn. Bevor Adam reagieren konnte, hatte Gregg ihn zu Boden geworfen, am Hals gepackt und sein Gesicht in einen Schneehaufen gedrückt.

Adam stieß Gregg seinen Ellbogen in die Rippen und kämpfte sich frei. Er stand auf, klopfte sich den Schnee aus der Kleidung und blickte Gregg an.

»Sieh mal einer an«, sagte Adam provozierend. »Du schlägst jetzt schon selbst zu? Ich dachte, dein Bodyguard erledigt für dich die Drecksarbeit.«

»Du hast Claire gesagt, dass mit ihrem Handy was nicht stimmt.«

»Was soll mit ihrem Handy nicht stimmen?«, fragte Adam mit einer Unschuldsmiene.

»Das weißt du genau«, fauchte Gregg. »Du hast mich gestern Abend im Fernsehraum bespitzelt.«

»Bespitzelt? So was würde ich nie tun«, sagte er und ging in Richtung Eingang, ohne Gregg aus den Augen zu lassen.

»Pass mal gut auf, Renzo«, sagte dieser. »Du musst dir nicht einbilden, dass du bei Claire irgendwie landen kannst. So einer wie du ist Luft für sie.«

Adam grinste Gregg an. »Das werden wir sehen, Gregg.«

Damit drehte er sich um, und verschwand im Internatsgebäude.

23

Das Zusammentreffen mit Gregg bestärkte Adam nur darin, Claire für sich zu gewinnen. Am nächsten Abend fand er sie allein in einem Klassenzimmer. Sie saß an einem Tisch, umringt von offenen Büchern. Gebannt starrte sie auf das Display ihres Laptops, dabei hatte sie ihr Kinn auf ihren Handrücken gestützt. Adam betrat das Zimmer. »Die Stunde ist schon vorbei«, sagte er mit einem freundlichen Tonfall.

Claire blickte auf und lächelte. »Ich weiß«, sagte sie. »Ich bereite nur etwas für morgen vor.«

Adam ging zu ihr hinüber. »Darf ich?«, fragte er und deutete auf den Stuhl neben ihr.

»Gern«, sagte sie.

Adam setzte sich. »Was bereitest du vor?«

»Ich bin im Debattier-Club«, sagte sie.

»Debattier-Club?«, fragte Adam.

»Ja. Wir bekommen ein Diskussionsthema und müssen dann entweder dafür oder dagegen Argumente bringen. Ich bin morgen dran.«

»Interessant. Was ist das Thema?«, fragte Adam.

»›Soll der internationale Waffenhandel verboten werden?‹«, antwortete Claire.

»Oh Mann, ganz schön kompliziert«, sagte Adam.

Claire musterte ihn. »Wenn es einfach wäre, wäre es ja langweilig«, sagte sie.

»Stimmt. Und, bist du dafür oder dagegen?«

»Das weiß ich noch nicht«, sagte sie. »Was ich persönlich davon halte, spielt keine Rolle. Ich bekomme kurz vorher eine Meinung zugelost. Darum muss ich für beide Seiten Argumente vorbereiten. Deshalb verbringe ich meinen Abend hier.« Sie blickte zurück auf das Display ihres Computers. Adam wollte sich die Gelegenheit nicht entgehen lassen, mit ihr allein zu sprechen.

»Ich habe eine Idee«, sagte er. »Wir könnten doch zusammen üben.«

Claire blickte auf. »Wie denn das?«, fragte sie.

»Ich schlage ein Thema vor, und wir debattieren.«

Claire zuckte mit den Schultern. »Okay. Welches Thema?«

Adam stellte sich vor sie hin und verschränkte die Arme. »Folgendes Thema«, sagte Adam. »›Soll Claire mit Lorenz auf ein Date gehen?‹« Er lächelte.

Claire hob eine Augenbraue. »Okay«, sagte sie. »Das ist einfach. Ich argumentiere dagegen. Erstens, ich kenne dich überhaupt nicht. Was ist, wenn ich mich langweile?«

Adam dachte nach. »*Ich* kenne mich aber, und ich weiß, dass ich kein Langweiler bin. Oder langweilst du dich gerade in diesem Moment?«

»Nein, nicht besonders.« Sie legte den Kopf zur Seite. »Zweitens, du bist nicht mein Typ.«

Adam ließ sich nicht aus der Ruhe bringen. »Hey, nur weil ich nicht mit meinem eigenen Bodyguard rumlaufe und mein Vater kein US-Politiker ist, heißt das noch lange nicht, dass man mit mir keinen Spaß haben kann.«

Claire schien die Antwort zu gefallen, doch sie versuchte, es nicht zu zeigen. »Drittens, du bist … wie sagt man … *insolent.*«

»Frech«, übersetzte Adam. »Ist das wirklich ein Argument *ge-*

gen ein Date mit mir? Ich würde sagen, das spricht eher *dafür.*« Er grinste.

Claire sah ihn herausfordernd an. »Du bist dran«, sagte sie.

»Okay, hier ein paar Argumente, warum du es tun solltest. Erstens, ich bin ein ziemlich netter Typ. Zweitens, ich langweile dich nicht. Drittens, ich sehe nicht schlecht aus.«

»Viertens, du bist ganz schön eingebildet«, warf Claire ein.

»Ich würde es selbstbewusst nennen, aber okay. Fünftens, was hast du zu verlieren? Entweder du hast ein romantisches Date, das vielleicht zu mehr führt, oder du hast ein paar Stunden deines Lebens vergeudet. Das Risiko ist gering, der potenzielle Gewinn ist riesig.«

Claire dachte nach. »Weißt du«, sagte sie. »Ich habe dich wirklich falsch eingeschätzt. Ich dachte, du bist eher so ein introvertierter Typ.«

»Vielleicht ist das nur meine Tarnidentität«, sagte Adam etwas unvorsichtig.

»Okay, Lorenz, mal sehen, ob du wirklich so ein toller Hecht bist«, sagte sie. »Du hast dein Date.«

Adam grinste erneut. »Morgen, neun Uhr abends unten in der Eingangshalle. Ich hole dich dort ab.«

»Ich hoffe, ich bereue es nicht«, sagte Claire.

Adam stand auf. »Wir sehen uns dann.«

Er verließ das Klassenzimmer, drehte sich jedoch noch einmal um. Claire widmete sich wieder dem Display ihres Laptops. Doch sie schüttelte kaum merklich den Kopf und lächelte.

Adam konnte den nächsten Abend kaum erwarten. Er verbrachte den Tag damit, alles vorzubereiten. Pünktlich um neun Uhr abends wartete er in der Eingangshalle auf Claire. Einige Minuten später kam sie die Treppe hinunter. Adam bemerkte, dass sie Make-up trug. Ein gutes Zeichen.

»Fahren wir mit dem Taxi?«, fragte sie.

»Ich dachte, wir könnten uns ein wenig die Beine vertreten«, antwortete Adam.

»Du willst bis ins Dorf laufen?«, fragte Claire entgeistert.

»Wer hat was vom Dorf gesagt?«, antwortete Adam.

Zusammen verließen sie die Eingangshalle. Adam führte Claire über den Innenhof zur Rückseite des Schulhauses. Dort gingen sie durch den Garten.

»Ist dir kalt?«, fragte Adam.

»Ein bisschen«, sagte Claire.

Adam zog seine Jacke aus, und legte sie Claire um die Schultern.

»Ein echter Gentleman«, sagte sie.

»Es ist nicht weit«, antwortete Adam. »Bald kannst du dich aufwärmen.«

Sie liefen über die Wiese, die sich hinter dem Internat erstreckte. Nach einigen Minuten erreichten sie den Badesee, in dem man im Sommer bestimmt hervorragend schwimmen konnte. Claire staunte. Am Ufer des Sees hatte Adam ein kleines Lagerfeuer entzündet. Daneben hatte er eine Picknickdecke ausgebreitet, auf der ein Korb stand. Adam deutete auf die Decke. »Bitte, setz dich.«

Claire nahm auf der Decke Platz und wärmte die Hände am Feuer. »Verrückt, bei dieser Kälte ein Picknick zu organisieren«, sagte sie und wickelte sich in eine der Wolldecken, die Adam bereitgelegt hatte.

»Finde ich nicht«, sagte Adam. »Ist doch romantisch hier draußen am Feuer. Und wenn dir kalt ist, kannst du dich gern an mich rankuscheln.«

»Das hättest du wohl gerne«, antwortete Claire.

Adam deutete auf ein dichtes Gebüsch, das zwischen ihnen und dem Schulhaus wucherte. »Durch das Gestrüpp sieht man uns vom Internat aus nicht. Wir sind also ungestört.«

Er öffnete den Korb und förderte französischen Käse, frisches Brot, Weintrauben und eine Thermoskanne zutage.

»Ich liebe diesen Käse!«, rief Claire. »Wo hast du das alles herbekommen?«

Sie begann, sich eine Scheibe Brot zu belegen. Adam schraubte den Verschluss der Kanne ab und goss sich und Claire dampfenden Tee ein. »Ich habe mich im Kühlraum der Küche bedient. Wusstest du, dass Zwingli seinen eigenen Vorrat an Wurst- und Käsedelikatessen dort aufbewahrt? Nur das feinste Zeug. Ich habe mir ein wenig davon ausgeborgt.«

»Ausgeborgt?«, wiederholte Claire und biss in ihr Brot.

Adam hob seine Tasse. »Auf ein unvergessliches Date«, sagte er.

Claire stieß mit ihrer Tasse an. Nachdem sie gegessen hatten, saßen sie nebeneinander und starrten ins Feuer.

»Das erinnert mich an Paris«, sagte Claire. »Bevor ich hier ins Internat kam, haben wir in der Nähe des Jardin du Luxembourg gewohnt. Nachts ist er geschlossen, doch wir sind im Sommer oft abends über den Zaun geklettert und haben dort ein Picknick gemacht. Das war Tradition. Natürlich haben wir dort kein Lagerfeuer angezündet.«

Adam blickte Claire an. Das Feuer verlieh ihren Augen einen orangeroten Glanz. »Du klingst, als würdest du Paris vermissen«, sagte er.

»Oft. Es ist zwar wunderschön hier, und die Schule ist eine der besten Europas, aber die Menschen können ganz schön kühl sein.

In Paris hatte ich Freunde, die Musiker waren oder Künstler oder Poeten. Eine verrückte Mischung, weißt du? Hier will jeder der nächste große *Irgendwas* sein. Der nächste große Politiker. Der nächste große Wissenschaftler. Der nächste große Firmenchef. Manchmal habe ich das Gefühl, du wirst hier nur danach beurteilt, wen du kennst, wer deine Eltern sind und wie wichtig du bist. Nicht *wer* du bist.«

Adam war überrascht. Auch er hatte Claire falsch eingeschätzt. Er hatte sie für eingebildet und oberflächlich gehalten, doch sie schien ein offenes Wesen zu besitzen.

»Tut mir leid«, sagte sie. »Ich wollte nicht jammern. Was ist mit dir? Wo kommst du her?«

Adam hätte jetzt nichts lieber getan, als ihr die Wahrheit zu sagen. Er wollte Claire nicht anlügen, denn er spürte, dass sie ihn wirklich mochte. Doch er hatte keine Wahl. Anstatt von seinem echten Leben zu erzählen, tischte er ihr die Details seiner Tarnidentität auf.

»Mein Leben ist nicht so spannend«, begann er. »Ich komme aus einem kleinen Dorf in der Nähe von München. In der Schule war ich immer ziemlich gut in Mathe. Mein Lehrer hat meinen Eltern geraten, mich hier zu bewerben, und jetzt bin ich hier.«

»Verstehst du dich gut mit deinen Eltern?«, fragte Claire.

»Mehr oder weniger«, sagte Adam. Er unterdrückte den Anflug von Trauer, den ihre Frage bei ihm auslöste. Das war seine Chance, mehr über Claires Vater in Erfahrung zu bringen. Er musste sie nutzen. »Was ist mit dir?«, fragte er.

Claire atmete vielsagend aus. »Puh. Schwierig. Manchmal so, manchmal so. Ich liebe meinen Vater, zwar über alles, aber …« Sie suchte nach den richtigen Worten. »Er gefällt sich in der Rolle des Vorzeigevaters. Oft stellt er jedoch seine Geschäfte über seine Familie. Meine Mutter leidet besonders unter ihm. Er kauft ihr das teuerste Zeug, Schmuck, Kleidung, Schuhe, doch er behandelt sie wie ein Püppchen.« Claire blickte Adam an. »Okay, genug von meinem Kram. Ich möchte diesen Augenblick nicht verderben.«

»Das tust du nicht«, sagte Adam. »Im Gegenteil, ich …«

Weiter kam er nicht, denn Claire küsste ihn in diesem Moment. Sie nahm sein Gesicht in ihre Hände, und er spürte ihre Lippen auf seinen. Vor Überraschung fiel er fast zur Seite ins Feuer. Claire lachte und hielt ihn fest. »Vorsicht!«, rief sie.

Adam musste tief Luft holen. »Wow!«, sagte er.

»Der Moment war da«, sagte Claire und blickte ihn an. Ihr Lächeln wärmte ihn mehr als das Feuer. »Eins musst du über mich wissen, Lorenz«, sagte Claire. »Ich nehme mir, was ich will.«

Sie legte Zeige- und Mittelfinger ihrer rechten Hand an ihre Lippen, küsste sie und drückte ihm ihre Finger auf seinen Mund. Dann stand sie ohne ein weiteres Wort auf und ging zum Schulhaus zurück. Sie drehte sich nicht mal mehr zu ihm um.

Adam war sprachlos. Er konnte nicht anders, als ihr mit offenem Mund dabei zuzusehen. Erst als sie hinter dem Gestrüpp verschwunden war, fand er seine Fassung wieder.

Er holte tief Luft. »Wow«, wiederholte er voller Anerkennung. »Die hat's echt drauf.«

Mit einem eigens dafür bereitgestellten Eimer schöpfte er Wasser aus dem Badesee und goss es über das Feuer. Es zischte laut, und Dampf stieg auf.

24

Als Adam am nächsten Morgen aufwachte und aus dem Fenster sah, tanzten Schneeflocken aus einer grauen Wolkendecke herab. Er beobachtete, wie der Wind die dicken Flocken durcheinanderwirbelte. Genauso stürmisch ging es in seinen Gedanken zu. Er dachte an den vergangenen Abend zurück. Claires Kuss hatte ihm den Schlaf geraubt, und wenn er die Augen schloss, konnte er ihre Lippen immer noch auf seinen spüren.

Er sprang förmlich aus dem Bett. »Es schneit, Jonathan. Ist es nicht wunderschön?«

Auf der anderen Seite des Zimmers lugte Adams Zimmergenosse unter der Bettdecke hervor. »Es ist sechs Uhr morgens, und an meinen Füßen wachsen Eiszapfen«, murmelte Jonathan verschlafen.

»Was du brauchst, ist eine kalte Dusche«, sagte Adam. »Das bringt den Kreislauf in Schwung.«

Adam packte sein Waschzeug und verließ das Zimmer. Jonathan hatte für seinen Enthusiasmus nur ein Kopfschütteln übrig.

Eine Stunde später betraten Adam und Jonathan gemeinsam den Speisesaal. Jonathan hatte Adams Rat verschmäht und heiß geduscht. Während sie zu ihrem Tisch liefen, suchte Adam nach Claire. Er fand sie an einem der Fensterplätze, wo sie mit ihren Freundinnen sprach. Als sie aufblickte und Adam entdeckte, lächelte er sie an. Doch anstatt sein Lächeln zu erwidern, tat Claire so, als hätte sie ihn nicht gesehen. Adams Laune verdüsterte sich.

Zu allem Überfluss kam nun auch noch Gregg in den Speisesaal, der direkt zu ihr hinüberging. Er sprach sie an, und sie begann sich angeregt mit ihm zu unterhalten. Warum ignorierte sie Adam? Hatte der Kuss am Lagerfeuer ihr nichts bedeutet? Hatte sie nur mit seinen Gefühlen gespielt?

In der folgenden Englischstunde konnte Adam sich nicht auf den Unterricht konzentrieren. Immer wieder schweiften seine Gedanken ab, und er musste an Claire denken. In der Pause passte er sie auf dem Weg zu den Toiletten ab. »Hi, Claire«, sagte er. »Wie geht's?«

»Gut«, antwortete sie. Ihr Tonfall klang, als wären sie entfernte Bekannte.

»Ich dachte, wir könnten vielleicht heute Abend etwas unternehmen«, sagte Adam.

»Das geht leider nicht«, antwortete Claire knapp. »Mein Vater hat heute einen Geschäftstermin in der Nähe. Vorher führt er mich zum Essen aus. Wir sehen uns.«

Bevor Adam etwas erwidern konnte, verschwand sie in der Mädchentoilette. Enttäuscht machte Adam kehrt. Wieso zeigte sie ihm die kalte Schulter? War das Ganze nur ein Spiel für sie? Wollte sie ihn ein wenig zappeln lassen? Erst als er in die Eingangshalle zurückkehrte, wurde ihm bewusst, was Claire gesagt hatte. Ihr Vater hatte einen Geschäftstermin. Wahrscheinlich um sich mit diesem Buteo zu treffen, den er bei seinem Anruf erwähnt hatte. Irgendwie musste Adam herausfinden, worum es bei diesem Treffen ging. Es gab nur eine Lösung. Er musste De Laurent direkt belauschen. Doch wie sollte er das anstellen? De Laurent würde sicher mit dem Auto anreisen. Adam konnte ihm auf keinen Fall zu Fuß folgen. Er besaß jedoch kein Auto oder sonst irgendeinen fahrbaren Untersatz. Er ging zum Ausgang des Internats und setzte sich auf die Treppenstufen zum Innenhof. Ein Knattern durchdrang die eisige Luft. Lohser, der Hausmeister, war gerade dabei, das Kopfsteinpflaster des Hofs mit einem Miniaturschneepflug freizuschaufeln. Sollte Adam ein Taxi rufen, um den Mercedes von De Laurent zu verfolgen? Aber das war erstens auffällig, und zweitens konnte er es sich nicht leisten. Aus demselben Grund konnte er sich auch kein Motorrad mieten. Sollte er versuchen, in den Kofferraum des Mercedes zu klettern? Viel zu gefährlich. Wenn dieser sich nicht von der Innenseite öffnen ließ, war er geliefert.

Lohser parkte den Schneepflug, stieg ab und lief wortlos an Adam vorbei die Treppe hinauf. Adams Blick fiel auf das unscheinbare Fahrzeug, das einem Miniaturtraktor mit Schneeschaufel glich.

Ihm kam ein abenteuerlicher Gedanke. Wenn das Wetter mitspielte, konnte es funktionieren.

X

Der Abend war hereingebrochen. Im Laufe des Tages hatte sich der romantische Flockentanz zu einem mittleren Schneesturm gesteigert, und der Wind peitschte die kalten Flocken so gnadenlos durch die Luft, dass diese horizontale Streifen in die Nacht malten. Das war Adam nur recht, denn je schlimmer das Schneetreiben war, desto langsamer musste De Laurent in seinem Mercedes fahren. Der weiße Luxuswagen war gerade vor dem Eingang des Internats vorgefahren. Die Beifahrertür wurde geöffnet, und Claire stieg aus. Sie war in eine hellblaue Daunenjacke gekleidet, die einen Kragen aus Pelzimitat besaß. Mit einem knappen Gruß verabschiedete sie sich von ihrem Vater und lief mit gesenktem Kopf die Stufen hinauf. De Laurent legte den Rückwärtsgang ein und drehte den Wagen um. Als er das Tor zur Straße passierte, begann Adam seinen Plan in die Tat umzusetzen. Der Wagen fuhr in Schrittgeschwindigkeit durch das Tor. Adam huschte aus seinem Versteck hervor und klebte einen Gegenstand an die Stoßstange des Wagens, den er vorher präpariert hatte. Dabei handelte es sich um einen Katzenaugen-Reflektor, wie man ihn an Fahrradspeichen findet. Diesen hatte er aus Lohsers Büro neben dem Eingang stibitzt. Ein bisschen Klebeband, und das Ding saß fest. Außerdem hatte er sich den Schlüssel ausgeliehen, der zu dem Fahrzeug gehörte, mit dem er nun die Verfolgung aufnahm. Er setzte sich auf den Fahrersitz und drehte den Schlüssel in der Zündung. Der Motor des Minischneepflugs heulte auf und das Gefährt tuckerte mit 30 Sachen los. Es würde eine seltsam langsame Verfolgungsjagd werden.

Adam hielt zum Wagen von De Laurent so viel Abstand, wie er konnte, ohne ihn aus den Augen zu verlieren. Durch den Reflektor an der hinteren Stoßstange konnte er ihn selbst in der Dunkelheit und aus einiger Entfernung von anderen Autos unterscheiden. Das Wetter zwang De Laurent dazu, mit gedrosseltem Tempo zu fahren, und Adam hatte keine Mühe, ihm über die Bergstraße zu folgen. Er hatte die Schneeschaufel des Pflugs angehoben, damit die Geschwindigkeit nicht noch weiter gedrosselt wurde. Während er eine Hand dazu benutzte, sein Gesicht vor Wind und Schnee zu schützen, lenkte er mit der anderen. De Laurents Wagen hatte eine Richtung eingeschlagen, die ihn vom Dorf wegführte. Die Straße stieg steil an, und der mickrige Motor des Schneepflugs heulte auf. Mehrmals verlor Adam den Mercedes aus seinem Blickfeld, wenn der Wagen um eine der engen Kurven fuhr, doch Adam holte ihn jedes Mal wieder ein. Obwohl er eine dicke Wollmütze und eine Winterjacke trug, war sein Gesicht zu

Eis erstarrt. Er konnte seine Nase und seine Lippen kaum noch spüren. Immer wieder ballte er die Hände in seinen Handschuhen zu Fäusten, um die Blutzirkulation in seinen Fingern anzuregen.

De Laurents Wagen verschwand hinter einem Hügel. Als der Schneepflug klappernd und pfeifend die Kuppe des kleinen Bergs erreichte, war von dem Mercedes weit und breit nichts zu sehen. Adam fuhr weiter. Die Straße vor ihm war jetzt relativ gerade, doch weder die Rücklichter eines Wagens noch das Katzenauge, das er installiert hatte, waren zu erkennen. Adam wollte schon verärgert aufgeben, als er eine Einfahrt passierte, die er im dichten Schneetreiben fast übersehen hätte. Er stoppte den Schneepflug und blickte die Auffahrt hinauf. De Laurents Wagen hatte vor einem Haus geparkt, dessen helle Fenster in der Dunkelheit wie ein Halloween-Kürbis leuchteten. War das der Ort, wo er sich mit diesem Buteo treffen wollte? Adam musste es herausfinden. Er ließ den Schneepflug am Straßenrand stehen und lief querfeldein auf das Haus zu. Dabei stampfte er durch kniehohe Schneemassen. Kurze Zeit später hatte er den hinteren Teil des Hauses erreicht. Bei dem Gebäude handelte es sich um ein modernes Chalet, dessen schräges Dach an der Rückseite bis zu dem Berghang hinabreichte. Die Außenwand bestand aus hellem Holz, und an der Front besaß es große Fenster, die das Tal überblickten. Bei Tag hatte man von hier aus sicher eine wundervolle Aussicht über das Bergpanorama.

Adam schlich sich von hinten an die Luxushütte an. Er staunte nicht schlecht, als er einen Swimmingpool entdeckte, der sich auf der Terrasse hinter dem Haus befand. Dampfschwaden stiegen von der Wasseroberfläche empor. Der Pool war beheizt. An der Hauswand waren, in einem Ständer, mehrere Paar Skier gelagert. Außerdem hingen dort zwei Kajaks von Haken herab, mit denen man wohl im Sommer in einem der umliegenden Bergseen paddeln konnte.

Adam hastete um den Pool herum und kletterte das schräge Dach fast bis zur Spitze empor, darauf bedacht, möglichst wenig Geräusche zu machen. Er musste höllisch aufpassen, dass er nicht auf der Eisschicht ausrutschte, die sich unter dem Schnee gebildet hatte. Ein Dachfenster war hier in die Schindeln eingelassen. Vorsichtig wischte er den frischen Schnee beiseite und blickte hinein. Er sah ins Wohnzimmer der Hütte, auf dessen Holzboden mehrere Schafsfelle lagen. Adam konnte De Laurent erkennen, der mit einem anderen Mann und mit dem Rücken zu ihm vor einem Kaminfeuer stand. War das Buteo? Hatte das Treffen schon begonnen? Doch als der andere Mann einen Schritt nach rechts machte, wurde Adam trotz der Kälte heiß unter dem Kragen. Die blanke Glatze war von hier oben nicht zu übersehen. Es war der Typ, der seine Eltern ermordet hatte.

Das Geräusch eines Autos drang von der Straße zu ihm. Adam blickte auf. Ein großer weißer Geländewagen fuhr die Einfahrt herauf. Er kam neben De Laurents Mercedes zum Stehen. Der Fahrer – ein Muskelpaket in einem schwarzen Anzug – stieg aus, öffnete die hintere Tür und half einem klein gewachsenen Mann aus dem Wagen. Im selben Moment hörte Adam, wie sich die Haustür öffnete. Kurz danach erschien De Laurent in der Einfahrt. Er schüttelte die Hand des Mannes, der in dem Geländewagen gesessen hatte.

»Monsieur Buteo, willkommen in der Schweiz«, sagte Rocco herzlich.

25

De Laurent betrat gemeinsam mit Buteo das Haus, und die Vordertür fiel mit einem dumpfen Knall ins Schloss. Adam kroch auf die Spitze des Dachs zurück und blickte durch das Fenster. Aus der Vogelperspektive konnte er erkennen, wie De Laurent Buteo einen großen Sessel anbot, der in der Nähe des Kamins stand. Den Glatzkopf konnte Adam jetzt nicht mehr sehen, aber er war sich sicher, dass er seinen Chef nicht aus den Augen ließ. Buteo setzte sich, und De Laurent ging zu einem Wandschrank hinüber. Er öffnete ihn und nahm zwei Whiskeygläser und eine Karaffe heraus. Aus dieser goss er Whiskey in die Gläser und gab eines davon Buteo, der einen Schluck nahm und dann anerkennend lächelte. Adam hatte zwar von hier oben eine gute Sicht, doch sein Versteck hatte einen entscheidenden Nachteil. Das Dachfenster besaß eine Doppelglasscheibe, die vollkommen schalldicht war. Adam konnte kein Wort von dem verstehen, was die beiden besprachen. Er musste das Gespräch einfach mithören, sonst war die ganze Verfolgungsaktion umsonst gewesen. Vorsichtig kroch er das schräge Dach hinunter. Als er etwa auf halber Höhe war, fiel ihm der Balkon auf, der an einer Seite des Hauses angebracht war. Dieser musste direkt ins Obergeschoss der Berghütte führen. Adam robbte auf die Seite des Dachs zu, ließ sich auf die Brüstung herab und stieg dann auf den Balkon. Hinter der Glastür, die ins Haus führte, konnte er ein Schlafzimmer erkennen, das in völliger Dunkelheit lag. Adam zog an dem silbernen Türknopf.

Er hatte Glück, denn die Balkontür war unverschlossen. Er betrat das Schlafzimmer und zog die Tür hinter sich zu. Das Zimmer war, wie der Rest des Hauses, mit hellem Holz vertäfelt, und auf dem Boden lagen plüschige Bettvorleger. Das riesige Bett war fein säuberlich gemacht und schien unbenutzt. Adam ging zu der Tür, die auf den Gang führte. Er lauschte gebannt. Aus dem Untergeschoss drangen die Stimmen von De Laurent und Buteo zu ihm herauf, doch er konnte immer noch nicht verstehen, was sie sagten. Er legte seine Hand auf die Türklinke und drückte sie langsam herunter. Als sich der Schließmechanismus geöffnet hatte, zog er die Tür leise auf und warf einen Blick auf den Gang. Es war niemand zu sehen. Der Flur wurde von edlen LED-Lampen erleuchtet, die in die Decke eingelassen worden waren. Der Fußboden bestand aus Holz, und an den Wänden hingen Ölgemälde, die Adam als echt einschätzte. Dieses Haus und seine Einrichtung sind sicher ein hübsches Sümmchen wert, dachte er.

Adam schlich den Gang entlang und gelangte an eine Glasbalustrade. Von dieser konnte Adam das Wohnzimmer überblicken, das unter ihm lag. Er beschloss jedoch, davon Abstand zu halten, schließlich konnte er jetzt beide Stimmen belauschen, ohne zu riskieren, dass jemand ihn hier oben entdeckte. Buteo und De Laurent unterhielten sich auf Französisch, doch Adam hatte keine Mühe, der Konversation zu folgen.

»Schade, dass Sie nicht bei Tag gekommen sind, mein Freund«, sagte De Laurent. »Die Aussicht ist wirklich spektakulär.«

Buteo schien wenig beeindruckt zu sein. »Ich bin nicht hergekommen, um über die Schönheit der Schweizer Natur zu sprechen, sondern übers Geschäft«, antwortete er schroff.

»Natürlich«, sagte De Laurent.

»Hervé?«

Jetzt wagte Adam doch einen Blick von der Balustrade herab.

Buteo hatte seinen Fahrer gerufen, der ihm nun einen Aktenkoffer aushändigte. Buteo öffnete ihn und nahm ein Dokument heraus, das er De Laurent übergab. De Laurent feuchtete eine Fingerspitze an und durchblätterte die Papiere, die von einer Heftklammer zusammengehalten wurden.

»Das ist eine Aufstellung der Ware«, sagte Buteo. »Können Sie das bewerkstelligen?«

De Laurent verzog keine Miene. »Das dürfte kein Problem sein«, sagte er. »Wir haben genug Kapazitäten.«

Adam versuchte einen Blick auf das Dokument zu erhaschen, das De Laurent gerade las, doch er konnte die klein gedruckten Zeilen von hier oben nicht entziffern. Was war es, wovon die beiden sprachen?

»Ich muss Ihnen sagen, meine Klienten sind nervös«, sagte Buteo. »Eine Lieferung dieser Größenordnung hat bis jetzt noch niemand erfolgreich durchgeführt. Wenn da etwas schiefgeht, drohen ernste Konsequenzen.«

De Laurent ließ sich nicht aus der Ruhe bringen. Er lehnte sich in seinem Sessel zurück. »Monsieur Buteo, ich garantiere Ihnen, dass wir eine vollkommen sichere Methode haben, um das Gut an seinen Zielort zu bringen.«

»Nichts im Leben ist vollkommen sicher«, antwortete Buteo.

»Natürlich, doch meine Organisation trägt das gesamte Risiko.« De Laurent lächelte und nahm einen Schluck aus seinem Whiskeyglas.

»Ich bin natürlich neugierig, wie Sie die Ware transportieren wollen«, sagte Buteo.

»Ich glaube, es ist für alle Parteien besser, wenn wir diese Information vorerst nicht preisgeben. Je kleiner der Kreis der Eingeweihten, desto kleiner das Risiko, dass jemand unseren Plan ausplaudert. Ob freiwillig oder unfreiwillig.«

Buteo nippte an seinem Glas. »Ich glaube nicht, dass meine Klienten damit zufrieden sein werden.«

De Laurent lächelte. »Wissen Sie, ich habe eine Idee. Warum kommen Sie nicht alle zu meiner Silvesterfeier? Wir heißen das neue Jahr auf unserem Landsitz in der Nähe von Chamonix willkommen. Das ist Tradition im Hause De Laurent. Sie bringen Ihre Klienten mit, wir laden den Empfänger ein und räumen alle Ihre Sorgen aus der Welt.«

Buteo dachte einen Moment nach. »Ich werde mit ihnen sprechen«, sagte er.

»Haben Sie keine Sorge. Wir werden die Lieferung ohne Schwierigkeiten abwickeln. Wir kassieren von den Endkunden und leiten das Geld sofort an die eigens angelegten Bankkonten, hier in der Schweiz. Minus dreißig Prozent, natürlich.«

Buteo stellte sein Glas auf einem Beistelltisch ab. »Dreißig Prozent? Sie träumen, mein Freund. Von so einer hohen Kommission war nie die Rede.«

»Tut mir leid«, antwortete De Laurent. »Das ist der Preis, den man für eine absolute Liefergarantie zahlt. Vergessen Sie bitte nicht, dass wir die Ware selbst bezahlen, wenn die Ladung aus irgendeinem Grund nicht ankommt.«

Buteo kniff die Augen etwas zusammen und musterte sein Gegenüber gründlich. »Ich muss das alles mit meinen Klienten besprechen«, sagte er schließlich und stand auf. Das Gespräch war beendet. Adam drehte sich um und wollte gerade wieder in den Flur zurückhuschen, als er aus der Tür am Ende des Korridors ein Geräusch vernahm. Es war das Rauschen einer Toilettenspülung. Die Tür öffnete sich. So schnell er konnte, rannte Adam zu dem Schlafzimmer zurück, durch das er in die Hütte eingedrungen war. Doch er war nicht schnell genug. Als er in das Schlafzimmer taumelte, hörte er hinter sich eine Stimme. »Halt! Wer ist da?«

Es musste einer von De Laurents Bodyguards sein, der das Badezimmer im oberen Stockwerk benutzt hatte. Wenn dieser ihn zu fassen kriegte, war es aus. Adam zog die Balkontür auf und kletterte auf die Brüstung, gerade als der Sicherheitsmann das Zimmer betrat. Mit einem Satz sprang Adam auf das Dach der Hütte und zog sich hoch. Er hörte den Mann, der unter ihm auf den Balkon trat. In seiner Eile glitt Adam auf dem Dach aus, fiel der Länge nach hin und rutschte wie auf einem Schlitten mit den Füßen voraus das schräge Dach herunter. Beinahe endete seine Flucht in dem beheizten Pool, doch Adam kollidierte hart mit den Stangen der Einstiegsleiter, die in das beheizte Wasser führte. Er hielt sich den Kopf und blickte sich um. Der Schneesturm hatte an Intensität verloren, und die Sichtweite hatte sich normalisiert. Von der Vordertür hallten Stimmen durch die Nacht. Adam hatte nur Sekunden, ehe die Bodyguards ihn hier finden würden. Doch wie sollte er ihnen entkommen? Hinter dem Haus lag der Berghang, und wenn er da hinaufkletterte, war er ein sicheres Ziel für die herannahenden Wachen. Er entdeckte die Skier, die an einer Halterung an der Außenwand hingen. Sofort stand er auf und lief zur Wand hinüber. Verdammt! Ohne Skischuhe waren sie völlig nutzlos. Er hörte die Schritte der Bodyguards. In wenigen Sekunden würden sie hier sein.

Adams Blick fiel auf die Kajaks, die neben den Skiern hingen. Sollte er wirklich? Keine Zeit zum Überlegen! Er hob eines der Kajaks aus der Verankerung, schnappte sich ein Paddel und setzte es so auf den Schnee, dass es langsam begann, den Berghang hinabzugleiten, der neben dem Haus in die Tiefe führte. Er schob es an, kletterte ungeschickt in die Sitzöffnung und ergriff das Paddel mit beiden Händen. Die friedvolle Nachtruhe wurde vom Feuer einer Pistole zerrissen. Links und rechts neben ihm peitschten die Kugeln in den Schnee. Adam gewann an Fahrt. Der Hang war hier sehr steil, und das Kajak verwandelte sich im Nu in ein Geschoss, das mit atemberaubender Geschwindigkeit ins Tal flog. Adam hatte alle Mühe, es mit dem Paddel so zu lenken, dass er nicht gegen ein Hindernis prallte. Aus der Dunkelheit flogen ihm schneebedeckte Äste und Sträucher entgegen. Plötzlich erschien direkt vor dem Kajak der Stamm einer riesigen Tanne. Adam grub das Paddel zu seiner Rechten in den Schnee, und das Kajak beschrieb im letzten Moment eine Kurve um den Baumstamm herum. Ein Ast der Tanne verpasste ihm eine schmerzhafte Ohrfeige. Er spuckte eiskalte Tannennadeln aus und wischte sich den Schnee aus den Augen. Das Kajak fuhr über eine im Schnee verborgene Wurzel, hob vom Boden ab und flog direkt auf den dicken Ast einer weiteren Tanne zu. Adam lehnte sich, soweit er konnte, nach hinten, um nicht von dem Ast aus seinem Gefährt geschleudert zu werden. Er hatte zwar Glück, und das Kajak flog nur durch dünne Zweige, doch es setzte so unsanft auf dem Schneeboden auf, dass es Adam einen Schlag versetzte, als hätte jemand ihm mit voller Wucht in den Hintern getreten. Adam verzog das Gesicht vor Schmerz. Die wilde Fahrt ging weiter. Er sah sich um. Glücklicherweise hatte er die Bäume hinter sich gelassen, doch schon tauchte eine neue Bedrohung aus der Dunkelheit auf. Neben ihm verlief die Bergstraße, die zur Hütte hinaufführte. Und auf dieser Straße bretterte jetzt der weiße Geländewagen, in dem Buteo vor der Hütte vorgefahren war, mit voller Geschwindigkeit entlang. Adam sah, wie das Rückfenster aufging und ein Mann den Kopf heraussteckte. Er hielt eine Pistole. Er legte an und begann auf Adam zu schießen.

Adam duckte sich. Zwei Kugeln schlugen vor ihm auf der Piste ein, doch eine dritte schlug ein kreisrundes Loch in die Oberfläche des Kajaks. Wer auch immer dieser Mann war, er war ein ausgezeichneter Schütze.

Adam lenkte nach links, von der Straße weg, doch diese beschrieb ausgerechnet an dieser Stelle auch eine Linkskurve, sodass der Geländewagen immer näher kam. Der Mann im Rückfenster zielte erneut, und als er den Abzug drückte, spürte Adam den Luftzug der Kugel, die nur Millimeter an seiner Stirn vorbeisauste. Die nächste Kugel würde bestimmt ihr Ziel finden. Adam musste etwas tun. Immer noch sauste er mit einer atemberaubenden Geschwindigkeit ins Tal. Sein Kreislauf war so sehr mit Adrenalin geflutet, dass er jeden einzelnen Herzschlag wie einen Dampfhammer spürte.

Dann entdeckte er etwas. An der ihm zugewandten Straßenseite hatte ein Pflug einen Haufen Schnee aufgeschichtet. Wenn er darauf zuhielt …

Er lenkte mit dem Paddel hart nach rechts und wich dabei unwillkürlich einer Kugel aus, die ihn mitten zwischen den Augen getroffen hätte. Das Kajak hielt auf den Schneehaufen zu, der eine natürliche Rampe bildete. Hier war so viel Schnee gefallen, dass der Schneepflug links und rechts neben der Fahrbahn ganze Wände aus Schnee aufgeschichtet hatte. Das Kajak erreichte die Rampe. Adam spürte, wie es kurz bergauf ging und das Kajak dann den Kontakt zum Boden verlor. Er hob ab und flog in hohem Bogen über die Straße. Im selben Moment passierte der Wagen seiner Verfolger die Stelle. Der Mann, der auf ihn geschossen hatte, blickte nach oben und sah, wie Adams Kajak über das Dach des Wagens auf die andere Straßenseite segelte. Er hob seine Pistole und schoss ein, zwei Mal. Adam hatte mehr Glück als Verstand, dass die Patronen lediglich das Kajak durchlöcherten und seine Beine verfehlten. Der Flug dauerte nur Sekunden, doch Adam kam es vor, als schwebe er in Zeitlupe über dem Auto. Auf der anderen Straßenseite lief der Hang noch steiler bergab. Adams Kajak setzte mit voller Wucht auf, was ihm alle Atemluft aus der

Lunge presste, und rutschte weiter durch den Schnee. Adam drehte sich zu dem Wagen um, doch die Straße hatte sich in die entgegengesetzte Richtung gebogen, und das Auto war von der Dunkelheit verschluckt worden. Er atmete auf. Diese Gefahr war vorübergehend gebannt. Als er wieder nach vorn blickte, erlitt er jedoch einen neuen Schock. Der Boden brach unter ihm weg. Das Kajak fuhr über eine Klippe und stürzte auf eine weiße Ebene zu, die sich meterweit unter ihm erstreckte. Den Aufprall würde er auf keinen Fall heil überleben. Er konnte nur noch das Paddel fallen lassen und die Hände schützend vors Gesicht schlagen.

Das Kajak traf auf der Schneefläche auf. Doch anstatt eines halsbrecherischen Aufpralls krachte das Kajak durch eine Eisdecke. Er war in einem zugefrorenen See gelandet. Adam blieben nur Augenblicke, sich darüber zu freuen, dass er noch am Leben war, denn sofort spürte er das eiskalte Wasser, das durch die Kugellöcher ins Kajak eindrang. Mühsam schälte er sich aus seinem Gefährt und schwamm zum Rand des Lochs, das er in die Eisdecke geschlagen hatte. Das Paddel war neben der Einbruchstelle gelandet. Adam ergriff es und begann, sich damit aus dem Wasser zu ziehen. Noch nie hatte er so eine Kälte verspürt. Sie grub sich wie Rasierklingen in seine Haut und schnürte ihm die Luft ab. Seine Beine waren schwer wie Blei, und er musste all seine Kraft aufbringen, um sie aus dem See zu ziehen.

Das Geräusch eines Motors näherte sich. Adam warf einen Blick über seine Schulter. Der weiße Geländewagen war an dem See angekommen. Die Vorstellung, dass diese Bodyguards ihn jetzt zu fassen bekommen würden, gab ihm neue Kraft, und er rannte, oder schlitterte eher, über das Eis zur anderen Seite des Sees. Am Ufer wuchsen einige Tannen. Adam schleppte sich hinter einen der eingeschneiten Bäume und ließ sich erschöpft fallen.

Er drehte sich um und lugte durch ein Loch in den Zweigen, das den Blick auf den See freigab.

Der Wagen kam zum Stehen, und vier Männer stiegen aus. Sie liefen zum Rand der Eisfläche, die den See bedeckte. Glücklicherweise schienen sie ihn nicht gesehen zu haben, denn sie konzentrierten sich ganz auf das Kajak, das halb versunken im kalten Wasser des Sees schwamm. Adam zitterte. Die Kälte hatte sich in ihm festgebissen. Seine Finger und Zehen waren zu Eiszapfen erstarrt, und sein Gesicht brannte, als säße er zu nah an einem Feuer. Die Männer suchten etwas halbherzig das Ufer des Sees ab. Auch ihnen schien es hier draußen zu kalt zu sein.

»Ich glaube, ich habe ihn erwischt«, sagte der Mann, der auf ihn geschossen hatte, auf Französisch. »Aus dem kalten Wasser ist er auf jeden Fall nicht mehr lebend herausgekommen.«

»Sollten wir ihn nicht bergen?«, fragte der Mann, der am Steuer gesessen hatte.

»Kannst du gern machen«, meinte der Schütze. »Ich hoffe, du hast deine Badehose eingepackt.« Die Verfolger lachten, doch der Fahrer blickte missmutig auf das Loch in der Eisdecke.

»Du hast recht. Das überlebt kein Mensch«, sagte er schließlich. »Lasst uns zurückfahren.«

Die Bodyguards stiegen wieder in den Wagen. Das Auto setzte zurück, wendete und verschwand die Bergstraße hinauf. Adam wollte einen Seufzer der Erleichterung von sich geben, doch er zitterte so sehr, dass es ihm nicht gelang. Die Männer, die ihn gejagt hatten, hatten gar nicht so unrecht gehabt. Es war nicht gesagt, dass Adam diese Nacht überleben würde. Er wusste, dass er nur eins tun konnte, um seine Körpertemperatur zu steigern. Er musste sich bewegen. Er ballte die Hände zu Fäusten und sprang auf und ab, als würde er seilspringen. Dann umarmte er sich selbst und lief auf den Weg zu, der zu der Bergstraße führte. Das Wasser des Sees, das sich in seine Kleidung gesogen hatte, war inzwischen gefroren und er fühlte sich wie eine Tiefkühlpizza. Seine Muskeln waren steif und schmerzten bei jeder Bewegung.

Wohin sollte er sich jetzt wenden? Er wusste nicht, wohin die Straße führte, auf der die Männer gefahren waren. Wenn er jetzt ziellos durch die Nacht irrte, würde er wahrscheinlich erfrieren. Es blieb ihm also keine andere Möglichkeit, als zu der Almhütte zurückzukehren, um seinen Schneepflug zu holen. Da die Männer ihn sowieso für tot hielten, würden sie nicht mehr nach ihm Ausschau halten. Er lief los, dicht am Straßenrand entlang. Es war eine mühsame Wanderung. Die Bewegung half zwar ein wenig gegen die Kälte, doch jeder Atemzug brannte trotzdem wie Feuer. Er stapfte weiter bergauf durch den Schnee. Es dauerte eine halbe Stunde, bis der Schneepflug am Straßenrand in der Nähe der Hütte auftauchte, doch Adam kam es wie eine Ewigkeit vor. Er setzte sich auf den kleinen Traktor, ließ den Motor an, machte kehrt und fuhr ins Internat zurück.

Im Innenhof der Eliteschule angekommen, parkte Adam den Traktor an der gleichen Stelle, wo Lohser ihn immer unterbrachte. Dann schleppte er sich ins Internatsgebäude. Er versuchte, so leise wie möglich zu sein, als er die Stufen zum Stockwerk der Jungs erklomm, doch seine Zähne klapperten, und er schlotterte wie ein Schlossgespenst. Er ging schnurstracks in den Duschraum, zog seine tiefgefrorenen Klamotten aus, drehte die Dusche auf volle Hitze und setzte sich unter den heißen Strahl. Das Wasser brannte auf seiner Haut, und die Kälte in seinem Körper schmolz langsam dahin. Als er sich wieder einigermaßen normal fühlte, trocknete er sich ab und ging auf sein Zimmer. Er schlüpfte unter seine Bettdecke und war Sekunden später in einen tiefen Schlaf gefallen.

26

Das Erste, was Adam tat, als er am nächsten Morgen aufwachte, war, so laut zu niesen, dass er Jonathan aus dem Schlaf riss.

»Entschuldigung«, murmelte er und kramte ein Taschentuch aus der Schublade seines Nachttisches. Die Kälte hatte ihn gestern ganz schön erwischt. Da es Samstag war, drehte Jonathan sich noch einmal um und döste weiter. Adam stand auf. Er zog sich seine wärmsten Klamotten an und schlurfte nach unten in den Speisesaal, der um diese Uhrzeit noch fast leer war. Nur Yasemin saß an einem Tisch und aß ein Brot, während sie in einem aufgeschlagenen Mathebuch las. Adam bereitete sich eine Tasse heißen Tee zu und setzte sich zu ihr.

»Morgen«, sagte sie abwesend.

»Guten Mo… haaatschi!«, antwortete Adam und nieste in seine Armbeuge.

»Gesundheit«, sagte Yasemin.

»Danke«, murmelte Adam und nippte an seinem Tee. Er blickte sich um, um sicherzustellen, dass niemand mithörte. »Ich glaube, ich habe mir gestern beim Kajakfahren einen Schnupfen geholt.«

»Kajakfahren?«, fragte Yasemin.

»Gestern Abend habe ich De Laurent verfolgt«, antwortete Adam. »Er hat sich mit einem Mann namens Buteo in einer Berghütte getroffen. Die beiden planen irgendwas. Sie haben von einer geheimnisvollen Lieferung geredet, die De Laurent für Buteo und einige andere *Kunden* organisieren soll.«

Yasemin schloss ihr Mathebuch und schenkte Adam ihre volle Aufmerksamkeit. »Was für eine Lieferung?«, fragte sie.

»Keine Ahnung. Aber es klingt nicht ganz koscher. Als würden sie Ärger bekommen, falls jemand davon erführe.«

»Wie hieß dieser Typ noch mal?«, fragte Yasemin. »Der, mit dem sich De Laurent getroffen hat?«

»Buteo.«

Yasemin notierte sich den Namen auf einer Ecke ihres Mathebuchs. »Mal sehen, ob ich über den Typen etwas herausfinden kann.«

»Gute Idee«, sagte Adam. »De Laurent hat Buteo und diese mysteriösen Kunden zu einer Silvesterfeier auf seinem Landsitz in Chamonix eingeladen. Vielleicht kann ich mich da auch reinmogeln.«

»Ist das nicht zu gefährlich?«, fragte Yasemin. »Was ist, wenn er dich erkennt? Dein Haaransatz ist schon wieder herausgewachsen.«

»Dann müssen wir eben nachfärben.«

Yasemin sah ihn besorgt an. »Ich weiß nicht. Wenn das schiefgeht, kommst du in Teufels Küche.«

»Das Risiko muss ich eingehen«, sagte Adam.

»Aber was hat das Ganze mit Kajakfahren zu tun?«, fragte Yasemin.

Adam umriss kurz, wie er De Laurents Schergen entkommen war.

»Mann, Adam, wo haben wir uns da reingeritten?«, sagte sie.

»De Laurent hat uns da reingeritten, als er den Befehl gab, meine Eltern zu töten.«

»Da hast du recht«, sagte Yasemin. »Ich besorge das Bleichmittel für deine Haare und versuche, mehr über Buteo zu erfahren.«

Die Tür zum Speisesaal öffnete sich, und eine Schar Schüler strömte herein. Darunter auch Claire und ihre Freundinnen. Adam stand auf.

»Und ich organisiere mir eine Einladung zur Silvesterparty«, sagte er und lächelte. Er verließ Yasemins Tisch und hielt auf Claire zu.

Yasemin blickte ihm nach. »Adam, Adam, verbrenn dir bloß nicht die Finger«, hörte er sie noch leise murmeln.

Claire hatte sich ein Tablett genommen und stand nun an der Ausgabe mit den Müslischalen. Adam gesellte sich zu ihr. Sie hatte ihm zwar zuletzt die kalte Schulter gezeigt, doch Adam tat so, als sei alles beim Alten.

»Hey, sag mal, kann man hier in der Nähe gut Skifahren? Ich würde gern mal wieder auf die Bretter steigen.«

Claire blickte ihn freundlich an. »Das Gloriatal ist ganz in der Nähe«, sagte sie. »Wir machen morgen einen Ausflug dorthin.«

Adam setzte sein charmantestes Lächeln auf. »Wäre es sehr unverschämt von mir, wenn ich mich selbst dazu einlade?«

Claire lächelte. »Das muss ich mit meinen Freundinnen besprechen«, sagte sie. »Ich hoffe, du kannst auf Skiern mit mir mithalten.«

»Ich bin ein passabler Skifahrer«, sagte er bescheiden. Tatsächlich fuhr er schon seit seinem dritten Lebensjahr.

»Das wird sich ja zeigen«, sagte Claire. Sie nahm ihr Tablett und ging zu ihren Freundinnen zurück. Adam blickte ihr nach.

Nach dem Frühstück ging Adam zur Pforte, um sich bei Herrn Lohser eine Skiausrüstung für den morgigen Tag zu reservieren. Er füllte das Formular aus und gab es dem Hausmeister zurück, der es wortlos in einem Ablagefach deponierte. Als er zu seinem Zimmer zurückkehren wollte, fand er sich Angesicht zu Angesicht mit Gregg wieder, der von dreien seiner Freunde flankiert wurde.

»Hey, Renzo, haben wir hier ein kleines Problem?«, fragte er.

»Ich wüsste nichts von einem Problem«, antwortete Adam. Gregg entblößte seine Zähne in einem falschen Lächeln.

»Mein Freund Peter hier hat mitgehört, wie du dich an meine Freundin rangemacht hast.«

Adam tat so, als wüsste er von nichts. »Ich habe keine Ahnung, wer deine Freundin sein soll«, sagte er.

»Das weißt du verdammt gut«, sagte Gregg. »Pass auf, sonst ...«

»Sonst was?«, fiel ihm Adam ins Wort. »Sonst lässt du mich wieder von deinem Bodyguard verprügeln? Deine Freunde halten mich fest, und du lässt deinen Frust an mir aus? Weißt du was, Gregg, du kannst mir vielleicht wehtun, aber ich werde weder Respekt noch Angst vor dir haben. Und weißt du warum? Weil du ein Feigling bist.«

Gregg verzog sein Gesicht zu einer Fratze des Zorns.

»Komm schon her«, stichelte Adam weiter. »Beweis es mir. Zeig mir, dass du kein Feigling bist. Nur du gegen mich.« Adam sah ihn an und ließ dann seinen Blick über die Gesichter seiner Freunde wandern. Er las Unsicherheit in ihren Gesichtsausdrücken. »Hab ich's mir doch gedacht«, sagte Adam. »Großes Maul und nichts dahinter.«

Er ließ die Gruppe stehen und ging zur Treppe zurück. War

es klug gewesen, Gregg so anzustacheln? Wohl kaum. Er wusste, dass dieser jetzt nur auf blinde Rache sinnen würde. Adam war das jedoch gleich. Was konnte er schon tun?

Am nächsten Tag ging es Adam zum Glück schon wieder viel besser, und er traf sich mit Claire und ihren Freundinnen vor dem Internatsgebäude. Er hatte sich die Skiausrüstung von der Rezeption abgeholt und verstaute diese nun, zusammen mit Lohser, dem Hausmeister, im Kleinbus des Internats. Dann stieg er in den Bus ein und setzte sich neben Claire, die auf einem Fensterplatz saß. Es war ein perfekter Tag zum Skifahren. Die Luft war klar und kalt, und der Schnee, der in der letzten Nacht gefallen war, hatte eine makellose Decke gebildet. Der Kleinbus bog in die Straße ein und fuhr in Richtung des Gloriatals.

»Ich glaube, ihr kennt euch noch gar nicht«, sagte Claire und drehte sich zu ihren Freundinnen um. »Das ist Valerie«, sagte sie und deutete auf das Mädchen mit den langen roten Haaren. »Und das ist Kim.«

Adam lächelte die beiden an, und sie winkten ihm kurz zu. Er drehte sich zu Claire zurück.

»Ich liebe die Berge«, sagte Claire, während sie aus dem Fenster blickte. »Manche Leute schwärmen vom Meer und Strand, aber für mich sind die Berge viel eindrucksvoller. Man spürt die Kraft der Natur. Findest du nicht auch?«

»So ein Strandurlaub hat natürlich auch was«, sagte Adam. »Aber du hast schon recht. Die Berge sind irgendwie … wilder.«

Claire musterte ihn. »Das ist das richtige Wort«, sagte sie. »Wilder.«

In diesem Moment fuhr der Bus an der Almhütte vorbei, in der sich Claires Vater mit Buteo getroffen hatte. Adam wollte Claires Reaktion testen.

»Schau mal, da drüben«, sagte er. »Die Luxushütte. Da kann man sicher einen schönen Urlaub verbringen.«

»Du wirst es nicht glauben, aber die gehört meinem Vater«, sagte sie. »Ich habe da einige Urlaube verbracht. Klar, es ist purer Luxus, wie alles, was mein Vater anfasst, aber es ist nicht gerade meine Idee von einem Traumurlaub in den Bergen, wenn man im beheizten Pool schwimmt, während das Personal das Essen zubereitet.« Sie sah zu, wie die Hütte draußen am Bus vorbeirauschte. »Ich höre mich ganz schön eingebildet an«, sagte sie schließlich. »Die arme Prinzessin, die heult, weil sie in einem Schloss wohnt.«

»Nur weil man wohlhabend ist, heißt das nicht, dass man nicht unglücklich sein kann«, sagte Adam.

»Stimmt«, sagte Claire. »Ich wünschte manchmal, mein Vater würde verstehen, dass Reichtum nicht alles ist.« Claire lächelte Adam an. »Lass uns über etwas anderes reden«, sagte sie und wechselte das Thema. Zehn Minuten später waren sie an der Seilbahn des Gloriatals angekommen.

Sie fuhren mit der Gondel zur Bergstation. Auf der Piste ließen sie ihre Skischuhe in die Bindungen einrasten und fuhren dann ins Tal. Es stellte sich heraus, dass Claire eine hervorragende Skifahrerin war. Adam lieferte sich mit ihr ein Rennen, das sie um Haaresbreite gewann. Bei der Revanche musste er alles geben, um selbst einen Sieg zu erringen. Danach begaben sie sich auf eine der schwierigeren Pisten. Abwechselnd fuhren sie eine Strecke hinab, die an einer kleinen Rampe endete. Adam filmte mit dem

Handy, wie Claire über die Rampe sprang. Danach war er dran, und er schaffte es sogar, eine 360-Grad-Drehung zu vollführen, ohne hinzufallen. Claire hatte die ganze Aktion mit der Handykamera festgehalten. Am Nachmittag trafen sie sich auf der Hütte mit Valerie und Kim, die sich diskret eine andere Ecke der Piste ausgesucht hatten, um Ski zu fahren. Claire saß neben Adam, halb an ihn gelehnt, und sah sich die Videos auf ihrem Smartphone an. Adam entging nicht, dass ihre Freundinnen vielsagende Blicke austauschten. Er musste zugeben, dass er es genoss, Claire so nah zu sein.

»Sieh mal, dieses hier. Da bist du fast in den Baum gekracht«, sagte Claire und lachte. Aus den Augenwinkeln beobachtete Adam, wie Kim fast unmerklich die Augenbraue hob und Valerie die Geste erwiderte. Ihm war klar, was sie einander da mit einer einzigen Muskelzuckung kommuniziert hatten: Claire mochte ihn. Ihm war das nur recht.

»Kim, wollen wir nicht ins Tal zurück?«, fragte Valerie. Dabei stand auf ihrem Gesicht geschrieben, was sie ungesagt ließ: *Lass uns den beiden Turteltäubchen ein wenig Freiraum geben.* Kim nickte.

»Wollt ihr wirklich schon gehen?«, fragte Claire in einem Ton, der nicht sonderlich enttäuscht klang.

»Wir sehen uns beim Abendessen«, sagte Kim. Die beiden Freundinnen standen auf.

»Ciao«, sagte Valerie mit einem breiten Grinsen. Sie winkte Adam zu und verließ dann mit Kim die Station.

»Was wollen wir jetzt machen?«, fragte Adam.

Claire stand nun ihrerseits auf. »Komm mit, ich zeige dir meinen Lieblingsort hier auf dem Gipfel.«

Adam folgte ihr nach draußen. Es war schon später Nachmittag, doch trotzdem war die Piste noch gut besucht. Claire führte

Adam zu einem Schlepplift, der zu einem kleineren Bergkamm neben der Hauptpiste führte. Sie ließen sich von dem Lift in die Höhe befördern. Adam spürte, wie Claire nach seiner Hand griff. Sein Herz begann schneller zu schlagen. Oben am Bergkamm angekommen, stiegen sie aus. Im Vergleich zur Hauptpiste war es auf dem Kamm relativ leer. Adam entdeckte ein Schild, das an einer Pistenabfahrt angebracht worden war. Darauf war ein Totenschädel abgebildet, unter dem in großen Buchstaben eine unmissverständliche Nachricht stand: *Lebensgefahr. Piste geschlossen.*

»Du willst mit mir hoffentlich nicht da runterfahren«, sagte Adam.

»Auf keinen Fall«, antwortete Claire. »Das ist die Profundo-Piste. Die ist lebensgefährlich. Letzten Winter sind dort zwei Skifahrer tödlich verunglückt. Wenn man nicht vorsichtig ist, kommt man da leicht von der Strecke ab, und dann geht es steil eine Klippe hinunter. Ich wollte dir etwas anderes zeigen. Komm mit.«

Er folgte Claire zur anderen Seite des Kamms. Von hier aus hatte man eine traumhafte Aussicht über die Alpen, die sich bis zum Horizont erstreckten. Die Sonne berührte einen der gegenüberliegenden Berggipfel und ließ den Himmel über der weißen Schneedecke wie die Glut eines Feuers leuchten. Claire führte ihn zu einem Felsvorsprung. Dort setzte sie sich hin und bedeutete Adam, neben ihr Platz zu nehmen. Er setzte sich. Sie legte ihren Kopf auf seine Schulter und kuschelte sich an ihn. Adam legte seinen Arm um ihre Schultern. Er konnte das Klopfen ihres Herzens spüren. Claire hob den Kopf und sah ihn an. Ihre Wangen waren von der Kälte gerötet. Ihr Haar war von der Skimütze ein wenig durcheinander.

Er küsste sie.

Als sie wieder voneinander abließen, lächelte Claire ihn an. Sie legte ihren Kopf wieder auf seine Schulter.

»Es gibt Momente, die sind so schön, dass ich sie am liebsten für immer festhalten möchte«, sagte sie. »Ich wünschte, ich könnte diesen Moment für immer aufbewahren, Lorenz.«

Kälte griff nach Adams Herz.

Lorenz.

Sie war nicht mit ihm hier, sondern mit einem Betrüger, der ihr etwas vorgaukelte. Einem, der sie ausspionieren wollte. Er war ein Lügner. Er war nicht besser als dieser Gregg, im Gegenteil, er nutzte ihr Vertrauen für seine eigenen Zwecke aus.

»Was ist mit dir?«, fragte Claire. »Stimmt etwas nicht?«

Adam verdrängte den Gedanken. »Nein, es ist alles in Ordnung. Mehr als in Ordnung. Ich bin so glücklich, dass wir uns gefunden haben.«

Claire blickte ihn an. Es kam ihm vor, als würde sie seine Gefühle durchleuchten wie ein Röntgengerät.

»Ich auch«, sagte sie schließlich, doch er las einen Anflug von Zweifel in ihrem Gesicht.

Die Sonne versank hinter dem Berggipfel und warf einen langen Schatten auf den Felsvorsprung, auf dem die beiden saßen.

27

Es war schon dunkel, als Claire und Adam zum Internat zurückkehrten. Sie stiegen aus dem Kleinbus aus, und Adam schulterte die Skier und Skistöcke, die er sich ausgeliehen hatte. Zusammen gingen sie die Treppe hinauf zur Rezeption, wo Adam die Skiausrüstung an der Wand abstellte.

»Das war echt schön mit dir«, sagte Claire.

»Fand ich auch«, sagte Adam.

»Ich wollte dich etwas fragen«, fuhr sie fort. »Meine Familie veranstaltet jedes Jahr eine große Silvesterfeier. Ich dachte … vielleicht … wenn du nichts dagegen hast … hättest du Lust zu kommen?«

Adam konnte sein Glück kaum fassen. »Natürlich«, sagte er.

»Super. Dann kann ich dich endlich meinem Vater vorstellen.«

Adam rang sich ein Lächeln ab. »Das … das würde mich echt freuen«, sagte er zögerlich. Claire schien zu glauben, dass er ein wenig Angst hatte, ihren Vater zu treffen. »Er ist halb so schlimm. Obwohl, er wird sicher enttäuscht sein, dass ich mich nicht für seine erste Wahl entschieden habe. Seit er erfahren hat, wer sein Vater ist, will er mich dauernd mit Gregg verkuppeln.«

»Und, läuft da was?«, fragte Adam.

Claire dachte einen Moment lang nach. »Wir sind eine Zeit lang ausgegangen«, antwortete sie. »Aber Gregg ist einer von den Typen, die sich gern wichtigmachen. Was mir an dir so gefällt, ist, dass du du selbst bist.«

Adam bekam ein flaues Gefühl in seiner Magengegend. »Äh, ja. Ich versuche es zumindest«, sagte er schwach. Er fühlte sich gar nicht wohl dabei, Claire anzulügen. Sie legte seine zögerliche Haltung als Bescheidenheit aus.

»Ich mag es nicht, wenn Leute sich verstellen. Wenn sie falsch sind. Ich habe wirklich Glück, dass ich dich gefunden habe.«

Claire gab ihm einen Kuss auf die Wange und ging zur Treppe, die zu den Zimmern führte. Adam entschied sich dafür, in den Speisesaal zu gehen. Das Skifahren hatte ganz schön Energie gekostet, und er hatte einen Wahnsinnshunger. Nach dem Abendessen ging er in Richtung der Treppe, doch in der Eingangshalle legte ihm plötzlich jemand einen Arm um die Schultern. Er drehte sich um.

Es war Gregg. »Renzo, *my friend*«, sagte er. »Mir ist zu Ohren gekommen, dass du mit Claire ein kleines Techtelmechtel auf der Piste hattest.«

»Was geht dich das an?«, sagte Adam und entfernte Greggs Arm von seinen Schultern.

»So was tut man nicht unter Männern. Dem anderen die Frau wegschnappen.«

»Claire will nichts von dir. Kapierst du das nicht?«, fragte Adam.

»Da bin ich anderer Meinung.«

Adam verschränkte die Arme. »Willst du dich jetzt um sie prügeln, oder was?«, fragte er. »Oder lieber ein Pistolenduell im Morgengrauen veranstalten?«

Gregg lächelte. »Klingt eigentlich verlockend, aber ich habe etwas anderes im Sinn. Eine kleine Wette. Unter Männern.«

»Aha«, meinte Adam. »Und was für eine Wette?«

»Ein Skirennen«, sagte Gregg. »Der Verlierer überlässt dem Gewinner Claire.«

Adam kratzte sich am Kopf. »Du hast nicht viel Ahnung von Frauen, oder?«, sagte er schließlich. »Wie stellst du dir das vor? Mal angenommen, du gewinnst, gehst du dann zu ihr und sagst: ›Claire, ich habe ein Skirennen gegen Lorenz gewonnen. Jetzt bist du mein‹?« Adam prustete los.

Gregg schien das gar nicht lustig zu finden. »Lass das mal meine Sorge sein. Wenn ich gewinne, lässt du sie in Ruhe, kapiert?«

»Warum sollte ich darauf eingehen?«, sagte Adam. »Was habe ich von der ganzen Sache? Ich bin mit ihr zusammen. Kapierst du das nicht?« Er drehte sich um und ging zur Treppe.

»Du hast mir meine Freundin ausgespannt. Ehrenleute machen so etwas nicht.«

Adam blickte ihn an. »Was weißt du schon von Ehre? Du hast mich von deinem Bodyguard verprügeln lassen.«

Gregg senkte den Blick. »Ich mag sie, verstehst du? Ich mag sie wirklich. Das ist nicht okay von dir.« Zum ersten Mal zeigte Gregg eine Gefühlsregung, die nicht arrogant oder selbstverliebt war.

»Vielleicht war das nicht cool«, gab Adam zu. »Aber es ist ihre Entscheidung. Sie hat nun mal Gefühle für mich. Und ich für sie.«

»Ein Rennen«, sagte Gregg. »Der Verlierer lässt sie in Ruhe. Bitte.«

Es war zwar idiotisch zu glauben, dass Claire ihre Gefühle aufgrund eines Skirennens ändern würde, aber Adam stellte fest, dass er Gregg diesen Wunsch nicht abschlagen konnte, schließlich hatte er ja mit Claire geflirtet, als diese noch mit Gregg ausging. »Okay. Morgen früh. Welche Piste?«

X

»Das ist doch Selbstmord!«, rief Adam.

»Wer ist jetzt der Feigling?«, fragte Gregg.

Sie standen am Kopf der Profundo-Piste. Adam blickte auf das Schild mit dem Totenschädel, der ihn mit schwarzen Augen anstarrte. Lohser hatte sie bei Sonnenaufgang ins Gloriatal gefahren, wo sie erst die Gondel und dann den Schlepplift auf den Bergkamm genommen hatten.

»Gibst du auf, bevor wir überhaupt losgefahren sind, Lorenz?« fragte Gregg.

Anstatt einer Antwort setzte Adam sich seine Skibrille auf. »Bringen wir es hinter uns«, sagte er. Die beiden stellten sich an ihre Startposition.

Gregg gab den Countdown. »Drei ... zwei ... eins ... los!«

Adam rammte seine Skistöcke in den Schnee und schob so fest, er konnte. Er gewann schnell an Fahrt, doch seine Skier, die er sich wieder aus dem Internat ausgeliehen hatte, hatten schon Generationen von Schülern gedient. Sie konnten einfach nicht mit Greggs nagelneuer Ausrüstung mithalten. Adams Kontrahent hatte schnell einen Vorsprung herausgefahren. Adam bückte sich, bis sein Kinn fast seine Knie berührte, und legte sich in die Kurven. Es hatte über Nacht geschneit, und die Flocken lagen leicht wie Daunen auf dem Berghang. Es fühlte sich an, als würde Adam auf einer Wolke schweben. Bald wurde ihm klar, warum die Profundo-Piste geschlossen worden war. Die Strecke schlängelte sich durch eine zerklüftete Felsenlandschaft. Auf der rechten Seite türmten sich hohe Gesteinsbrocken auf, und auf der linken bewahrte einen nur eine Reihe schneebedeckter Tannen vor einem Sturz in den Abgrund. Die Klippe führte dort Hunderte Meter ins Tal, sodass man bei einem Absturz noch sekundenlang fallen würde, ehe man tief unten auf den Felsen aufklatschte.

Adam konzentrierte sich auf seine Linie. Gregg war einige Meter vor ihm und machte nicht den Eindruck, dass er diesen Vorsprung noch aufgeben würde. Adam musste ein Risiko eingehen, wenn er dieses Rennen gewinnen wollte. Vor ihnen lag eine weite Rechtskurve. Wenn er es irgendwie schaffte, eine Abkürzung über die Felsen zu nehmen, konnte er Gregg vielleicht noch einholen. Seine Augen waren von der Skibrille geschützt, doch der eiskalte Wind betäubte seine Wangen und seine Lippen. Er zerrte an seinem Skianzug und dröhnte wie ein Düsenjet in seinen Ohren. Die weiße Bergwelt raste an ihm vorbei. Er riskierte einen Blick nach rechts. Ein schneebedeckter Felsen ragte aus der Erde. Wenn er diesen richtig erwischte und einen Sprung wagte, konnte er vielleicht vor Gregg wieder auf der Piste landen, die sich jetzt nach rechts bog. Er musste es riskieren. Er ging in die Hocke und lehnte sich nach rechts. Mit voller Geschwindigkeit hielt er auf die Oberseite des Felsens zu. Adam biss die Zähne zusammen. Wenn er sich jetzt verschätzte, würde er mit voller Wucht auf den scharfkantigen Gesteinsbrocken aufkommen, die den rechten Rand der Abfahrt säumten. Er spürte den Felsen unter sich, machte einen Satz nach vorn und sprang.

Der Schwung trug ihn über die Kante, doch würde es genügen? Würde er die Piste erreichen, die unter ihm lag? Er spürte ein schwereloses Gefühl im Bauch. War es nur die aussetzende Schwerkraft oder die Angst vor dem Aufprall, der ihn das Leben kosten konnte? Er flog auf die Piste zu. Es würde nicht reichen! Er würde sie knapp verfehlen. Eine steinerne Spitze ragte aus dem Schnee. Er hielt genau darauf zu. Voller Panik ruderte er mit den Armen, als würde ihn das noch länger in der Luft halten. Dann setzte er auf. Millimeter hinter dem Gesteinsbrocken, der ihm fast das Genick gebrochen hatte. Adam konnte sein Glück kaum fassen, als er mit voller Geschwindigkeit weiter die Piste entlangfuhr. Aber jetzt zwei Meter vor Gregg, der seinen Sprung ungläubig beobachtet hatte. Adam ging wieder in die Hocke. Nun musste er diesen Sieg nur noch bis ins Ziel bringen. Er nahm die nächste Linkskurve eng, sodass Gregg keine Chance hatte, ihn zu überholen. Dahinter führte die Piste wieder auf die Klippe zu, die hinter den Tannen steil abfiel.

Gregg versuchte ihn rechts zu überholen, doch Adam bremste ihn geschickt aus. Jetzt hatte Gregg eigentlich keine Chance mehr. Wenn er links überholte, riskierte er es, in den Abgrund zu stürzen. Die beiden Skifahrer rasten ins Tal, Gregg nur eine Handbreit hinter Adam. Plötzlich tauchte er auf Adams linker Seite auf. War er verrückt geworden? Bei dieser Geschwindigkeit würde er doch aus der Kurve fliegen. Gregg schien das nicht zu jucken. Er nahm noch einmal Schwung und ging dann in die Kurve. Einen Moment lang sah es so aus, als würde er diese doch noch irgendwie kriegen, doch dann verlor er die Kontrolle. Er raste mitten in die Bäume und verschwand zwischen den Ästen.

Adam rammte seine Stöcke in den Schnee und hielt an. »Gregg!«, rief er. Er löste seine Stiefel aus den Skibindungen und rannte, so schnell es die klobigen Skischuhe erlaubten, an die Stelle, an der Gregg zwischen den Tannen verschwunden war. Adam schob einige Äste beiseite und fand den Rand des Abgrunds vor sich. Eine Spur im Schnee deutete an, wo Gregg entlanggeflogen war. Sie führte bis zum Rand der Klippe. War es schon zu spät? War Gregg hinabgestürzt? Adam legte sich auf den Bauch und kroch vorsichtig auf den Rand der Felsen zu. Er reckte sich und blickte in den Abgrund, aufs Schlimmste gefasst. Gregg blickte zurück. Er hatte irgendwie einen Ast zu fassen bekommen und klammerte sich daran fest. Seine Beine baumelten über dem Nichts. Einer seiner Skier war bereits in die Tiefe gestürzt, der andere hing noch an seinem Skischuh.

»Hilf mir!«, rief er. »Ich rutsche ab.« Panik lag in seiner Stimme.

Adam griff nach Greggs Hand. Er versuchte, ihn hochzuziehen. Doch anstatt Gregg nach oben zu ziehen, bemerkte Adam, dass er selbst in Richtung des Abgrunds rutschte. Er ließ Greggs Hand los.

»Hey! Du kannst mich hier doch nicht hängen lassen!«, rief Gregg.

»Vertrau mir«, sagte Adam.

So schnell er konnte, lief er zu seinen Skiern. Er nahm einen der Skistöcke und kehrte zu der Klippe zurück. »Bist du noch da, Gregg?«, rief er.

»Klar, wo soll ich sonst sein, Joker!«, rief Gregg. Er versuchte, die Panik in seiner Stimme zu überspielen, doch Adam konnte heraushören, dass Gregg Todesangst hatte.

Adam ergriff einen der dicken Tannenzweige mit einer Hand. Dann ließ er seinen Skistock über die Klippe gleiten. »Kriegst du den Stock zu fassen?«, fragte Adam.

»Ich versuch's!«, rief Gregg.

Adam konnte nicht über die Klippe sehen, doch er spürte, wie Gregg immer wieder nach dem Stock griff. Beim vierten Versuch bekam er ihn zu fassen.

»Ich habe ihn«, hörte er Gregg. »Aber ich kann mich nicht mehr lange halten.«

»Ich ziehe dich rauf!«, rief Adam ihm zu.

Mit aller Kraft zog Adam an dem Skistock. Gregg war kein Leichtgewicht. Millimeter um Millimeter hievte Adam seinen Rivalen in die Höhe. Es fühlte sich an, als würde er dabei seinen eigenen Arm aus dem Schultergelenk reißen. Als der Schmerz schon beinahe unerträglich war, setzte Adam alles auf eine Karte. Er riss den Stock mit all seiner Kraft in die Höhe. Greggs Hand erschien über dem Rand und ergriff eine Baumwurzel, die aus dem Schnee ragte und an der er sich selbst etwas hochziehen konnte. Mit vereinten Kräften gelang es ihnen, dass Gregg über die Klippe nach oben kam. Er war gerettet.

Die beiden fielen wie verwundete Soldaten in den Schnee. Gregg schnappte nach Luft. Adam hielt sich das Schultergelenk. Gregg setzte sich als Erster auf. Er blickte über den Rand der Klippe.

»Huuuuuuuuu! *What a ride!*« Er lachte.

Adam brachte sich in eine aufrechte Position und massierte seine Armmuskeln.

»Weißt du was, Renzo, du bist echt okay. *Peace, brother?*« Er hielt ihm die offene Hand hin.

»Friede«, sagte Adam und schlug ein.

Gregg klopfte ihm freundschaftlich auf die Wange. »Du fährst Ski wie der Teufel, Alter!«

Adam lächelte. »Dein Sprung in den Abgrund war aber auch nicht ohne.«

Gregg atmete tief durch. Er blickte ein letztes Mal ins Tal und schüttelte den Kopf. Dann musterte er Adam. »Pass auf Claire auf, okay? *She is special.*«

Er stand auf und hielt Adam die Hand hin, um ihm auch auf die Beine zu helfen. Zusammen gingen sie zur Piste zurück.

»Du hast doch nicht wirklich geglaubt, dass du Claire zurückbekommst, wenn du dieses blöde Rennen gewinnst, oder?«, sagte Adam.

»*No way!*«, antwortete Gregg. »Claire hat ihren eigenen Kopf. Das wirst du schon noch feststellen. Ich wollte nur wissen, was du wirklich so draufhast. Es tut mir leid, dass ich so ein …« Gregg suchte nach dem richtigen Wort.

»Arschloch?«, schlug Adam vor.

»*Right!* Arschloch. Das trifft es«, stimmte Gregg zu.
»Ich war vielleicht auch nicht immer ganz nett«, sagte Adam. »Renzo, *you're all right!*«
Sie gingen zu Fuß ins Tal zurück.

28

Adam und Gregg kehrten gerade rechtzeitig zum Mittagessen ins Internat zurück. Adam hatte zwar echt Hunger, doch er hatte auch das Bedürfnis, die Ereignisse des Morgens mit jemandem zu besprechen. Dafür kam natürlich nur Yasemin infrage. Er setzte sich zu ihr.

»Hallo«, sagte sie. »Warst du in der Sonne? Du bist ziemlich rot im Gesicht.«

Adam erzählte von dem Rennen, das er sich mit Gregg geliefert hatte.

Anstatt zu staunen, schüttelte sie nur den Kopf. »Jungs«, sagte sie. »Es wundert mich, dass Männer noch nicht ausgestorben sind. Manchmal fehlt es euch echt an Grips. Du kannst doch nicht ernsthaft glauben, dass Claire ihre romantischen Entscheidungen aufgrund eines Skirennens trifft.«

»Nein! Das habe ich doch Gregg auch gesagt.«

»Und wieso fährst du dann trotzdem die Todespiste herunter?«, fragte sie.

Adam stutzte. »Äh … na … das ist doch eine Sache der Ehre.«

»Leben wir im siebzehnten Jahrhundert, oder was? Eigentlich hast du dich noch blöder verhalten als Gregg.«

»Wieso das?«, fragte Adam.

»Na, weil du dein Leben für nichts aufs Spiel gesetzt hast. Gregg hat sich ja immerhin eingebildet, dass er einen Rivalen aus dem Weg schafft. Du hattest rein gar nichts zu gewinnen.«

»Eine Sache habe ich doch gewonnen«, sagte Adam.

»Und was?«, fragte Yasemin.

»Einen neuen Freund.«

Wie auf Kommando lief Gregg in diesem Moment an ihrem Tisch vorbei und winkte Adam zu. »Hi, Renzo!« rief er freundlich.

Adam winkte zurück und grinste Yasemin an. Er machte ein Herzchen aus seinen Fingern und hielt es sich vor die Brust.

»*Best friends forever*«, sagte er übertrieben cool.

Yasemin konnte sich ein Lachen nicht verkneifen. »Irgendwie habe ich's gewusst«, sagte sie.

»Was?«, fragte Adam.

»Dass ihr zwei euch noch anfreundet. Ihr ähnelt euch wirklich.«

»Auf jeden Fall haben wir den gleichen Geschmack, was Frauen angeht«, sagte Adam. »Oh, das habe ich dir noch gar nicht erzählt. Claire hat mich zu ihrer Silvesterparty eingeladen.«

»Pass bloß auf dich auf«, sagte Yasemin.

»Wenn Buteo auch kommt, bekommen wir bestimmt heraus, was De Laurent plant«, antwortete Adam.

Sein Blick wanderte zur anderen Seite des Speisesaals, wo er Claire entdeckte. Er wollte nichts lieber, als sich zu ihr zu setzen. Sie in den Arm zu nehmen. Über ihr Haar zu streichen …

»Hey, Adam«, sagte Yasemin.

Wie aus einer Trance kam er in die Wirklichkeit zurück. »Hm?«, brummte er und blickte Yasemin an.

»Ich kenne diesen Blick. Ich hoffe, du weißt, was du tust.«

»Klar«, sagte Adam.

»Du kannst es dir nicht erlauben, echte Gefühle für Claire zu entwickeln«, sagte Yasemin. »Sie ist nun mal die Tochter deines Todfeindes.«

»Das ist mir schon klar«, murmelte Adam. Doch er wusste, dass es schon viel zu spät war, um seine Gefühle in den Griff zu bekommen. Er hatte sich längst in sie verliebt.

X

An diesem Abend traf er sich mit Claire an dem Teich, an dem er damals ihr erstes Date organisiert hatte. Sie küssten sich und liefen Arm in Arm durch den Schnee, einmal rings um das Ufer herum. Sie sprachen über alles und nichts und genossen es, zusammen zu sein.

»Tu mir einen Gefallen«, sagte Claire, als sie sich verabschiedeten. »Es muss nicht jeder wissen, dass wir zusammen sind.«

Adam wollte schon protestieren, doch Claire besänftigte ihn. »Nicht, dass ich mich schäme, oder so. Es ist wegen meines Vaters. Ich weiß nicht, wie er es fertigbringt, doch er scheint immer bestens über jeden meiner Schritte informiert zu sein. Manchmal glaube ich, er lässt mich ausspionieren. Ich möchte dich ganz für mich, Lorenz. Ich möchte ihm erst von dir erzählen, wenn ich dazu bereit bin.«

»Okay«, sagte Adam.

Claire gab ihm einen Kuss.

Adams Herz hüpfte.

Claire ging zuerst zum Internatsgebäude zurück. Sie sah sich noch einmal um, bevor sie um die Ecke des Schlosses bog. Adam wartete kurz und folgte ihr dann. Er kehrte in sein Zimmer zurück. Jonathan saß auf seinem Bett. Er wischte sich über die Augen, als hätte er gerade Tränen vergossen.

»Alles okay mit dir?«, fragte Adam.

»Ja, klar, was soll schon sein?«, antwortete Jonathan in einem bemüht lässigen Tonfall.

»Bist du sicher?«

Jonathan senkte den Kopf. »Ich habe Xenia auf ein Date eingeladen. Sie hat mich abblitzen lassen.«

Adam setzte sich auf seinen Stuhl. »Das tut mir leid.«

»Ich komme mir so dumm vor«, fuhr Jonathan fort. »Warum sollte sie auch mit mir ausgehen? Ich bin doch ein Niemand.«

»So darfst du nicht denken«, sagte Adam. »Niemand ist niemand. Ich helfe dir, okay?«

»Wobei?«, fragte Jonathan.

»Na, mit Xenia.«

»Du kannst mir nicht helfen. Außer, du kannst mich in jemand anderen verwandeln.«

Adam musste schmunzeln. »Kopf hoch, okay?«

Er war durch seinen Abendspaziergang mit Claire so gut gelaunt, dass er seine Freude unbedingt teilen musste.

»Vertrau mir. Wir kriegen das hin.«

»Tut mir leid, wenn ich das anzweifele, aber was verstehst du schon davon? Du bist doch auch nicht gerade ein Frauenheld.«

Adam grinste. »Kannst du ein Geheimnis bewahren?«

»Was?«, fragte Jonathan.

»Ich bin mit Claire zusammen.«

»Was?!«

Jonathan machte große Augen. »Unsere Claire? Claire De Laurent?«

»Ja.«

»Wie hast du das hinbekommen?« Die Bewunderung, mit der Jonathan Adam ansah, tat gut.

»Weißt du, ich bin nicht wirklich der, der ich zu sein scheine.«

Jonathan sah ihn fragend an.

»Das schüchterne Mathegenie ist nur eine Maske.«

»Ich hab's mir schon gedacht«, sagte Jonathan.

»Warum das?«, fragte Adam.

»Erstens, weil du in Mathe eine Niete bist.«

Adam musste grinsen. »Und zweitens?«

Jonathan zeigte auf das Fantasyposter, das über seinem Bett hing. »Bei Elder Swords gibt es gar keine Ninjas.«

Adam lachte. Es war gut, sich jemandem anvertraut zu haben.

»Und was machst du dann hier?«, fragte Jonathan.

Adam sagte das Erstbeste, was ihm einfiel. »Na ja, meine Eltern sind nicht gerade arm«, gab er vor. »Ich bin eigentlich einer der *Fensterplatzsitzer.*«

»Verstehe«, antwortete Jonathan.

Adam vermied es, über seine Eltern und die Verbindung zu De Laurent zu sprechen. Doch wenigstens konnte er jetzt jemand anderem von Claire erzählen. Yasemin würde ihn ja nur doch wieder tadeln, wenn er seine Gefühle für sie nicht im Zaum hielt.

29

Die nächsten Wochen vergingen wie im Flug. Adam verbrachte jeden unbeobachteten Moment mit Claire, und seine Gefühle für sie wurden nur noch stärker. Es war die glücklichste Zeit, die er seit dem Tod seiner Eltern erlebt hatte. Doch tief in seinem Inneren wusste er, dass dieses Glück nicht für immer anhalten würde. Je näher die Silvesterfeier und damit das Zusammentreffen mit Claires Vater kam, desto mehr nagte die Gewissheit an Adam, dass seine Beziehung mit Claire keine Zukunft hatte.

Er half Jonathan dabei, mehr Selbstvertrauen zu schöpfen, und kurz vor Weihnachten schaffte dieser es, Xenia zu einem Date zu überreden.

Über Weihnachten fuhren die meisten Schüler des Internats nach Hause, doch Yasemin war eine der wenigen, die nicht die Heimreise antrat. Ihre Eltern waren zu Verwandten in die Türkei gefahren, und Weihnachten feierte ihre Familie sowieso nicht. Adam war etwas betrübt, denn Claire war schon auf den Landsitz ihrer Familie in Chamonix gereist. Er selbst wurde erst am Tag vor Silvester erwartet.

»Jetzt mach nicht so ein Gesicht«, sagte Yasemin eines Morgens beim Frühstück. »Du siehst deine Angebetete noch früh genug wieder.«

»Das ist es nicht«, sagte Adam.

»Deine Eltern?«, fragte Yasemin.

Adam nickte. »Weihnachten war immer sehr schön bei uns.

Mein Papa hat den Braten gemacht und meine Mutter diese fantastische Crème Brûlée. Die Musik. Ein Feuer im Kamin. Der Baum.« Er spürte einen Kloß in seinem Hals.

Yasemin blickte ihn aufmunternd an. »Warum feiern wir nicht unser eigenes Weihnachten?«, fragte sie. »Komm, wir gehen ins Dorf und kaufen ein paar Zutaten und Weihnachtszeug, und dann machen wir Pide und Börek und schauen den ganzen Tag Filme, bis uns die Augen aus dem Kopf fallen. Hey, vielleicht kannst du eine Crème Brûlée hinbekommen?«

Adam musste lächeln. »Das klingt echt nicht schlecht.«

Diesen Plan setzten sie in die Tat um. An Heiligabend aßen sie Schokoladenweihnachtsmänner und tauschten kleine Geschenke aus. Den ersten Weihnachtstag verbrachten sie in der Küche, wo sie einen ganzen Haufen türkische Spezialitäten und französische Desserts kreierten. Abends schauten sie Actionfilme und romantische Komödien, bis sie vor dem Fernseher einschliefen. Ohne Yasemin wären diese Feiertage die Hölle gewesen, das wusste Adam. Er musste immer wieder an seine Eltern denken. Die Szene, die er in dem Hotelzimmer vorgefunden hatte, war für immer in sein Gedächtnis eingebrannt. Yasemin hatte es geschafft, ihn wenigsten für ein paar Tage auf andere Gedanken zu bringen. Sie war eine echte Freundin.

30

Chamonix, Frankreich

Der Tag der Abreise war gekommen. Adam hatte seinen Koffer gepackt und deponierte diesen im Stauraum des Kleinbusses, mit dem Lohser ihn zum Bahnhof bringen würde. Yasemin war extra früh aufgestanden, um sich von ihm zu verabschieden. »Pass auf dich auf«, sagte sie. »Und schreib mir, sobald du etwas erfährst. Ich kann dir von hier helfen.«

»Mach ich«, sagte Adam. »Und vielen Dank!«

Er umarmte sie zum Abschied und sie drückte ihn fest an sich.

»Mach's gut«, sagte sie.

Adam stieg in den Kleinbus, und Lohser fuhr aus dem Innenhof heraus in Richtung der Straße. Einige Minuten später waren sie am Bahnhof angekommen. Lohser half Adam, seinen Koffer aus dem Wagen zu hieven, und fuhr dann ins Internat zurück. Adam begab sich zum Bahnsteig. Er wartete auf den Zug, stieg ein und suchte sich ein Abteil, in dem er allein seinen Gedanken nachhängen konnte. Er schrieb eine Textnachricht an Claire, die sie mit einigen Herzchen-Emojis quittierte. Über die Weihnachtsfeiertage hatte er sie sehr vermisst, doch ihm war auch bewusst, dass alles anders sein würde, wenn er den Landsitz der De Laurents erreichte. Er konnte jetzt nicht mehr nur der verliebte Junge sein, der mit seiner Freundin das neue Jahr feierte, er war jetzt wieder der Mann, der den Tod seiner Eltern rächen musste. Auch wenn es das Ende seiner Beziehung mit Claire bedeutete. Er musste auch auf der Hut sein. De Laurent war ein gefährlicher Mann, und wenn er diesen Buteo richtig einschätzte, dann war auch mit ihm und seinen Kunden nicht zu spaßen. Er war auf dem Weg in die Höhle des Löwen.

Die Reise dauerte nur einige Stunden. Der Zug fuhr über Lausanne, durch Genf und über die französische Grenze nach Chamonix. Dort, im Schatten des Mont Blanc, verließ Adam sein Abteil und trat mit seinem Koffer auf den Bahnsteig hinaus. Er blickte gerade zu den Wegweisern hinauf, um den Weg zum Taxistand zu finden, als er eine Hand spürte, die ihm mit voller Wucht auf die Schulter schlug.

»Renzo!«, rief eine wohlbekannte Stimme hinter ihm.

Adam drehte sich um und fand sich Gregg gegenüber. »Gregg?«, fragte er. »Was machst du denn hier?«

»Ich glaube, wir sind aus demselben Grund hier«, sagte Gregg. »Ich bin zu Claires Feier eingeladen.«

Adam runzelte die Stirn. »Ich dachte, wir hätten die Sache geklärt. Du hast das Rennen verloren. Oder hätte ich dich in den Abgrund fallen lassen sollen?«

Gregg grinste. »Nein. Du verstehst mich falsch. Ich bin zwar auf Claires Party eingeladen, aber ich bin nicht wegen ihr hier, sondern wegen Valerie.«

Adam ging ein Licht auf. »Claires Freundin?«

»Ja. Sie konnte meinem Charme nicht widerstehen. Wollen wir uns ein Taxi teilen?«

»Klasse Idee. Wo ist eigentlich Venturi?«

»Ich habe meinen Vater überredet, dass ich keinen Personenschutz mehr brauche. Ehrlich gesagt, hat es mich ein bisschen genervt, dass er mir dauernd auf Schritt und Tritt gefolgt ist.«

»... und ab und zu deine Mitschüler verprügelt hat«, fügte Adam hinzu.

»Das war echt blöd von mir«, sagte Gregg. Er bot Adam entschuldigend die Hand an. Adam schlug ein. Sie liefen zusammen zum Taxistand und luden ihre Koffer in eines der wartenden Autos. Dann setzten sie sich auf die hintere Bank. Adam sagte dem Fahrer die Adresse, und das Taxi fuhr los. Chamonix war ein beschauliches Dorf, durch dessen Mitte sich ein kleiner Fluss schlängelte. Die Skisaison lief gerade auf Hochtouren, und die Gassen waren voll mit Wintersportlern. Reisebusse, die weitere Touristen in die vielen Hotels des Ortes brachten, kamen im Minutentakt im Dorf an. Das Taxi nahm eine Brücke über den Fluss und fuhr dann auf einer Landstraße aus Chamonix heraus. Gregg sah aus dem Fenster. »Wow! Der Mont Blanc ist wirklich eindrucksvoll.«

Adam, der zwar schon einmal zum Skifahren hier gewesen war, musste ihm beipflichten. »Ja. Die Aussicht hier ist wirklich spektakulär.«

Das Taxi fuhr eine Weile die Landstraße entlang und bog dann in eine kleinere Straße ein, die den Berghang hinaufführte. Nachdem es eine Zeit lang bergauf gegangen war, fuhren sie eine Art Plateau entlang, das sich unterhalb des Bergmassivs erstreckte. Der Fahrer drehte sich zu ihnen um und zeigte auf eine große Villa, die in der Ferne auftauchte. *»L'Etoile des Glaciers!«*, rief er.

Adam blickte aus dem Seitenfenster. Was er sah, ließ ihn staunen. Das Grundstück, auf das sie zufuhren, nahm das gesamte Tal ein. Am Fuß des Bergs stand ein Landsitz, der aus mehreren Gebäuden bestand, deren Fassaden im ländlichen Stil gehalten waren. Sie besaßen großzügige Balkone und hohe Giebeldächer, auf denen sich der Schnee wie Zuckerguss auf einem Lebkuchenhaus türmte. Die einzelnen Häuser waren um einen zentralen Platz angeordnet, auf den das Taxi jetzt fuhr. An der Fassade des Haupthauses stand ein Schriftzug in altmodischen Buchstaben: *L'Etoile des Glaciers*. Darunter die Jahreszahl *1864*. Einem Luxushotel stand diese Behausung in nichts nach. Adam stieg aus, doch ehe er dem Fahrer dabei helfen konnte, sein Gepäck aus dem Kofferraum zu holen, fiel ihm schon jemand von hinten um den Hals. Er drehte sich um.

Claire drückte ihm einen dicken Kuss auf die Lippen. »Ich habe dich so vermisst«, sagte sie und blickte ihn freudestrahlend an.

»Ich dich auch«, antwortete Adam.

»Hey, Claire«, sagte Gregg.

»Ah, ihr seid zusammen angekommen. Wie schön«, antwortete sie und gab ihm jeweils ein Bussi auf beide Wangen.

»Kommt mit, ich zeige euch eure Zimmer.«

Die Jungs folgten Claire in die Eingangshalle des Haupthauses. Adam hatte zwar schon in einigen Luxushotels übernachtet, doch dieses Gebäude war anders. Es hatte nicht die sterile Atmosphäre eines Hotels. Der Kronleuchter und die Möbel waren zwar vom Allerfeinsten, doch sie hatten schon einige Jahre auf dem Buckel. Man konnte fühlen, dass dieser Landsitz seit Jahrzehnten derselben Familie gehörte. In einem offenen Kamin in der Eingangshalle prasselte ein Feuer, das gemütliche Wärme ausstrahlte. Adam und Gregg folgten Claire ins Treppenhaus. Die Treppe und der Handlauf bestanden aus massivem Holz, und die Stufen knarzten bei jedem Schritt wie ein Sargdeckel in einem Horrorfilm. Im dritten Stock betraten sie einen Korridor, von dem einige Türen abgingen. Sie folgten ihm eine Weile, bis Claire an einer Tür hielt.

»Gregg, das ist dein Zimmer«, sagte sie.

Er betrat es. »Ein Doppelbett. Nice!«

»Valerie schläft unten«, fügte Claire hinzu. »Damit ihr nicht auf dumme Gedanken kommt.«

Gregg grinste und schloss seine Zimmertür.

Claire führte Adam zum nächsten Schlafzimmer. Sie nahm ihn bei der Hand und führte ihn hinein. »Und hier schläfst du«, sagte sie.

Adam stellte seinen Koffer ab und blickte sich um. »Wahnsinn!«, sagte er staunend.

Wie das Haus selbst, so waren auch die Zimmer in einem ländlichen Stil gehalten. Das große Bett bestand aus Holz, und die Bettdecke sah weich und bauschig aus. Perfekt, um sich in einer kalten Winternacht zu verkriechen. Auf der rechten Seite des Bettes befand sich eine Tür, die zu einem Balkon führte. Gegenüber war der Durchgang zu einem kleinen Badezimmer. Adam betrat den Balkon. Claire folgte ihm. Sie umarmte ihn und küsste ihn erneut.

»Es ist wirklich traumhaft hier«, sagte Adam. Er blickte nach unten. Der Balkon befand sich an der Rückseite des Gebäudes. Hier hatte man eine Aussicht auf den Hang, der hinauf bis ins Alpenmassiv führte. Hoch über ihnen befand sich der Gipfel eines Berges. Hinter dem Haus führte ein Weg in eine Kluft, die genau zwischen zwei Ausläufern des Massivs lag.

»Wo führt der Weg hin?«, fragte Adam.

»Der ist gesperrt«, sagte Claire. »Da kommen öfter Steinlawinen herunter.«

Sie drückte sich an ihn. »Ich habe die ganze Zeit an dich gedacht, Lorenz«, sagte sie.

Adam schloss die Augen. Er wünschte sich nichts mehr, als dass er ihre Gefühle unbeschwert erwidern könnte. Wie schön wäre es, wenn er sich einfach in ihre Liebe fallen lassen könnte, ohne an das zu denken, was ihn hierhergebracht hatte. Doch dann stieg das Bild seiner Eltern in ihm hoch. Was würden sie von ihm denken? Er, hier, im Haus ihres Mörders, mit seiner Tochter verbandelt. Er konnte die Enttäuschung beinahe spüren, die sie ihm entgegenbringen würden.

»Was ist mit dir?«, fragte Claire. »Alles okay?«

Adam rang sich ein Lächeln ab. »Ja, klar!«, sagte er. »Ich bin nur müde von der Reise.«

»Wie unhöflich von mir«, sagte Claire. »Mach dich erst mal frisch. Handtücher findest du im Schrank.«

Adam nickte. Sie gingen wieder in das warme Zimmer.

»Komm nachher einfach runter. Ich bin im Wintergarten, direkt hinter der Eingangshalle.«

»Okay.«

Claire gab ihm einen weiteren Kuss, ging hinaus und schloss die Tür hinter sich. Adam war allein. Er legte seinen Koffer auf das Bett, öffnete ihn und verstaute seine Klamotten im Schrank. Dann ging er ins Bad und nahm eine heiße Dusche. Als er fertig war, zog er sich eine frische Jeans, ein Hemd und einen Pullover an und verließ das Zimmer. Da das Haus schon vor über hundert Jahren errichtet worden war, waren die Gänge und Korridore etwas verwinkelt, sodass er sich mehrmals verlief, bevor er das Treppenhaus gefunden hatte. Er stieg die Stufen hinab. Alles wirkte wie ausgestorben, und er begegnete keiner Menschenseele.

Adam erreichte die Eingangshalle und trat durch eine Doppeltür, die an der Hinterseite in den Wintergarten führte. Dabei handelte es sich um einen Glasanbau, in dem diverse Blumen und Pflanzen aus Beeten und Kübeln wucherten. Eine Seite war ganz einer Sammlung von Orchideen gewidmet. Die kreisrunden Blütenblätter schillerten in allen Farben. Der Duft von Dutzenden Blüten schwebte im Raum und benebelte Adam ein wenig die Sinne. Er hörte hinter sich ein Geräusch und drehte sich um.

Rocco De Laurent stand hinter ihm.

31

Adam zuckte zusammen. Roccos Gesicht war wie versteinert. Sein hellblondes Haar saß perfekt, und er trug einen weißen Strickpullover. Auf Adam wirkte er kalt wie eine Eisskulptur, die zum Leben erweckt worden war. Doch sein eisiger Blick währte nur eine Sekunde. Dann entblößte er seine perfekten Zähne in einem einstudiert wirkenden Lächeln. Seine Augen lächelten nicht mit. »Du musst Lorenz sein. Meine Tochter hat mir schon viel von dir erzählt. Rocco. Rocco De Laurent.« Er streckte Adam die Hand entgegen. Adam nahm sie und schüttelte sie. Rocco zog sie zurück und rieb sich die Hände, als wolle er Adams Berührung von seiner Haut waschen.

»Willkommen auf *L'Etoile des Glaciers*. Ich hoffe, du fühlst dich hier wie zu Hause.«

Er drehte sich um, und Adam verstand dies als Aufforderung, ihm zu folgen. »Wo kommst du her?«, fragte er.

Adam begann zu stottern und tischte ihm die Geschichte auf, die er mit Yasemin einstudiert hatte. Er verfiel wieder in die Rolle des schüchternen Mathegenies, die er im Internat schon fast wieder abgelegt hatte. Horchte Rocco ihn aus? Schöpfte er Verdacht? Wusste er, mit wem er es wirklich zu tun hatte? Oder wollte er einfach herausfinden, ob dieser in sich gekehrte junge Mann gut genug für seine Tochter war?

»Setz dich doch bitte«, sagte Rocco und deutete auf eine schwarze Bank aus Gusseisen, die neben einem Rosenbeet stand.

Adam setzte sich. Die Bank war äußerst unbequem, und das kalte Metall bohrte sich in seinen Rücken. De Laurent stellte sich an ein Pflanzenregal, auf dem mehrere japanische Bonsaibäume aufgereiht waren. Er nahm eine gebogene Pflanzenschere und begann, die dünnen Äste zurechtzuschneiden.

»Was machen deine Eltern?«, fragte er. Er hatte seinen Rücken zu Adam gedreht, und daher konnte er nicht einschätzen, wie Rocco die Frage gemeint hatte. Hatte er ihn entlarvt?

»Mein Vater ist Chemiker, und meine Mutter …« Das Bild seiner Eltern stieg wieder in ihm hoch. Tot. Auf dem Bett des Hotels. »… meine Mutter ist …«

De Laurent hatte ihm immer noch den Rücken zugedreht. Eine Rosenschere lag neben der Bank auf dem Rand des Beets. Warum griff er nicht einfach danach? Rammte sie ihm in den Rücken? Beendete die ganze Scharade.

»… meine Mutter …«

Seine Fingerspitzen strichen über den Rand der Schere.

»Da bist du ja!« Claire kam durch die Tür, die zur Empfangshalle führte. Adam zog seine Hand von der Schere zurück.

Claire nahm seine andere Hand und zog ihn hoch. »Papa, das ist Lorenz«, sagte sie voller Stolz.

Rocco drehte sich um. »Wir haben bereits Bekanntschaft gemacht«, sagte Rocco und entblößte wieder seine Zähne.

Claire drehte sich zu Adam. »Oh, ich hoffe, Papa hat dich nicht zu sehr genervt.«

»Nein, gar nicht«, sagte Adam verlegen.

»Er hat dir sicher die ganze hundertjährige Geschichte von diesem Schuppen aufgetischt.«

»Hundertsechzigjährige Geschichte«, korrigierte Rocco.

»Komm mit«, sagte Claire. »Wir gehen in die Küche und besorgen uns etwas zu essen.«

Rocco blickte zur Tür, wo er jemanden entdeckte. »Ah, Bruno! Ich wollte mit Ihnen noch mal den Ablauf für morgen durchgehen.«

Adam drehte sich um. Sein Herz setzte aus. Dieser Bruno, den Rocco angesprochen hatte und der jetzt in der Tür stand, war niemand anderer als der Glatzkopf, der seine Eltern erschossen und ihn dann durch halb Südfrankreich gejagt hatte. Adam senkte den Blick. Er war sich nicht sicher, ob De Laurent ihn erkannte, doch Bruno hatte ihn mit eigenen Augen gesehen. Halb geduckt ging er mit Claire am Mörder seiner Eltern vorbei und folgte ihr in die Eingangshalle. Dort trafen sie auf Gregg.

»Hast du Hunger?«, fragte Claire.

»Ich sterbe fast!«, antwortete Gregg. »Valerie hat gerade angerufen. Sie sitzt im Taxi.«

»Oh, super!«, antwortete Claire. Sie führte die beiden durch eine weitere Tür in einen Korridor, der an der Küche endete.

»Ich wollte mich noch mal für die Einladung bedanken«, sagte Gregg.

»Gern geschehen«, antwortete sie. »Valerie hätte mir die Freundschaft gekündigt, wenn ich dich nicht eingeladen hätte.«

»Trotzdem nett von dir. Auch wegen der Sache, die zwischen uns war.«

Claire zog eine Augenbraue hoch. »Wie sagt ihr Amerikaner? *Water under the bridge.* Schwamm drüber.«

Sie betraten die Küche. Sie glich einer Restaurantküche, in der man bequem ein ganzes Bankett zubereiten konnte. Es gab zwei industrielle Gasherde, und in die Wand waren zwei Backöfen übereinander eingelassen. Claire ging zu dem riesigen Kühlschrank hinüber, der neben den Backöfen stand. Er war fast groß genug, um ihn zu betreten. Sie nahm frische Butter und feinsten französischen Aufschnitt heraus. Aus einem Brotkasten nahm sie einen frisch gebackenen Laib und begann, den dreien Sandwiches zu machen. Sie aßen zusammen in der Küche und unterhielten sich über die Ereignisse des Schuljahres.

Greggs Telefon summte, und er blickte auf das Display. »Valerie ist da!«, sagte er und verließ die Küche, um sie in der Eingangshalle abzuholen.

»Es macht dir wirklich nichts aus, dass Gregg hier ist?«, fragte Adam.

»Nein. Die Sache mit ihm … mit uns wäre das nie etwas geworden. Wir passen einfach nicht zueinander.«

»Bist du nicht sauer auf Valerie, dass sie mit deinem Ex-Freund zusammen ist?«

Claire zuckte mit den Schultern. »Ich wusste, dass sie heimlich ein Auge auf ihn geworfen hatte. Wenn es sie glücklich macht …«

Die Tür öffnete sich, und Valerie kam herein. Sie fiel Claire um den Hals. »Claire!«, rief sie. »Ich habe dir so viel zu erzählen …«

Mit ihren Sandwiches und heißem Tee liefen sie zu einer Terrasse, die den Vorplatz überblickte. Sie verbrachten den Rest des Nachtmittags damit, sich zu unterhalten und Pläne für den Silvesterabend zu schmieden.

X

An diesem Abend war kein großes Dinner geplant, und die vier zogen sich in den Fernsehraum zurück, wo sie sich einen Film ansahen und Snacks aßen. Claire hatte sich an Adams Schulter gekuschelt und war eingenickt. Er blickte zu Gregg hinüber, der in der gleichen Haltung dasaß. Auch Valerie war auf ihm eingeschlafen und schnarchte leise. Gregg grinste ihn an.

»Wir scheinen ja aufregende Gesprächspartner zu sein«, witzelte er.

Adam musste lächeln. Vorsichtig weckten sie ihre Freundinnen. Claire gab Adam einen Gutenachtkuss und zog sich auf ihr Zimmer zurück. Adam, der keine Lust hatte, bei Gregg und Valerie das dritte Rad am Wagen zu spielen, verließ den Fernsehraum. Er lief durch einen der vielen Korridore, die sich durch den Landsitz schlängelten. Sein Blick fiel nach draußen auf den Vorplatz des Hauses. Zwei Gestalten standen dort vor der Eingangstür. Es handelte sich um Rocco und Bruno. Sie schienen auf irgendjemanden zu warten. Adam nahm sich einen Stuhl und setzte sich ans Fenster. Nach einigen Minuten näherten sich die Scheinwerfer eines Autos. Ein weißer Geländewagen fuhr vor, der Adam nur zu bekannt vorkam. Er hatte ihn damals auf dem Parkplatz der Almhütte gesehen. Der Wagen gehörte Buteo, der nun ausstieg und Roccos Hand schüttelte. Sie wechselten ein paar Worte, doch Adam konnte leider nicht hören, was die beiden besprachen. Jetzt fuhr ein zweiter Wagen vor dem Haupthaus vor. Dann näherten sich drei weitere. Es war ein ganzer Konvoi aus Luxuskarossen, die wie bei einem Staatsbesuch nacheinander hielten und ihre Passagiere entließen. Was hatte Rocco damals vorgeschlagen? *Bringen Sie Ihre Klienten auf unseren Landsitz mit. Dann können wir Ihre Sorgen aus der Welt räumen.* Die Herren, die jetzt aus den Autos stiegen, mussten also Buteos Klienten sein. Als der letzte Wagen den Vorplatz wieder verlassen hatte, betraten Rocco und Buteo die Eingangshalle. Adam musste herausfinden, was diese Typen zu besprechen hatten. So schnell er konnte, lief er die Treppe zum Erdgeschoss hinunter. Als er das Treppenhaus verließ, hörte er Stimmen, die aus der Eingangshalle zu kommen schienen. Doch er war zu weit weg, um die Worte zu verstehen. Er lief den Korridor entlang und kam an eine Tür, die in den Wintergarten führte. Perfekt! Von dort aus konnte er unbemerkt belauschen, was in der Eingangshalle vor sich ging. Geduckt schlich er zu dem Regal mit den Bonsais, die Rocco am Morgen beschnitten hatte. Er lugte um die Ecke. Im Wintergarten war es dunkel, sodass er sich keine Sorgen machen musste, entdeckt zu werden. In der hell erleuchteten Eingangshalle saßen die Herren, die aus den Autos gestiegen waren. Adam nahm sein Handy aus der Hosentasche und schoss ein paar Fotos der Anwesenden. Vielleicht konnte Yasemin etwas über sie in Erfahrung bringen.

In der Mitte saß ein etwas untersetzter Mann mit einem Vollbart, der eine Nickelbrille trug. Neben ihm stand eine blonde Frau in einem Hosenanzug. Rocco hielt gerade einen Vortrag auf Englisch und die Frau übersetzte seine Worte in eine Sprache, die Adam nicht erkannte. Der Mann nickte, als würde er Roccos Worten zustimmen. Alle Augen im Raum waren auf ihn gerichtet.

»Und deshalb können wir Ihnen garantieren, dass die Ware unbeschadet bei Ihnen ankommen wird«, schloss Rocco seine Ansprache ab.

Die Dolmetscherin übersetzte seine Worte. Rocco wechselte einen nervösen Blick mit Buteo. Sie warteten gespannt auf die Antwort des Brillenträgers. Dieser kratzte sich an seinem Bart. Dann lehnte er sich nach vorn. »Ich will die Produkte sehen«, sagte er in gebrochenem Englisch.

Nun richteten sich alle Augen auf Rocco. »Natürlich«, antwortete dieser. Er deutete auf die anderen Männer, die aus den Autos gestiegen waren.

»Monsieur Buteos Klienten waren so freundlich, uns einige Probeexemplare ihrer Waren zu überlassen. Wir haben eine kleine Demonstration vorbereitet. Wenn Sie mir bitte folgen wollen. Ich würde vorschlagen, dass Sie ihre Mäntel wieder anziehen, denn es ist äußerst kühl draußen.«

Der Mann mit der Brille hievte sich aus dem Sessel und zog einen Pelzmantel an, den er über die Lehne gelegt hatte. Die anderen Männer taten es ihm gleich. Rocco deutete auf die Tür, die zum Korridor in Richtung der Küche führte. Jetzt setzte sich eine kleine Prozession in Bewegung. Vorweg der Mann mit der Brille, tief im Gespräch mit Rocco und Buteo. Seine Dolmetscherin lief hinter ihm und übersetzte. Dann folgten Buteos Klienten. Sie hatten also eine Kostprobe der Waren für eine Demonstration geliefert. Aber worum handelte es sich dabei? Adam musste es herausbekommen. Er musste jedoch vorsichtig sein, denn ganz hinten lief Bruno, der Bodyguard. Wenn er Adam entdeckte, war alles aus. Adam schnappte sich eine Winterjacke, die an einem Kleiderhaken an der Wand hing, und folgte der Gruppe.

Die Prozession lief durch den Gang zu einer Tür, die auf der Hinterseite des Haupthauses ins Freie führte. Hier befanden sich Geräteschuppen, Abfalltonnen und eine Garage, in der ein Kleinbus und ein Traktor abgestellt waren. Rocco führte seine Gäste an der Garage vorbei und hielt auf den Weg zu, den Adam vom Fenster aus gesehen hatte. Merkwürdig, Claire hatte ihm doch gesagt, dass dieser Weg wegen Steinlawinen gesperrt worden war. Der Kiesweg war vom Schnee befreit worden, und es ging leicht bergauf. Neben dem Weg wuchsen einige Tannen, deren Äste mit Schnee bedeckt waren. Adam nutzte sie als Deckung, um der Gruppe unbemerkt zu folgen. Dabei musste er höllisch aufpassen, dass Bruno ihn nicht entdeckte. Immer wieder ließ der Bodyguard seinen Blick über die Umgebung schweifen. Diese Männer mussten wichtige Leute sein, und Rocco konnte keinen Zwischenfall riskieren. Nach einigen Minuten gelangte die Gruppe an einen Maschendrahtzaun, der das Gelände zwischen den beiden Bergmassiven einzäunte. Der obere Rand war mit Klingendraht versehen. Ein Gatter, das den Weg versperrte, war mit einem dicken

Vorhängeschloss gesichert. Rocco hielt an, und Bruno ging zu dem Gatter. Er fischte einen Schlüssel aus seiner Innentasche und öffnete das Schloss. Das Tor schwang auf. Die Gruppe setzte sich wieder in Bewegung und ging hindurch. Als alle das Gatter durchquert hatten, schloss Bruno es wieder. Er blickte noch einmal zum Landsitz zurück und stieß dann wieder zu der Gruppe.

Adam war ausgesperrt. Vorsichtig näherte er sich dem Drahtzaun. Er hätte es zwar geschafft, an den engen Maschen emporzuklettern, doch an dem messerscharfen Klingendraht würde er sich sicher die Handflächen zerfetzen. Was sollte er tun?

Adam lief an dem Zaun entlang. Zu seiner Rechten ging es steil bergauf und der Zaun folgte dem Verlauf des Bodens. Es war ganz schön mühsam, durch den tiefen Schnee zu stapfen, doch Adam hoffte, dass er irgendwo eine Stelle fand, wo der Zaun oder der Klingendraht ein Loch aufwiesen. Das Glück war nicht auf seiner Seite. Der Zaun war völlig unversehrt. Adam wollte gerade ins Tal zurückkehren, als sein Fuß mit einem Stein kollidierte, der unter der Schneedecke gelegen hatte. Adam stolperte und fiel hin. Er stand auf und klopfte sich den kalten Schnee aus der Kleidung. Der Stein war nun gut sichtbar. Es handelte sich um einen Brocken, der in etwa die Größe seines Kopfes besaß. Adam hob ihn hoch. Wenn es keine elegante Lösung gab, dann musste man es eben mit roher Gewalt versuchen. Er hievte den Stein über seinen Kopf und warf ihn dann mit aller Kraft gegen den Zaun. Es schepperte laut, der Zaun hielt jedoch stand. Adam blickte sich um. Hatte jemand das Geräusch bemerkt? Der Gutshof war zu weit weg, als dass man ihn dort gehört hätte. Er hoffte nur, dass die Gruppe auf der anderen Seite des Zauns auch nichts bemerkt hatte. Adam hatte keine Wahl. Wenn er wissen wollte, was De Laurent im Schilde führte, dann musste er den Zaun überwinden. Er hob den Stein erneut hoch und warf ihn gegen den Zaun. Nach dem dritten Wurf hatte sich das Drahtgewebe bereits deutlich verformt. Adam warf den Stein erneut mit aller Kraft. Der Zaun gab nach. Am unteren Rand bog sich der Draht so zurück, dass ein Zwischenraum entstand. Adam griff nach den Maschen und zog daran. Das Loch wurde größer. Ein letztes Mal riss Adam an dem Draht. Jetzt war der Abstand groß genug, um unter dem Drahtgeflecht hindurchkriechen zu können. Adam bückte sich und kroch auf allen vieren auf die andere Seite des Zauns. Er stand auf und rannte los. Wenn er nicht zu spät kommen wollte, musste er sich beeilen.

Adam lief den Berghang hinab zurück zu dem Weg, auf dem die Gruppe verschwunden war.

32

Der Kiesweg wurde an beiden Seiten von den Bergen überragt, deren Gipfel sich in dichten Wolken verloren. Adam schlich sich leise voran. Er wollte es nicht riskieren, von Bruno entdeckt zu werden. Es ging zuerst leicht bergauf, und als Adam eine Weile gelaufen war, fiel der Weg vor ihm ab und gab den Blick auf einen kleinen Talkessel frei. Hier hatte sich die Gruppe versammelt. Das Tal bildete eine fast kreisrunde Fläche, die einem Amphitheater glich. Rings um die zentrale Fläche waren drei große Gerüste aufgebaut worden, auf denen Schweinwerfer installiert worden waren. Diese waren jedoch im Moment abgeschaltet. Die Gruppe um De Laurent stand an einer Seite des Tals, von wo man einen guten Ausblick hatte. De Laurent hielt gerade eine Ansprache. Der Einzige, der ihm keine Beachtung schenkte, war Bruno. Dieser ließ erneut seinen Blick über die Umgebung schweifen, um sicherzustellen, dass sich niemand näherte.

Adam war zu weit entfernt, als dass er De Laurents Worte verstehen konnte. Irgendwie musste er sich näher heranschleichen. Ungeduldig wartete er, bis Bruno seinen Blick abgewendet hatte, dann huschte er geduckt in Richtung eines großen Felsbrockens, der hinter der Gruppe am Berghang lag. Etwa auf halbem Wege geschah ihm ein Missgeschick. Er trat mit dem linken Fuß einen Stein los, der unter dem Schnee versteckt gelegen hatte. Der Stein rollte ins Tal und kam mit einem lauten Geräusch hinter der Gruppe auf. Adam machte einen Satz und hechtete hinter den

Felsbrocken, den er anvisiert hatte. Vorsichtig lugte er dahinter hervor.

Bruno war zu der Stelle geeilt, wo der Stein aufgekommen war. Er suchte den Berghang mit seinen Augen ab. Adam duckte sich tiefer hinter den Felsen. Er wagte es nicht, zu atmen. Brunos Schritte kamen näher. Der Stein, den Adam losgeschlagen hatte, hatte im Schnee eine lange Spur hinterlassen, und Bruno folgte dieser bis zu der Stelle, wo Adam noch vor wenigen Sekunden gestanden hatte. Adam blickte nach rechts. Er konnte beobachten, wie Bruno den Boden untersuchte. Wenn er Adams Fußstapfen entdeckte, war es aus.

»Bruno, wir können beginnen! Bruno, wo sind Sie denn?« De Laurent rief den Bodyguard zu sich – genau im richtigen Moment. Mit einem letzten Blick auf den Boden drehte Bruno sich um und lief den Abhang wieder hinunter. Adam atmete auf. Als Bruno die Gruppe um De Laurent erreicht hatte, wagte Adam es, wieder hinter dem Felsen hervorzukriechen, um das Geschehen im Talkessel zu verfolgen.

De Laurent hob die Arme. »Doch nun genug der großen Worte«, sagte er mit Blick auf den Mann mit der Nickelbrille, der neben ihm stand.

»Sie haben die weite Reise schließlich nicht angetreten, um sich lange Ansprachen anzuhören. Sie wollen etwas geboten bekommen. Nun, die werten Herren hier in der Runde haben uns einige Exemplare ihrer Waren zur Verfügung gestellt, um Ihnen eine kleine Demonstration ihrer Wirkungsweise zu geben. Mit ihren Produkten und meiner Lieferkapazität haben Sie hier die Chance, einen einmaligen Deal einzugehen.«

Er wartete höflich, bis die Dolmetscherin seine Worte übersetzt hatte. Der Mann im Pelzmantel nickte, doch ein Lächeln konnte er sich nicht abringen.

De Laurents Enthusiasmus wurde dadurch aber nicht geschmälert. »Bruno, bitte!«

Der Bodyguard lief zu einem Dieselgenerator, der am Rand des Tals stand. Dicke Kabel liefen von der Maschine zu den einzelnen Scheinwerfern, die an den Gerüsten hingen, die um das Tal herum verteilt standen. Bruno drehte den Zündschlüssel, und der Dieselmotor setzte sich langsam in Betrieb. Das Rattern des Motors hallte von den Berghängen wider. Die Scheinwerfer begannen zu glimmen. Es dauerte einige Sekunden, bis sie ihre volle Strahlkraft entfaltet hatten. Der Talkessel lag nun taghell da. Jetzt erst bemerkte Adam ein Gatter, das das andere Ende des Tals von einer weiten Schneefläche trennte. Bruno ging darauf zu, ohne jedoch die Schneefläche zu betreten. Er hielt sich streng an der Seite des Tals.

»Wir haben uns dafür entschieden, eine Demonstration mit lebendigen Probanden zu zeigen«, sagte De Laurent, während Bruno das Gatter öffnete. »Das finde ich persönlich aussagekräftiger als eine Demonstration mit Puppen oder Ähnlichem.«

Adam konnte sich keinen Reim darauf machen. Was zum Teufel ging da unten vor sich? Was wollte Rocco da unten vorführen? Und worum handelte es sich bei diesen *lebenden Probanden*? Die Antwort ließ nicht lange auf sich warten. Bruno verschwand hinter dem Gatter und lief auf das Schneefeld hinaus, das im Schatten lag. Einige Sekunden später kam eine Herde Schafe angelaufen, die Bruno mit erhobenen Armen vor sich herscheuchte. Adam musste sich ein Lachen verkneifen. Es sah wirklich zu komisch aus, wie der glatzköpfige Bodyguard wie ein Schäferhund hinter den Tieren herrannte. Die Schafe liefen durch das Gatter, und Bruno schloss es wieder. Sie blieben stehen. Nichts geschah. Der Mann mit der Nickelbrille beugte sich zu seiner Dolmetscherin und murmelte ihr etwas zu.

Sie übersetzte: »Soll das ein schlechter Scherz sein?«, fragte sie.

»Ich bitte um ein wenig Geduld«, sagte Rocco vollkommen selbstsicher.

Eines der Schafe wanderte vom Rest der Herde weg in Richtung der Mitte des Tals. Es trippelte mit seinen dünnen Beinen durch den tiefen Schnee.

Ein kaum hörbares Klicken ertönte. Was dann geschah, kam so plötzlich, dass Adam alle Mühe hatte, einen lauten Ausruf der Überraschung zu unterdrücken.

Der Schnee bäumte sich in einer ohrenbetäubenden Explosion auf, die wie ein Erdbeben durch das Tal donnerte. Das Schaf flog in die Luft und wurde von der Druckwelle zerfetzt. Ein Regen aus Fell und blutigen Fleischstücken ging auf den Talkessel nieder. Die anderen Schafe rissen vor Schreck aus und rannten in Panik umher. Zwei der Tiere ereilte das gleiche Schicksal. Sie lösten ihrerseits Explosionen aus, die sie in Stücke rissen.

Adam schlug vor Schreck die Hand vor den Mund. Jetzt wurde ihm alles klar. Bei dem Talkessel handelte es sich um ein Minenfeld. Darum drehte sich dieser geheimnisvolle Deal. Es ging darum, dass De Laurent und Buteo Antipersonenminen an den Mann mit der Nickelbrille liefern wollten. Waren diese nicht verboten? Kein Wunder, dass das alles unter einer solchen Geheimhaltung stattfand.

Der Mann nickte zufrieden. Er flüsterte seiner Dolmetscherin etwas ins Ohr.

»Ich nehme an, es gibt heute Lamm zum Abendessen?«, übersetzte sie.

Der Mann im Pelzmantel lachte über seinen eigenen taktlosen Scherz, und De Laurent und die anderen stimmten höflich in das Gelächter ein.

Adam hatte genug gesehen. Es war besser, wenn er hier verschwand, bevor Bruno ihn doch noch entdeckte. Geduckt schlich er sich am Berghang entlang, bis er auf den Kiesweg zurückkam. Er lief in Richtung des Landsitzes zurück und stieg durch das Loch in dem Maschendrahtzaun, durch das er die Absperrung betreten hatte.

Er rannte geduckt zum Haupthaus, betrat es durch die hintere Tür, hing den Mantel, den er sich ausgeliehen hatte, wieder an den Haken und ging auf sein Zimmer. Dort nahm er sein Handy heraus und schrieb eine Kurznachricht an Yasemin, in der er die Ereignisse des Abends schilderte. Er hängte die Fotos an, die er von den Gästen De Laurents gemacht hatte. Dann legte er sich ins Bett und schlief ein.

X

Als er am nächsten Morgen aufwachte, hatte Yasemin ihm bereits geantwortet. Anstatt einer Textnachricht hatte sie ihm eine umfangreiche E-Mail geschickt. Adam las, was sie geschrieben hatte. Sie hatte einige der Männer identifizieren können, die in der vergangenen Nacht im Landsitz angekommen waren. Bei dem Mann mit der Brille handelte es sich um Sukhan Sariyev, den Oberbefehlshaber der Armee eines zentralasiatischen Staates. *Buteo* war der Deckname eines portugiesischen Waffenhändlers namens Fernando Gavião. Die anderen Personen waren größtenteils in der Rüstungsindustrie tätig.

Jetzt wissen wir, was hier gespielt wird, schloss Yasemin ihre E-Mail ab. *Es geht um einen Waffendeal. Anti-Personenminen, wie die, die sie an den Schafen ausprobiert haben, sind international verboten. Dieser Sariyev braucht sie, um die Rebellen in seinem Land in Schach zu halten, und Gavião will sie ihm als Mittelsmann verkaufen. De Laurent ist für die Lieferung zuständig.*

Adam war sich sicher, dass sein Vater diesem Rocco auf die Schliche gekommen war. Wahrscheinlich war es sein Ziel gewesen, den Deal auffliegen zu lassen. Wenn Adam die Arbeit seines Vaters zu Ende bringen wollte, musste er herausfinden, wann und wie der Waffenhandel über die Bühne gehen sollte.

33

Es war der 31. Dezember. Adam stand auf, duschte sich und zog sich an. Er ging zum Speisesaal hinunter, wo das Frühstück serviert wurde. In dem großen Raum waren mehrere Tische verteilt, an denen die Gäste der De Laurents saßen. Adam hielt sich von Rocco, Buteo und den anderen Verschwörern fern und ging zu Claire, die an einem Fensterplatz saß. Er gab ihr einen Kuss auf die Wange.

»Gut geschlafen?«, fragte sie.

Adam nickte bloß. In seinem Kopf wälzte er immer wieder die Erkenntnisse hin und her, die er durch Yasemins E-Mail gewonnen hatte. Er war einem internationalen, illegalen Waffengeschäft auf der Spur, das seine Eltern mit dem Leben bezahlt hatten.

»Maman!«, rief Claire plötzlich.

Eine blonde Frau war an ihren Tisch getreten. Adam schätzte sie auf Ende dreißig. Sie wirkte zerbrechlich wie eine Porzellanfigur.

»Lorenz, ich möchte dich meiner Mutter Monique vorstellen. Maman, das ist mein Freund Lorenz.«

Adam stand auf und lächelte. Er gab ihr die Hand. Sie nahm sie, doch als er ihr in die Augen blickte, beobachtete er etwas Merkwürdiges. Sie stutzte. Es war nur ein Moment, doch Adam hätte schwören können, dass sie ihn erkannt hatte. Aber woher? Er war Monique De Laurent doch noch nie über den Weg gelaufen.

Claires Mutter überspielte ihre Überraschung und lächelte

dünn. »Freut mich«, sagte sie auf Französisch. Sie ließ die beiden allein und ging zu ihrem Mann hinüber, der im Kreise seiner Handelspartner saß und Small Talk hielt.

»Wir fahren heute Abend mit dem Schlitten ins Dorf, um uns das Feuerwerk anzusehen!«, sagte Claire. »Das wird sicher wahnsinnig romantisch.« Sie lächelte ihn an.

Adam tat sein Bestes, ihr Lächeln zu erwidern. Ihm wurde klar, dass seine Beziehung zu Claire bald zu Ende gehen würde. Sobald er wusste, was genau De Laurent plante, musste er von hier fliehen. Er würde Claire nie wiedersehen. Der Gedanke gefiel ihm ganz und gar nicht.

»Ist hier noch Platz für uns zwei?« Gregg und Valerie waren an den Tisch getreten.

Claire zog den Stuhl neben sich zurück, und Valerie nahm dort Platz.

Gregg setzte sich neben Adam. »Ob man hier auch gescheiten Frühstücksspeck und Spiegeleier bekommt?«, fragte Gregg und rieb sich die Hände.

Die vier verbrachten den letzten Tag des Jahres damit, die Umgebung zu erkunden. Sie machten einen Spaziergang über das Land, das zu dem Gutshof gehörte. Claire führte sie über die verschneiten Wiesen zu einem Hang, von dem man eine tolle Aussicht über das Tal hatte. Danach gingen sie zum Landsitz zurück und machten sich für den Abend fertig. Nach einem Galadinner mit acht Gängen liefen die Gäste des Hauses auf den Vorplatz, wo mehrere Pferdeschlitten auf sie warteten. Adam, Claire, Gregg und Valerie setzten sich in einen der Schlitten. Sie hielten sich mit Lammfelldecken warm, die Adam unglücklicherweise an die Demonstration der Landminen erinnerte, deren Zeuge er letzte Nacht geworden war. Der Pferdeschlitten setzte sich in Bewegung, und Trauben von Glöckchen, die am Zaumzeug der Zugtiere befestigt worden waren, begannen zu klingen. Es war der perfekte Wintertraum, doch Adam war nicht zum Träumen zumute.

Claire kuschelte sich an ihn. »Es ist so wunderschön«, sagte sie.

Das war es auch. Doch Adam konnte es nicht genießen. Nach etwa einer halben Stunde hielten die Pferde auf einer Wiese an, von der aus man das Tal und die Stadt Chamonix überblicken konnte. Hier waren bereits Stühle und Bänke aufgestellt worden. In Eiskübeln stand feinster Champagner bereit. Die Gäste stiegen aus und setzten sich auf die Sitzgelegenheiten. Die Stimmung war ausgelassen. Bis Mitternacht waren es nur noch ein paar Minuten. Irgendwer gab Claire und Adam je ein Glas Champagner, und Valerie hatte einige Wunderkerzen dabei, die sie nun entzündeten.

Claire legte Adams Arme um ihren Körper und kuschelte sich an ihn. »Ich glaube, das ist das schönste Silvester, das ich je erlebt habe«, flüsterte sie ihm zu.

»Für mich auch«, antwortete er.

Irgendwer begann die Sekunden bis Mitternacht herunterzuzählen. »Zehn … neun …«

Was für ein verrücktes Jahr. Vor zwölf Monaten war Adam ein sorgloser junger Mann gewesen, dem es an nichts gefehlt hatte und der das Leben in vollen Zügen genossen hatte.

»Acht … sieben …«

Der Tod seiner Eltern hatte ihn abrupt aus diesem Leben gerissen. Er sah sie jetzt wieder vor seinem geistigen Auge, wie sie in ihrem eigenen Blut lagen.

»Sechs … fünf …«

Seit diesem Moment war er auf der Flucht gewesen, hatte seine Identität verloren, war mehrmals nur knapp mit dem Leben davongekommen.

»Vier … drei …«

Und es war die Schuld eines einzigen Mannes gewesen.

Rocco De Laurent.

Er würde sich rächen. Das schwor er sich.

»Zwei … eins …«

Er blickte den Mann an, der sein Leben zunichtegemacht hatte. Und als hätte dieser Adams Augen auf seinem Hinterkopf gespürt, drehte er sich genau in diesem Moment zu ihm um. Eiskalt starrte er Adam an.

»Null … Frohes Neues Jahr!«

Aus dem Dorf stiegen Feuerwerksraketen in die Luft, die die Nacht mit knallbuntem Licht erhellten. Es krachte und ratterte, und überall wurden Lieder angestimmt. Doch Adam und Rocco sangen nicht mit. Sie blickten sich über die Menge hinweg in die Augen. Die Herzen beider Männer waren mit kalter Verachtung gefüllt.

»Frohes neues Jahr, Lorenz!«, sagte Claire und drehte sich zu ihm um. Adam brach den Augenkontakt mit Rocco ab. Sie gab ihm einen langen, sanften Kuss.

»Frohes neues Jahr, Claire«, erwiderte er.

Gregg hatte in die Zwischenräume seiner Finger sechs Wunderkerzen gesteckt und tanzte nun vor Valerie herum, die einen Lachanfall bekam.

»Frohes neues Jahr, mein Schatz.« Rocco war zu Adam und Claire herangetreten und stieß nun mit seiner Tochter an. Dann hielt er Adam sein Glas hin.

»Lorenz?«, sagte er.

Adam stieß mit ihm an. Rocco lächelte kalt. Dann ging er zu Sariyev und Gavião hinüber. Adam versuchte, über das Krachen der Feuerwerkskörper zu verstehen, was die beiden da besprachen.

»So ein Feuerwerk werden Sie bald auch entfachen können«, sagte Rocco zu Sariyev. Als dieser die Übersetzung gehört hatte, lachte er laut auf und klopfte De Laurent freundschaftlich auf die Schulter.

Das Feuerwerk im Dorf endete mit einem lauten Knall, und ein roter Funkenregen ergoss sich wie Blut über den Himmel. Die Gäste klatschten laut Beifall. Dann gingen sie zu ihren Schlitten zurück und stiegen ein.

»War das nicht herrlich?«, fragte Claire.

»Großartig«, sagte Valerie. »So etwas habe ich noch nie erlebt.«

»Du bist so still«, bemerkte Claire an Adam gewandt.

»Es war wirklich etwas ganz Besonderes«, sagte Adam.

Zurück auf dem Landsitz veranstalteten die De Laurents eine Feier. Eine Liveband spielte im Speisesaal Coverversionen bekannter Hits, und Claire, Adam, Gregg und Valerie tanzten ausgelassen dazu. Es war schon fast drei Uhr morgens, als Adam beobachtete, wie Rocco seine Gäste aufforderte, ihm zu folgen.

»Ich muss mich mal eben frisch machen«, sagte Adam und wollte gerade in Richtung der Toiletten verschwinden. Doch Claire ließ ihn nicht gehen. »Diesen Tanz noch«, sagte sie.

Sie legte ihre Arme um Adam und blickte ihm tief in die Augen. Zusammen wiegten sie sich im Takt des romantischen Songs. Sie küssten sich tief und lange. Das Lied endete, und die Band spielte eine schnellere Nummer. Adam ließ von Claire ab und ging in Richtung des Korridors, in dem Rocco mit seinen Geschäftspartnern verschwunden war. Einige Servicekräfte in schwarzen

Uniformen liefen hier herum, doch von Rocco und den anderen war nichts zu sehen. Adam folgte dem Gang um eine Ecke, aber der Korridor dahinter lag in völliger Dunkelheit da. Adam durchquerte ihn und trat durch die Tür an seinem Ende ins Freie. Leise Musik drang aus dem Speisesaal, wo die Party immer noch in vollem Gange war. Adam ging in die Mitte des Platzes und betrachtete das Haupthaus. Außer im Speisesaal brannte noch in der Küche Licht. Doch dann entdeckte er, dass auch von der Rückseite eines Nebengebäudes ein schwacher Lichtschein kam. Adam ging um die Ecke und sah ein hell erleuchtetes Fenster. Er schlich sich näher heran und blickte hinein. De Laurent und die Verschwörer hatten sich in einem geräumigen Billardsalon versammelt. Sie hatten sich in bequemen Ledersesseln niedergelassen, tranken Brandy aus schweren Kristallgläsern und rauchten Zigarren. In einem offenen Kamin prasselte ein Feuer. Rocco stand in der Mitte des Raumes. Seine Hände waren auf einen Billardtisch gestützt, der mit rotem Filz ausgelegt war. Er hielt wieder mal eine Ansprache. Adam musste unbedingt hören, was er zu sagen hatte. Er schlich sich zu einer Tür, die ins Innere des Nebenhauses führte, und ging einen Korridor entlang. Eine Doppeltür mit Glasfenstern gab den Blick auf den Billardsalon frei. Adam konnte es nicht riskieren, durch das Fenster zu spähen. Ein kurzer Blick eines Anwesenden würde genügen, um ihn zu entdecken. Stattdessen stahl er sich in ein Nebenzimmer des Billardsalons, das in völliger Dunkelheit dalag. Er kroch zu einer Verbindungstür und blickte durch das Schlüsselloch. Der große Billardtisch war genau in seinem Blickfeld. Adam hielt den Atem an und lauschte De Laurents Worten.

»… und so bleibt uns nur noch, alles unter Dach und Fach zu bringen. Monsieur Sariyev, wenn ich bitten darf.«

Sariyev, der in einem Sessel beim Kaminfeuer gesessen hatte, stand auf und ging zu Rocco hinüber. Er griff in die Innentasche seines Sakkos, nahm einen teuren Füllfederhalter und ein Scheckbuch heraus und legte Letzteres auf den Filz des Tisches. Mit einer beschwingten Armbewegung schrieb er seinen Namen und einen Betrag auf den Scheck. Er trennte diesen aus seinem Scheckbuch und händigte ihn De Laurent aus. Prompt standen die versammelten Herren auf, klatschten Beifall und hoben dann ihre Gläser in die Luft.

»Auf *Agamemnon*!«, rief Rocco.

»*Agamemnon!*«, stimmten die anderen mit ein.

Sie tranken.

Rocco nahm den Scheck an sich. Mithilfe einer Büroklammer heftete er ihn an ein Dokument, das auf dem Billardtisch lag.

»Jetzt, da alles unter Dach und Fach ist, sollten wir zu der Party zurückkehren«, sagte De Laurent. »Wir wollen ja keine Aufmerksamkeit durch unsere Abwesenheit erzeugen.«

Die Anwesenden standen auf und verließen das Zimmer, dicht gefolgt von De Laurent und Gavião, die sich freundschaftlich die Arme um die Schultern gelegt hatten. Adam wartete, bis sich die Stimmen der Herren entfernt hatten, und schlich sich dann aus seinem Versteck. Er öffnete die Tür zum Billardsalon, blickte nach links und rechts, um sicherzustellen, dass die Luft rein war, und ging dann zu dem Billardtisch. Das Dokument, das Rocco hinterlassen hatte, lag auf dem roten Filz. Adam sah es sich an. Die Zahl auf dem Scheck, den Sariyev unterzeichnet hatte, ließ ihm die Kinnlade herunterfallen. Vor lauter Nullen war dem Kommandanten fast der Platz ausgegangen. Das Papier, an dem der Scheck heftete, war jedoch viel interessanter. Es handelte sich um einen Frachtbrief. Adam überflog ihn. Der Name des Schiffes stach Adam sofort ins Auge: *Agamemnon.* Das war es also, worauf die Männer getrunken hatten.

»Adam Cassel.«

Adam fuhr herum.

Rocco stand in der Tür.

Auf seinem Gesicht lag ein Grinsen.

In seiner Hand hielt er einen Revolver.

»Willkommen auf *L'Etoile des Glaciers.*«

34

Adam erstarrte. Im ersten Moment dachte er, De Laurent würde ihn einfach kaltblütig abknallen, doch dann kam ihm die Gewissheit, dass dieser nicht abdrücken würde. Das war nicht Roccos Art. Er würde sich nicht selbst die Hände schmutzig machen. De Laurent deutete mit dem Pistolenlauf an, dass Adam sich in einen der Sessel am Kaminfeuer setzen solle. Adam gehorchte. Rocco nahm in dem Sessel Platz, der auf der anderen Seite des Feuers stand. Er blickte Adam mit einem angedeuteten Kopfschütteln an, dann blickte er auf die Pistole in seiner Hand.

»Ich hasse diese Dinger«, begann De Laurent und betrachtete die Waffe wie ein Museumsstück von allen Seiten. »Als reines Objekt sind Pistolen ausgesprochen hässlich.« Er legte die Waffe auf einen Beistelltisch, auf dem noch ein halb volles Brandyglas von dem Zusammentreffen der Verschwörer stand.

»Weißt du, das hier ist mir ausgesprochen zuwider. Ich habe gehofft, wir können uns wie Gentlemen unterhalten.«

»Sie haben meine Eltern auf dem Gewissen.« Plötzlich war Adams Zorn wieder da. Er hatte ihn all die Wochen im Internat unterdrückt, als er in die Rolle des Lorenz Euler geschlüpft war, doch jetzt war er wieder Adam Cassel, und er spürte, wie sein Blut kochte.

De Laurent hob beschwichtigend die Hände. »Ich weiß, du bist wütend auf mich. Du hast allen Grund dazu. Doch ich möchte dich darum bitten, dass du dir anhörst, was ich zu sagen habe, bevor du dir ein Urteil über mich bildest.«

Adam blieb stumm. Er musste all seine Beherrschung aufbringen, um De Laurent nicht an die Kehle zu springen.

»Deine Eltern waren gute Menschen. Wirklich. Du wirst es vielleicht nicht glauben, doch sie lagen mir sehr am Herzen. Ich mochte deinen Vater sehr, und deine Mutter war meiner Frau eine gute Freundin.«

»Sprechen Sie nicht über sie!«, zischte Adam.

»Ihr Tod war ein Fehler. Ein Missverständnis. Ich wollte nicht, dass sie sterben.«

»Was reden Sie denn da? Sie haben doch den Befehl dazu gegeben.«

De Laurent blickte ins Feuer. »Meine Organisation zieht es vor, im Geheimen zu arbeiten. Wir hatten eine undichte Stelle. Einen Maulwurf. Ich habe Bruno angewiesen, den Maulwurf zu finden und auszuschalten. Hätte ich gewusst, dass die Spur zu deinen Eltern führt, wäre ich möglicherweise anders verfahren.«

Er spricht von *Blue Fox*, dachte Adam, dem Informanten, der meinem Vater Dokumente zugespielt hat.

»Wer war dieser Maulwurf?«, fragte Adam.

»Das bleibt mein Geheimnis.«

»Woher wussten Sie, dass ich Adam Cassel bin?«, fragte Adam.

»Oh, für wie dumm hältst du mich?«, fragte De Laurent mit einem Lachen. »Mir entgeht nichts, was mit meiner Familie zu tun hat. Besonders nicht, wenn es um meine Tochter geht. Ich habe überall meine Quellen, die mir Dinge von Interesse zuflüstern.«

»Sie lassen sie im Internat überwachen?«

»Natürlich. Manche Schüler sind für den Austausch von Informationen gegen Bezahlung sehr empfänglich. Einer davon hat mir von dir berichtet.«

Adam dachte nach. Wer könnte ihn verraten haben? Dann fiel es ihm ein. Natürlich! Es gab nur einen, der infrage kam.

»Gregg Maitland«, sagte Adam. »Kein Wunder, dass er auf einmal so stinkfreundlich zu mir war.«

Rocco schmunzelte. »Gregg?«, sagte er ungläubig. »Wie kommst du denn auf diese Idee? Nein, nein. Es stimmt, dass ich Gregg gern als Schwiegersohn gehabt hätte. Verbindungen zur US-Regierung hätten für meine Organisation äußerst nützlich werden können. Doch Claire hat nun mal ihren eigenen Kopf.«

»Wenn nicht Gregg, wer dann?«

»Jonathan Berger. Dein Zimmergenosse.«

Adam sah Rocco ungläubig an.

»Er hat dich und Claire auf Schritt und Tritt verfolgt und mir jeden Tag Fotos geschickt. Er wusste zwar nicht, wer du wirklich bist, doch ich habe dich sofort erkannt. Wenn du glaubst, dass ich mich von einer anderen Haarfarbe täuschen lasse, dann irrst du dich.«

Jonathan hatte ihn verraten. Adam konnte es nicht glauben.

»Ich wusste, dass du kommst, und ich weiß, dass du deine Eltern rächen willst. Das verstehe ich auch. Wenn jemand meiner Familie etwas antun würde, würde ich auch nicht ruhen, bis ich ihn zur Strecke gebracht hätte. Sieh mal, ich bin Geschäftsmann. Ich glaube, wir können ein Arrangement treffen, das uns beiden nützt. Bruno?«

Adam stutzte, als Rocco den Namen seines Bodyguards rief. Bruno öffnete die Tür und betrat den Billardsalon. Adam stand auf. Er fand sich Angesicht zu Angesicht mit dem Mörder seiner Eltern.

De Laurent erhob sich ebenfalls. Er stellte sich hinter Adam und flüsterte ihm ins Ohr. »Das ist der Mann, der deine Eltern ermordet hat«, begann De Laurent. »Ich mache dir ein Angebot.

Du kannst dein altes Leben wiederhaben. Weltreisen, Designerkleidung, schnelle Autos, alles, was du dir wünschst. Du wirst Teil der Familie De Laurent. Teil der Organisation. Ich werde dich wie einen Sohn behandeln. Claire ist in dich verliebt. Sie wird dir gehören. Das alles wird eines Tages dir gehören. Der Landsitz, mein Vermögen, meine Tochter.«

Adam schluckte. Er dachte an die Zeit zurück, als sein Leben ein einziger Luxusurlaub gewesen war. Als er keine Sorgen gehabt hatte. Als er jeden Tag genossen hatte. Er wünschte sich nichts sehnlicher, als dass es wieder so war wie früher. Und Claire? Er liebte sie doch. Wenn er seinen Hass für Rocco überwinden könnte, wäre er frei, um ihre Liebe zu erwidern. Er schloss die Augen und dachte an ihren Kuss. Ihren Tanz auf der Party. Das Feuerwerk, das ihr Gesicht erleuchtet hatte.

Adam spürte einen harten Gegenstand in seiner Hand. Er öffnete die Augen wieder. Rocco hatte die Pistole in seine Hand gelegt. Er umschloss Adams Hand mit seiner, hob sie an und zielte mit der Pistole direkt auf Bruno.

»Alles, was du tun musst, ist abzudrücken.«

Bruno stutzte.

Adam blickte ihn an.

Jetzt hatte er es in der Hand. Er konnte seine Eltern mit einer einzigen Fingerbewegung rächen. Er musste nur abdrücken.

Adam zitterte. Er versuchte, sich das Bild seiner Eltern ins Gedächtnis zu rufen. Wie sie in ihrem eigenen Blut dalagen. Wie sein Vater sein letztes Wort ausgehaucht hatte: *Lauf!*

Er richtete die Pistole auf Bruno. Er ließ den Hass in sich hochsteigen. Er musste es tun. Er musste seine Eltern rächen.

Sein Zeigefinger bewegte sich nicht. Adam spürte nicht einmal, wie ihm die Tränen über die Wangen liefen.

Er schrie auf. »Aaaaaaah!«

Seine Hand öffnete sich. Die Pistole fiel zu Boden.

Adam sank auf die Knie. Er vergrub sein Gesicht in den Händen. Er hatte es nicht getan. Er hatte seine Eltern nicht gerächt. Er hatte es nicht geschafft, kaltblütig ein Leben auszulöschen. Er hatte versagt.

De Laurent hob die Waffe auf und wog sie in seiner Hand. Adam blickte zu ihm auf.

»Adam, Adam«, seufzte er. »Dein Vater wäre enttäuscht von dir.«

Bruno trat zu ihnen, und Rocco händigte ihm die Waffe aus.

»Ich will meine Gäste nicht länger warten lassen«, sagte er zu seinem Bodyguard. »Du weißt, was zu tun ist.«

Bruno nahm die Pistole, hielt sie an ihrem Lauf fest und schlug Adam damit in den Nacken.

Dunkelheit umgab ihn.

35

Adam öffnete die Augen. Es war Tag, die Sonne schien ihm ins Gesicht, doch ihm war eiskalt. Langsam setzte er sich auf und legte die Arme um seinen Körper. Ein kalter Wind blies. Adam blickte sich um.

Sofort erkannte er, wo er sich befand.

Vor ihm wuchsen zwei Berge in den Himmel, in deren Mitte ein Kiesweg hindurchführte. Er saß genau in der Mitte des Talkessels, in dem die Demonstration der Antipersonenminen stattgefunden hatte. Gut fünf Meter von ihm entfernt, zu seiner Rechten, lag der Kadaver eines der Schafe, das durch die Druckwelle der Mine zerfetzt worden war.

Sofort vergaß Adam die Kälte.

Ihm wurde bewusst, dass in der Erde rings um ihn herum weitere Minen vergraben worden waren. Wenn er einen Schritt in die falsche Richtung tat, würde ihn das gleiche Schicksal wie das Schaf ereilen.

Er blickte sich um. Außer ihm war keine Menschenseele zu sehen. Wenn er es heil aus diesem Minenfeld schaffte, konnte er unbemerkt vom Landsitz der De Laurents entkommen. Er schaute sich genauer um. Vielleicht konnte er auf dem Boden irgendwelche Abdrücke entdecken, die ihm einen Hinweis auf die Platzierung der Minen geben könnten. Doch über Nacht war frischer Schnee gefallen, und die weiße Decke war, außer an seinem eigenen Standort und den Plätzen, wo die Schafskadaver lagen, unversehrt. An der Seite, an der in jener Nacht die Zuschauer gestanden hatten, war noch der Generator abgestellt, der den Scheinwerfern Strom geliefert hatte. Drei dicke schwarze Kabel führten von diesem Generator zu den großen Gerüsten, auf denen die Scheinwerfer installiert worden waren. Diese Gerüste standen an drei gegenüberliegenden Seiten des Tals.

Adam folgte einem der Kabel mit seinem Blick. Es lief von dem Generator quer über das Minenfeld auf die andere Seite. Wenn er es erreichen konnte, konnte er vielleicht daran ziehen und das Gerüst zum Umstürzen bringen. Er musste es versuchen. Doch wie sollte er das Minenfeld überqueren, ohne selbst in die Luft gejagt zu werden? Der einzige Ort, an dem er sicher sein konnte, dass dort keine Mine mehr vergraben war, war sein eigener Standort. Konnte er irgendeinen Gegenstand in weitem Abstand auf den Boden werfen, um so zu testen, ob dort eine Mine vergraben war? Doch er hatte nichts bei sich, das dafür geeignet wäre. Sollte er es trotzdem wagen, einen Schritt zu tun? Er hob seinen Fuß an und ließ ihn vorsichtig einige Zentimeter neben sich in die Schneedecke sinken. Er wagte es kaum, zu atmen. Millimeter für Millimeter ließ er seinen Fuß auf den Boden nieder. Er spürte gefrorenes Gras. Adam schloss die Augen und verlagerte sein Gewicht auf den Fuß.

Nichts geschah. Erleichtert atmete er aus. So würde er jedoch nie an den Rand des Minenfeldes gelangen. Die Chance, auf eine Mine zu treten, wurde mit jedem Schritt größer. Adam blickte sich erneut um. Hatte er vielleicht etwas übersehen? Irgendetwas, das ihm einen Hinweis auf die Platzierung der Minen geben konnte? Und dann kam ihm eine Idee. Die Schafe! Sie hatten schließlich die Minen ausgelöst. Dort, wo ihre Kadaver lagen, waren also ganz sicher keine weiteren Minen mehr vergraben. Doch das Schaf, das ihm am nächsten lag, war fünf Meter von ihm entfernt. So weit konnte er nicht springen, jedenfalls nicht ohne Anlauf. Er musste also hinter sich einen kleinen Pfad freilegen, um Schwung für seinen Sprung zu holen. Mit der Fußspitze räumte er vorsichtig den Schnee beiseite. Darunter kamen gefrorene Grashalme zum Vorschein. Adam wusste nicht, ob man die vergrabenen Minen an der Oberfläche sehen konnte. Er schätzte jedoch, dass diese unterirdisch deponiert wurden. Wenn man sie von der Oberfläche aus sehen konnte, wären sie ja wirkungslos. Er musste es also riskieren, einen Fuß nach dem anderen ins Gras zu setzen. Vorsichtig ging er los. Mit jedem Schritt, den er tat, schlug sein Herz schneller. Erst, als er am Ende seines kurzen Pfades angekommen war, wagte er es, auszuatmen. Er drehte sich um. Vor ihm lag eine freie Fläche von etwa drei Metern, auf der er Anlauf nehmen konnte, um dann fünf Meter weit zu springen. Das war fast schon eine olympische Distanz. Doch je näher er an den Kadaver des Schafes heransprang, desto kleiner war die Chance, dass sich dort eine Mine verbarg. Schließlich waren die Minen mit großer Wahrscheinlichkeit gut auf dem Feld verteilt worden, um sicherzustellen, dass eines der Schafe eine Detonation auslösen würde.

Es hatte keinen Sinn, weitere Zeit zu verschwenden. Adam musste es einfach versuchen. Er stellte sich ans Ende seines Pfades, atmete dreimal tief durch und rannte los. Mit einem riesigen Satz sprang er auf den Schafskadaver zu. Es reichte nicht ganz und er kam gut einen Meter vor dem toten Tier auf. Doch er hatte Glück. Er landete an einer Stelle, an der scheinbar keine der Minen vergraben worden war. Mit einem weiteren Hüpfer beförderte er sich zu den Überresten des Schafs. Trotz der Kälte stieg ihm ein beißender Verwesungsgeruch in die Nase. Das Blut des Schafs hatte den Schnee rot gefärbt. Der Kopf lag einige Meter neben dem Rest des Tieres. Adam schloss die Augen und versuchte, das

Bild aus seinen Gedanken zu verdrängen. Er konzentrierte sich auf das Stromkabel, das knapp außerhalb seiner Reichweite lag. Es führte zu dem Gerüst auf der gegenüberliegenden Seite, an dessen oberen Ende einer der Scheinwerfer hing. Die Basis des Gerüsts war mit Sandsäcken beschwert. Adam griff nach dem Kabel und zog daran. Es war etwa so dick wie ein Gartenschlauch und für den Einsatz im Freien gefertigt. Adam wickelte das Kabel auf, sodass es bei seinen Füßen einen Haufen bildete. Bald hatte er so viel des Kabels aufgewickelt, dass es sich zwischen ihm und dem Gerüst spannte. Adam zog mit aller Kraft, doch das Gerüst war so schwer, dass es sich keinen Zentimeter bewegte. Adam legte das Kabel ab, um Kräfte zu sparen. Dann hob er es erneut an und zog daran, so fest er konnte. Dieses Mal spürte er ein leichtes Nachgeben. Rhythmisch zog Adam wieder und wieder an dem Kabel. Es funktionierte. Das Gerüst begann, langsam vor- und zurückzuwippen. Es quietschte laut, als würde es protestieren. Adam riss im Takt an dem Kabel, seine Muskeln brannten. Das Gerüst lehnte sich vorwärts und wippte dann zurück. Noch ein Zug musste genügen. Mit aller Kraft zog er ein letztes Mal an dem Kabel. Unaufhaltsam kippte das schwere Metallgerüst nach vorn. Adam nahm Anlauf und sprang in letzter Sekunde auf die Stelle zurück, wo er aufgewacht war. Einen Augenblick später krachte es hinter ihm. Das Gerüst war dort aufgekommen, wo er eben noch gestanden hatte. Wenn Adam nicht gesprungen wäre, hätte es ihn unter sich begraben. Adam stand auf … und wurde einen Augenblick später wieder von den Beinen gefegt.

Zwei donnernde Explosionen erschütterten das Tal. Das umgestürzte Gerüst hatte zwei der Minen ausgelöst, die unter dem Schnee begraben waren. Unsanft landete Adam im Schnee. Stahltrümmer regneten auf ihn und das Feld herab. Eine Metallstange flog auf ihn zu. Adam versuchte, sich zu ducken, doch er schaffte es nicht rechtzeitig, dem fliegenden Trümmerteil auszuweichen. Die Stange traf ihn mit voller Wucht am Kopf. Seine Haut platzte auf, und Blut rann über seine Stirn. Adam biss die Zähne zusammen und setzte sich auf.

Eine Rauchschwade hing im Talkessel. Das Gerüst war der Länge nach hingefallen und hatte so eine Art Brücke gebildet, über die er das andere Ende des Talkessels erreichen konnte. Adam verlor keine Zeit. Auf dem Landsitz hatte sicher jemand die Explosionen gehört. Selbst wenn De Laurent davon ausging, dass Adam sich selbst in die Luft gesprengt hatte, würde er früher oder später jemanden schicken, um nachzusehen. Adam musste dann schon – buchstäblich – über alle Berge sein, wenn er nicht erneut in die Fänge des Reeders geraten wollte. Er sprang zu dem Gerüst zurück und kletterte über die Stahlstreben zum anderen Rand des Tals. Er durchquerte das Gatter, durch das Bruno die Schafe getrieben hatte, und gelangte auf eine Schneefläche, die in einem Fußweg mündete. Der schmale Pfad führte dort den Berg hinauf. Adam hastete diesen Pfad entlang, bis der Talkessel in seinem Rücken hinter einer Biegung verschwunden war.

36

Dunkelgraue Wolken zogen auf, und bald rieselten dicke Schneeflocken zur Erde. Der Pfad, auf dem Adam nun schon seit Stunden unterwegs war, verlor sich unter einer makellosen weißen Decke. Adam wusste nur eins, er wollte De Laurent und seinen Landsitz so weit wie möglich hinter sich lassen. Er wickelte seine Arme wärmend um seinen Körper und stapfte durch den Schnee, immer die beiden Berggipfel im Rücken, hinter denen das Gut *L'Etoile des Glaciers* lag. De Laurent hatte sicherlich mittlerweile bemerkt, dass Adam seiner Falle entkommen war. Würde er einen Suchtrupp schicken? Eins war klar, Adam konnte auf keinen Fall nach Chamonix zurückkehren. Die Chance, dort von jemandem erkannt zu werden, war zu groß.

Adam dachte an Claire, und ihm wurde es schwer ums Herz. Er wusste, dass er sie nie mehr in den Arm nehmen würde, nie mehr mit ihr lachen, sie nie mehr küssen, ja vielleicht sogar nie wiedersehen würde. Was würde sie von ihm denken? Dass er einfach abgehauen war, ohne sich zu verabschieden? Dass sie ihm egal war? Es schnürte ihm die Kehle zu. Er wusste, dass seine Gefühle für sie echt waren, doch er hatte auch gewusst, dass sie keine Chance auf eine gemeinsame Zukunft gehabt hatten. Yasemin hatte ihn ja davor gewarnt. Oder hätten sie vielleicht doch eine gehabt? Hätte Adam sich auf Roccos Deal einlassen sollen? Hatte er es ernst gemeint? Hätte er Bruno kaltblütig erschießen sollen? Immerhin hatte der seine Eltern ebenso kaltblütig ermordet. Immer wieder schwirrten ihm diese Gedanken durch den Kopf. Er zwang sich dazu, an gar nichts zu denken, und konzentrierte sich auf den Weg ins Tal.

Hinter den Wolken musste die Sonne schon untergegangen sein, denn es wurde langsam dunkel. Adam hielt auf einige Lichtpunkte zu, die in der Finsternis wie herabgefallene Sterne leuchteten. Ein Dorf. Mit etwas Glück war er dort vor De Laurent sicher. Er stapfte bergab und hielt auf die hellen Fenster der Häuser zu. Eine halbe Stunde später kam er in der Kleinstadt an. Adam huschte durch die ausgestorbenen Straßen. Im Dorfzentrum entdeckte er eine Tankstelle und einen Bahnsteig. Immerhin würde er den Zug nehmen können. Er kratzte einige Euromünzen aus seiner Hosentasche zusammen und kaufte an der Tankstelle einen Müsliriegel. Während er zum Bahnsteig ging, verschlang er ihn gierig. Er blickte auf den Fahrplan, der in einem Glaskasten aushing. Adam wollte auf keinen Fall nach Chamonix zurückkehren, weshalb er sich für den gegenüberliegenden Bahnsteig entschied, an dem die Züge in Richtung Schweizer Grenze hielten. Der Müsliriegel hatte seinen Heißhunger kaum gestillt und ließ seinen Magen nur noch lauter knurren. Adam blickte auf die Uhr, die neben der Zuganzeige hing. Neun Uhr abends. Im selben Moment leuchtete die Anzeige auf und kündigte den nächsten Zug an. Wenigstens hatte er jetzt ein wenig Glück. Er würde nur fünf Minuten warten müssen. Kurze Zeit später fuhr die Bahn ein, und Adam stieg in einen der Waggons. Zu dieser späten Stunde war nicht viel Betrieb, und Adam setzte sich an einen freien Fensterplatz. Sofort nickte er ein.

X

Eine plötzliche Bewegung des Zuges ließ Adam aufschrecken. Er blickte aus dem Fenster. Sie waren in einen Bahnhof eingefahren. *Sion* stand auf den Schildern, die am Bahnsteig angebracht waren. Adam ging zur Tür und sah sich um. Er hatte erneut Glück, denn er beobachtete, wie in den benachbarten Waggon zwei Männer einstiegen, die in Daunenjacken mit dem Logo der Schweizer Bahn gekleidet waren. Da er kein Ticket hatte, wollte er es nicht riskieren, beim Schwarzfahren erwischt zu werden.

Er stieg aus und ging zu dem Aushang mit den Fahrplänen hinüber. In einer Stunde fuhr ein Zug in Richtung Sankt Stephan ab. Adam verließ den Bahnhof. Auf der gegenüberliegenden Straßenseite fand er, was er suchte. *Netcafé Helvetia – 24/7* stand dort auf einem hell erleuchteten Schild. Da sein Handyakku leer war, musste er eine andere Möglichkeit finden, Yasemin zu erreichen. Er überquerte die Straße und betrat den kleinen Laden. Hinter der Theke saß ein Mann, der an einem Computer Onlinepoker spielte. Er trug ein schwarzes T-Shirt mit dem Logo des Cafés und einen langen Bart.

»Entschuldigung«, begann Adam. »Mir wurde leider mein Geldbeutel gestohlen. Dürfte ich mal kurz einen Computer benutzen?«

»Halbe Stunde, zehn Franken«, sagte der Mann barsch, ohne aufzublicken.

»Ich habe das Geld leider nicht bei mir«, antwortete Adam. »Aber ich kann es mir online schicken lassen.«

Der Mann drehte sich zu Adam um und musterte ihn. Er wiegte den Kopf hin und her. »Okay. Zwanzig Franken an mein Paypal-Konto. Ich habe gerade eine Glückssträhne.« Er zwinkerte Adam zu und wandte sich an seinen Bildschirm zurück. »Full House! Da guckst du blöd!«, sagte er zu seinem Computerbildschirm.

Adam setzte sich an einen freien Rechner und öffnete ein Chatfenster. Er schrieb eine kurze Nachricht an Yasemin und wartete. Einen Moment später antwortete sie. Adam erklärte ihr die Situation und bat sie darum, die zwanzig Franken für den Cafébetreiber zu überweisen. Außerdem kaufte sie ihm ein Zugticket und einen Gutschein für ein Schnellrestaurant.

Adam ging zu dem Betreiber des Cafés zurück. »Check mal dein Paypal-Konto«, sagte er.

Der Mann zog sein Handy aus der Hosentasche und öffnete eine App. Er blickte auf das Display und nickte. »Wir sind quitt«, sagte er.

»Kannst du mir noch einen Gefallen tun?«, fragte Adam. »Könntest du mir mein Bahnticket und meinen Restaurantgutschein ausdrucken?«

Zwei Minuten später verließ Adam mitsamt dem Gutschein und dem Ticket das Café. Er ging zurück zum Bahnhofsgebäude, betrat das Schnellrestaurant und bestellte sich ein üppiges Abendessen. Als er es zu sich genommen hatte, lief er zum Bahnsteig zurück. Der Zug nach Sankt Stephan fuhr ein, und Adam setzte sich auf einen freien Platz. Da er nun nicht mehr vor den Kontrolleuren der Bahn flüchten musste, konnte er entspannt schlafen.

Kurz vor Sankt Stephan erwachte er. Er blickte auf die Uhr, die auf der elektronischen Anzeigetafel des Waggons eingeblendet wurde. Fünf Uhr morgens. Draußen war es noch stockdunkel. Mit quietschenden Rädern fuhr der Zug in den Bahnhof von Sankt Stephan ein. Adam stieg aus. Yasemin hatte darauf bestanden, ihn am Bahnhof zu treffen, und als er sie erblickte, wie sie mit besorgtem Gesicht auf ihn wartete, wurde ihm zum ersten Mal seit seiner Flucht aus Chamonix ein wenig warm ums Herz.

Sie drehte sich um und entdeckte ihn. »Da bist du ja! Ich habe mir solche Sorgen gemacht!«

Er ging zu ihr, und sie umarmten sich.

»Ich kann dir gar nicht genug danken!«, sagte er. »Dass du extra herkommst, um mich abzuholen!«

»Das ist selbstverständlich«, sagte Yasemin. »Komm, lass uns ins Warme gehen.«

Sie gingen zu einem Café, das sich im Bahnhofsgebäude befand, und setzten sich auf einen Platz in der hintersten Ecke. Yasemin bestellte zwei Tassen dampfenden Pfefferminztee. Adam wärmte seine Finger an der Tasse.

»Nun erzähl«, sagte Yasemin ungeduldig. »Was ist in Chamonix geschehen?«

Adam fasste kurz zusammen, was sich auf dem Landsitz der De Laurents ereignet hatte. Als er an die Stelle kam, an der Rocco ihm im Billardsalon die Waffe in die Hand gedrückt hatte, brach er ab.

»Ich fühle mich so mies, weißt du«, sagte er. »Ich habe meine Eltern verraten. Er hat mir die Chance gegeben, sie zu rächen und ich habe sie nicht genutzt. Ich hätte den Mistkerl einfach abknallen sollen.« Er blickte gedankenverloren auf den Boden.

Yasemin schüttelte den Kopf. »Rocco ist ein Teufel«, sagte sie.

»Wie meinst du das?«, fragte Adam.

»Er hat dich vor eine Wahl gestellt. Doch das war nichts anderes als ein ganz mieser Trick.«

»Was für ein Trick?«

»Überleg mal, er gab dir zwei Möglichkeiten. Du hast nicht abgedrückt, und jetzt fühlst du dich schuldig, weil du glaubst, deine Eltern im Stich gelassen zu haben. Hättest du jedoch abgedrückt, hättest du voll und ganz ihm gehört. Klar, du wärst mit Claire zusammengeblieben und hättest ein Teil von De Laurents Familie werden können, doch du hättest für Rocco einen Mord begangen. Du hättest einen Teil deiner Seele geopfert. Du wärst ein Mörder,

Adam, genau wie dieser Bruno. Und damit hätte Rocco dich für immer unter Kontrolle gehabt.«

Adam überlegte. So hatte er über die ganze Sache noch gar nicht nachgedacht.

»Es ist ein alter Trick. Er hat so getan, als gäbe es nur zwei Möglichkeiten, die beide in seine Hände spielen. Dabei gibt es eine dritte Möglichkeit. Eine viel bessere. Eine, die deinen Eltern wirklich Frieden bringen wird.«

»Und zwar?«, fragte Adam.

»Wir durchkreuzen seine Pläne und liefern ihn den Behörden aus. Wir vollenden das Werk deines Vaters.«

Adam nickte. »Du hast recht«, sagte er. »Und ich weiß auch, wo wir anfangen können, nach Beweisen zu suchen.«

»Wo?«, fragte Yasemin.

»*Agamemnon*«, sagte Adam.

»*Agamemnon?* Was ist das?«, fragte Yasemin.

»Ein Schiff«, antwortete Adam. »Ich habe den Namen auf dem Frachtbrief gelesen, den De Laurent im Billardsalon zurückgelassen hatte. Leider hat er mich überrascht, bevor ich mehr Informationen daraus entnehmen konnte.«

»Moment.« Yasemin öffnete den Rucksack, den sie neben sich auf die Bank gestellt hatte, und zog ihren Laptop heraus. Sie fuhr ihn hoch und öffnete eine Internetseite. Adam setzte sich neben sie, um besser auf den Bildschirm sehen zu können. Yasemin gab den Namen des Schiffes in das Feld der Suchmaschine ein.

»*Agamemnon*«, las Yasemin vor. »Herrscher von Mykene. Anführer der Griechen im Trojanischen Krieg.«

»Das war der Krieg mit dem Holzpferd«, sagte Adam.

Yasemin sah ihn mit einem spöttischen Blick an. »Mann, dafür verdienst du eine glatte Eins in Geschichte«, witzelte sie.

Adam musste lächeln und boxte sie freundschaftlich auf die Schulter.

Yasemin überflog den Artikel über Agamemnon und rief die Suchmaschine wieder auf. »Das bringt uns nicht weiter«, sagte sie. »Ich werde nach Frachtschiffen suchen.«

Sie gab *Agamemnon Frachtschiff* ein und erzielte sofort einen Treffer. »Hier ist es. Ein Schiff mit diesem Namen ist bei der Reederei De Laurent gelistet. Hier steht, dass es im Moment im Hamburger Hafen beladen wird. Da ist auch ein Foto.«

Yasemin klickte auf das Bild des Frachters, um es zu vergrößern.

»Das ist ja ein Riesenkahn«, staunte Adam.

Das Containerschiff, das auf dem Foto abgebildet war, hatte etwa die Größe eines schwimmenden Fußballstadions. Die Außenwand war schwarz mit einem goldenen Band, das am oberen Rand rings um das Schiff herumlief. Am Bug und am Heck prangte darauf in großen schwarzen Buchstaben der Name *Agamemnon*. Auf dem Deck stapelten sich Container in allen Farben in die Höhe. Diese trugen Schriftzüge verschiedener Firmen.

»Wenn De Laurent die Waffen in einem dieser Container versteckt, dauert es ja Wochen, bis wir den richtigen finden.«

»Vielleicht ist es an der Zeit, sich mit diesem Dietrich in Verbindung zu setzen«, schlug Yasemin vor. »Er sagte doch, dass du dich melden sollst, wenn du Hilfe brauchst.«

Adam dachte nach. »Nein«, sagte er schließlich. »Was haben wir denn gegen De Laurent in der Hand? Wir haben keine Beweise, dass an Bord des Frachters wirklich illegale Waffen versteckt sind. Das Einzige, was wir haben, ist ein Name.«

»Was willst du tun?«, fragte Yasemin.

»Na, ist doch klar. Ich werde mir diese Beweise besorgen.«

»Und wie willst du das anstellen?«, fragte Yasemin.

»Ich fahre nach Hamburg und verschaffe mir Zugang zu dem Schiff.«

»Du willst also einfach so mir nichts, dir nichts aufs Hafengelände spazieren und auf dem Frachter ein paar Container durchsuchen?«, sagte Yasemin spöttisch.

»Mir fällt schon was ein«, sagte er. »Ich werde aber sicher deine Hilfe brauchen.«

»Klar, Adam. Du weißt doch, dass du auf mich zählen kannst.«

»Auf dem Weg nach Hamburg werde ich in Wolfsbach vorbeifahren. Meine Mutter hatte dort immer eine Bargeldreserve im Haus.«

»Was ist, wenn De Laurents Männer dort immer noch auf dich warten?«

»Das glaube ich nicht«, antwortete Adam. »Bei seinem bevorstehenden Waffendeal macht es keinen Sinn, Männer dafür zu verschwenden, ein leeres Haus zu bewachen. Ich passe natürlich trotzdem auf. Wenn du mir noch mal das Geld für das Ticket leihst, zahle ich es dir alles zurück, sobald ich das Bargeld habe.«

»Kein Problem«, sagte Yasemin.

Sie gingen zu einem Fahrkartenschalter, und Yasemin kaufte Adam ein Ticket nach Wolfsbach. An einer Bäckerei deckte Adam sich mit Reiseproviant ein. Danach gingen sie zu dem Bahnsteig, an dem der Zug nach Deutschland halten würde.

»Ich stehe tief in deiner Schuld«, sagte Adam. »Das kann ich nie wieder gutmachen.«

»Freunde schulden sich nichts«, sagte Yasemin. »Das Einzige, was ich will, ist, dass du heil aus der Sache herauskommst.«

Sie umarmten sich.

»Pass auf dich auf, Adam.«

»Danke für alles.«

Der Zug hielt und Adam stieg ein.

37

Hamburg, Deutschland

Die Reise nach Deutschland verlief ohne Zwischenfälle. Adam schlief die meiste Zeit. Vor dem Fenster wichen die schneebedeckten Berge und Täler der Alpen bald den flachen bayerischen Feldern, auf denen der Schnee wie Puderzucker lag.

»Nächster Halt: Wolfsbach«, rauschte die Stimme des Lokführers aus den Lautsprechern des Waggons. Adam stand auf und lief zum Ausgang. Als der Bahnsteig seines Heimatdorfes vor den Fenstern erschien, bremste der Zug ab. Adam stieg aus. Vorsichtig blickte er sich auf dem Bahnhof um, doch es war niemand zu sehen, der irgendwie verdächtig aussah. Wie beim letzten Mal, als er nach seinem Abenteuer in Südfrankreich hier angekommen war, ging er über Umwege nach Hause. Aus sicherer Entfernung beobachtete er einige Zeit das Haus seiner Eltern. Nichts regte sich. Auf der Straße parkten keine verdächtigen Fahrzeuge und auch sonst war niemand zu sehen.

Adam kletterte über den Gartenzaun und lief geduckt zum Haus. Durch die Kellertür gelangte er ins Innere. Auch wenn er davon ausging, dass ihn niemand beobachtet hatte, wollte er so wenig Zeit wie möglich in seinem Elternhaus verbringen. Er lief die Treppe hinauf ins Schlafzimmer seiner Eltern. Seine Mutter war eine passionierte Leserin gewesen, und neben dem Bett stand ein Bücherregal, in dem sich die Bücher angesammelt hatten, die sie reihenweise verschlungen hatte. Adam wusste, dass sie in einem bestimmten Buch immer ein wenig Geld für Notfälle aufbewahrt hatte. Mit dem Finger suchte er die Buchrücken ab, bis er den richtigen Titel gefunden hatte. Er zog die etwas zerfledderte Ausgabe des Romans *Bonjour Tristesse* aus dem Regal und schlug sie auf. In der Mitte fand er einige Euroscheine. Diese steckte er ein und stellte das Buch zurück an seinen Platz. Dann verließ er das Schlafzimmer. Als Nächstes betrat er sein eigenes Zimmer. Er öffnete seinen Kleiderschrank und füllte eine Sporttasche mit den nötigsten Klamotten. Bevor er den Reißverschluss zuzog, warf er noch ein Ladekabel für sein Handy in die Tasche. Er wollte gerade wieder in den Keller zurückgehen, als er am Arbeitszimmer seines Vaters vorbeikam. Irgendetwas bewog ihn dazu, es noch einmal zu betreten. Alles war so, wie er es bei seinem letzten Besuch hinterlassen hatte. Gerade wollte er wieder gehen, als sein Blick auf das Regal fiel, das neben dem Schreibtisch stand. Zwischen einigen gerahmten Bildern, die auf der Oberseite des Regals standen, befand sich auch ein schwarzes Etui. Er nahm es von dem Regal herunter und öffnete es. Das Fernglas seines Vaters kam zum Vorschein. Dieses würde in Hamburg sicher von Nutzen sein. Adam steckte es in die Sporttasche und ging in den Keller zurück. Er verließ das Haus, lief geduckt durch den Garten und ging durch die Stadt zum Bahnhof zurück, wo er ein Ticket nach Hamburg kaufte. Wenig später stieg er in die Bahn und aß die Brötchen, die er in Sankt Stephan gekauft hatte. In München wechselte er in den ICE nach Hamburg.

Sechs Stunden später fuhr der Schnellzug im Hauptbahnhof der Hansestadt ein. Adam stieg aus, lief den Bahnsteig entlang und nahm die Rolltreppe hinauf zur Wandelhalle. Nach einem kurzen Blick auf den Fahrplan fuhr er eine Rolltreppe am Ende der Halle wieder hinunter. Sie führte zum Bahnsteig der S-Bahnen. Adam wartete einige Minuten und stieg dann in die S1. Eine kurze Fahrt später erreichte diese den Bahnhof *Landungsbrücken*. Adam stieg aus und lief über eine Straßenbrücke zu der Flaniermeile, die sich am Ufer der Elbe erstreckte. Hier lagen Fischrestaurants und Cafés dicht gedrängt am Ufer der Nordelbe. Mehrere kleinere Schiffe boten Hafenrundfahrten an. Adam kaufte sich ein Ticket, lief über die Gangway an Bord des kleinen Dampfers und setzte sich auf einen freien Platz des Aussichtsdecks. Gegenüber der Flaniermeile, auf der anderen Seite des Flusses, befanden sich die Ladedocks des Hamburger Hafens. Bunte Container waren hier wie riesige Legosteine aufeinandergetürmt. Lastkräne, die die meisten Gebäude der Stadt weit überragten, stapelten die Container in einem perfekt choreografierten Tanz aufeinander oder luden sie auf die Decks der Frachtschiffe, die an den Kaimauern mit Stahlseilen festgezurrt waren. Zwischen den riesenhaften Containern wuselten kleine Hafenarbeiter herum, die man durch ihre gelben Helme und orangeroten Uniformen sehr gut erkennen konnte. Die *Agamemnon* war nicht unter den Schiffen, die an den ihm zugewandten Docks lagen. Adam hoffte, dass er das Schiff der Reederei De Laurent bei der Hafenrundfahrt irgendwo auf dem Gebiet entdecken würde. Der Touristendampfer tutete laut und setzte sich dann behäbig in Bewegung. Außer Adam hatte sich nur ein einziges Pärchen auf dem Aussichtsdeck niedergelassen. Das war kein Wunder, denn hier oben wehte eine eiskalte Brise.

Mit einem lauten Knistern meldete sich der Lautsprecher des Schiffes. Die Stimme des Kapitäns erklang und begann Daten und Fakten über das Hafengelände herunterzurattern. Adam hörte nicht hin. Er zog das Fernglas seines Vaters aus seiner Sporttasche und blickte hindurch. Ein Lastkran auf der anderen Seite des Hafens war gerade dabei, einen Container in die Luft zu heben.

Adam konnte beobachten, wie ein Hafenarbeiter die Halteseite überprüfte und dann per Walkie-Talkie das Okay gab, die Last anzuheben. Adam setzte den Feldstecher ab. Das Schiff tuckerte auf einen Kanal zu, der sich zwischen zwei Docks hindurchschlängelte. Es beschrieb eine Kurve um ein kleineres Frachtschiff und bog dann in das hintere Hafenbecken ein. Das Gebirge aus Containern teilte sich und gab den Blick auf einen riesigen Koloss frei, der dahinter angelegt hatte. Die untergehende Sonne ließ das goldene Band an seinem Rumpf hell erstrahlen. Der schwarze Schriftzug am Heck ließ keinen Zweifel zu: *Agamemnon.*

Er hatte Roccos Frachter gefunden.

Der kleine Dampfer näherte sich dem mächtigen Schiff. Adam nahm den Feldstecher wieder zur Hand und blickte hindurch. Akribisch suchte er das Schiff und den Vorplatz ab, um sich einen Überblick über die Sicherheitsvorkehrungen zu machen. Er wunderte sich nicht, dass sowohl auf dem Deck des Frachters als auch auf dem Dock mehrere Gestalten postiert waren, die von Kopf bis Fuß in schwarzer Kampfausrüstung steckten. Jeder von ihnen trug ein Sturmgewehr an einem Riemen über der Schulter. Auf den seitlich abstehenden Teilen des Brückendecks standen weitere Wachposten, die mit Ferngläsern die Umgebung absuchten. Sofort ließ Adam seinen Feldstecher sinken. Er wollte auf keinen Fall dabei erwischt werden, wie er den Frachter ausspionierte. Er beschloss, unter Deck zu verschwinden. Schließlich hatte er das erreicht, was er mit dieser Hafenrundfahrt bezwecken wollte: den Lageplatz der *Agamemnon* ausfindig zu machen. Er lief die Treppe hinab und öffnete die Tür in den Salon. Hier war es deutlich wärmer als auf den windigen Plätzen auf dem Dach. Adam dachte nach. Wenn er sich an Bord schleichen und die versteckten Waffen finden wollte, dann musste er mehr über die Sicherheitsvorkehrungen am Hafengelände erfahren, doch er durfte selbst dabei auf keinen Fall entdeckt werden. Wie sollte er das anstellen?

Nach einer halben Stunde legte der Touristendampfer wieder an der Flaniermeile der Landungsbrücken an. Adam ging von Bord und kehrte zur S-Bahn-Station zurück. Dort studierte er die Umgebungskarte und den Netzplan. Er musste auf die andere Seite des Hafens gelangen, wenn er das Gelände auskundschaften wollte. Er fand eine Buslinie, die ihn dort absetzen würde, und plante seine Route. Dann stieg er in die S-Bahn ein. Beim S-Bahnhof Wilhelmsburg stieg er in den Bus um, der ihn einige Minuten später im Zentrum des Hafengeländes absetzte. Die Sonne war bereits untergegangen, und die Containerberge wurden von großen Flutlichtern erleuchtet, die an hohen Türmen installiert waren. Adam schlug die Richtung ein, in der er die *Agamemnon* vermutete. Er lief zwischen riesenhaften Hallen, Fabriken und Bürokomplexen umher, die in grauen Betonblocks untergebracht waren. Ab und zu fuhr ein Lastwagen mit einem Container an ihm vorbei. Durch eine Lücke zwischen einem Kran und einem Containerstapel konnte er die *Agamemnon* erspähen, die nun von Tausenden kleinen Lampen erleuchtet wurde. Bei Nacht wirkte sie noch eindrucksvoller – wie ein Raumschiff, das im Wasser gelandet war.

Adam wollte sich dem Frachter nähern, doch er kam nicht weit. Das Dock, an dem er lag, war ringsherum mit einem großen Zaun gesichert, der aus dunkelgrünen Stahlstreben bestand, die meterhoch in den Himmel ragten. Die Oberseite war mit Klingendraht versehen. Dort hinüberzuklettern war aussichtslos. Der Zugang des Docks war mit einem Schlagbaum versperrt, an dem ein Sicherheitsmann in einem Wachhäuschen stand. Adam duckte sich hinter eine Tonne und zog den Feldstecher aus seiner Tasche. Er blickte hindurch. Ein Sattelschlepper fuhr auf die Schranke zu.

Der Wachmann kam mit einem Clipboard bewaffnet aus dem Häuschen und ging zur Fahrerseite des Lasters hinüber. Der Fahrer zeigte ihm eine Sicherheitskarte, die der Wachposten mit einem Lesegerät scannte. Er wartete einen Moment, ging in das Häuschen zurück und öffnete dann die Schranke. Kurze Zeit später kam ein weiterer Hafenarbeiter zu Fuß an den Durchgang. Dieser trug eine ähnliche Sicherheitskarte an einem Riemen um den Hals. Als er an das Fußgängertor kam, hielt er die Karte an ein Lesegerät, das am Zaun angebracht war, und das Tor öffnete sich automatisch. Adam setzte sein Fernglas ab. Wenn er das Gelände betreten wollte, musste er sich so eine Karte besorgen. Doch selbst das half ihm nichts, wenn er sich auf dem Dock nicht auskannte. Er wollte auf keinen Fall einem Wachposten in die Arme laufen. Irgendwie musste er das Gebiet hinter dem Zaun ausspionieren, bevor er es selbst betrat.

Adam gähnte. Er fühlte, wie die Müdigkeit ihn übermannte. Kein Wunder, schließlich war er den ganzen Tag unterwegs gewesen. Vor sechzehn Stunden hatte er noch mit Yasemin in der Schweiz gefrühstückt. Er beschloss, sich eine Bleibe für die Nacht zu suchen.

Eine Stunde später lag er auf dem Bett eines Mittelklassehotels in St. Pauli. Von der Straße drang laute Musik und Stimmengewirr zu ihm hoch. Die Neonreklame des Hotels warf bunte Lichtreflexe an die Wand über seinem Bett. Eine Luxusunterkunft war dies wirklich nicht, doch das Zimmer war sauber und preiswert. Adam zog sein Handy aus der Tasche, das er während der Fahrt nach Hamburg hatte aufladen können, und rief Yasemin an.

Sie meldete sich nach dem ersten Klingeln. »Bist du gut angekommen?«, fragte sie.

»Es war ein langer Tag«, antwortete Adam und unterdrückte ein Gähnen. Er schilderte ihr, was er am Hafen beobachtet hatte.

»Ich muss an so eine Sicherheitskarte kommen«, sagte er. »Kannst du mir damit helfen?«

»Hm … da muss ich mich mal schlaumachen«, sagte Yasemin nach einer Pause. »Ich melde mich morgen früh, okay?«

Adam verabschiedete sich und stopfte sein Handy unter das Kopfkissen. Sekunden später war er eingeschlafen.

38

Am nächsten Morgen erwachte Adam mit knurrendem Magen. Er verließ das Hotel und setzte sich in eine Bäckerei. Während er an einem Croissant knabberte, rief er Yasemin an.

»Ich glaube, ich habe eine Lösung«, sagte sie. »Diese Sicherheitskarten funktionieren mit RFID-Chips. Das ist eine Art Mini-Radiotransmitter. Das Signal kann man klonen. Es ist jedoch nicht ganz einfach. Diese Kloner sind verboten, deshalb musst du dir selbst einen bauen. Ich maile dir die Anleitung. Die Bauteile bekommst du in jedem Elektronikmarkt.«

»Super!«, sagte Adam. »Vielen Dank!«

Sie verabschiedeten sich, und Adam legte auf. Sekunden später brummte sein Handy. Die Bauanleitung war in seinem E-Mail-Postfach angekommen. Adam verzehrte den Rest seines Croissants und lief dann zur U-Bahn-Station. In der Innenstadt betrat er einen Elektronikfachhandel, in dem er die Bauteile zusammensuchte. Außerdem kaufte er noch einen Lötkolben mit Lötzinn und ein schwarzes Plastikgehäuse mit zwei Druckknöpfen. Als er gerade an der Kasse bezahlen wollte, fiel sein Blick auf ein Regal an der gegenüberliegenden Wand. Jetzt wusste er auch, wie er das Hafengelände unauffällig auskundschaften konnte.

Adam war an den Hafen zurückgekehrt. Er hatte sich einen versteckten Platz hinter einer Lagerhalle gesucht, wo er sich ungestört hinsetzen konnte. Er öffnete den Karton des Geräts, das er in dem Elektronikmarkt gekauft hatte. Er grinste. Das Ding war ziemlich cool. Es handelte sich um eine Drohne, die etwa die Größe eines Tellers hatte und aus weißem Plastik bestand. Vier Rotoren sorgten für genügend Auftrieb, und eine Kamera an der Unterseite lieferte ein Videosignal direkt an ein Display in der Fernsteuerung. Er setzte die Drohne auf den Boden und schaltete sie ein. Dann drückte er den Power-Knopf auf der Fernsteuerung. Das Display, das in sie eingelassen war, erwachte zum Leben und zeigte eine Nahaufnahme des Asphaltbodens, auf dem die Drohne stand. Das Gerät war flugbereit. Etwas störte Adam jedoch. Kleine Positions-LEDs, die in das Plastikgehäuse eingelassen waren, leuchteten grellrot auf. Nicht gerade ideal für eine Spionageaktion. Adam nahm einen handgroßen Stein, der auf dem Asphalt lag, und hämmerte vorsichtig auf die Lämpchen ein, bis diese den Geist aufgaben. Jetzt war er bereit, die Drohne zu starten. Adam drückte den Steuerknüppel nach oben und das Fluggerät hob leise sirrend ab. Er verbrachte ein paar Minuten damit, sich an die Steuerung zu gewöhnen, dann schickte er die Drohne in Richtung des Docks los, an dem die *Agamemnon* beladen wurde.

Der Minihubschrauber gewann schnell an Höhe und schwebte hoch über dem Hafengelände. Das leise Sirren der Rotorblätter wurde von den lauten Geräuschen der Ladedocks überdröhnt. Adam sah auf das Display. Unter der Drohne erschienen der Stahlzaun und die Absperrung, die Adam bei seinem gestrigen Besuch entdeckt hatte. Er überflog sie und hielt auf das Frachtschiff zu, das an der Hafenmauer angedockt hatte. Der Ozeanriese wirkte aus der Vogelperspektive wie ein Spielzeugschiff, doch dann entdeckte er die Seemänner, die an Deck zwischen den Containern hin und her liefen. Sie waren klein wie Ameisen. Auf der *Agamemnon* hätte ein ganzes Dorf Platz gefunden. Adam senkte die Drohne etwas ab, um sich die Besatzung näher anzusehen. Er wollte genau wissen, mit wie vielen der bewaffneten Wachen er es zu tun hatte. Allein am Bug zählte er fünf der schwarz gekleideten Männer. Zwischen den Containern patrouillierte ein weiteres Dutzend, und auf dem Dach der Brücke hatte sich ein Scharfschütze mit einem Präzisionsgewehr postiert. Am Heck waren sechs weitere Wachposten abgestellt. Eine überdachte Gangway führte vom Deck des Schiffes aufs Festland hinab. Am Eingang dieser Landungsbrücke standen zwei Bodyguards. Rocco schien bei der Sicherung seiner Ladung kein Risiko eingehen zu wollen. Selbst wenn Adam durch das Eingangstor kam, hatte er keinen Schimmer, wie er sich bei diesem Aufgebot von Wachen an Bord des Schiffes schmuggeln sollte.

Adam ließ die Drohne wieder in die Höhe steigen und kreiste über dem Gebiet. Sechs der Kräne, die nah am Ufer des Docks standen, ragten mit ihren Ladearmen über das Deck des Frachtschiffs hinaus. Wenn er es schaffte, einen dieser Kräne zu erklimmen, konnte er sich vielleicht zu dem Schiff abseilen. Es war die einzige Möglichkeit. Die Gangway war viel zu gut bewacht.

Adam wollte mit der Drohne schon zurückfliegen, als er einen Lichtschein auf dem Vorplatz bemerkte. Er näherte sich mit dem Fluggerät und blickte auf das Display. Zwei schwarze Geländewagen waren vorgefahren und hatten vor dem Schiff geparkt. Außerdem hatte ein Kleinbus dort gehalten, auf dessen Schiebetür das Logo eines Lokalsenders zu sehen war. Ein Kamerateam und eine Reporterin standen auf dem Dock. Der Lichtschein, den Adam entdeckt hatte, ging von einer Leuchte aus, die auf der Kamera angebracht war. Und im Schein dieser Leuchte stand Rocco De Laurent.

Der Kragen seines Trenchcoats war hochgeschlagen, und er grinste in die Kamera. Neben ihm stand eine Dame in einer Daunenjacke. Rocco hielt einen übergroßen Scheck in der Hand, der mit dem Logo seiner Reederei versehen war. Er schüttelte die Hand der Dame, und sie schienen Nettigkeiten auszutauschen. Dann deutete er mit dem Finger nach oben. Die Kamera schwenkte hinauf. Adam justierte die Position seiner Drohne, sodass die Kamera den Himmel über dem Frachter einfing. Dort schwebte, an Stahlseilen hängend, ein blauer Container, auf dessen Seite das weiße Logo der UNICEF prangte. Der Container senkte sich langsam in den Bauch des Frachters.

Adam hatte genug gesehen. Er ließ die Drohne zurückfliegen und setzte sie sanft vor sich auf den Boden ab. Er packte den Minihubschrauber wieder in seine Box und ging zur Bushaltestelle zurück. Bevor er ins Hotel zurückkehrte, machte er noch in einem Sportfachgeschäft halt. Er kaufte ein Kletterseil mit Haken, einen neongelben Helm und eine grellorange Schutzweste. Er hoffte, dass er mit dieser Verkleidung unbemerkt ins Hafengelände eindringen konnte. Als er wieder in seinem Zimmer angekommen war, schaltete er den kleinen Fernseher ein, der in der Ecke stand. Er stellte den Lokalsender ein, der das Interview mit Rocco gemacht hatte. Mit etwas Glück würde es in den Abendnachrichten laufen. Dann setzte er sich an den etwas wackeligen Schreibtisch, der neben dem Bett stand. Vorsichtig legte er sich die Bauteile zurecht, die er im Elektronikmarkt gekauft hatte. Er steckte das Stromkabel des Lötkolbens in die Steckdose und begann, mithilfe der Anleitung, die Yasemin ihm geschickt hatte, den RFID-Kloner zusammenzubauen. Adam war alles andere als ein Elektronikbastler, und es dauerte ein wenig, bis er den Umgang mit dem Lötkolben einigermaßen beherrschte. Entscheidend war es, genau die richtige Menge Lötzinn zu verwenden, um die Bauteile zusammenzulöten. Zu wenig, und die Verbindung hielt nicht, zu viel, und man lief Gefahr, durch einen großen Tropfen Zinn einen Kurzschluss auszulösen.

Als es draußen schon düster wurde, ertönte die Fanfare einer Nachrichtensendung aus dem kleinen Lautsprecher des Fernsehers. Adam blickte auf den Bildschirm. Zuerst verlas der Nachrichtensprecher internationale Meldungen aus Politik und Wirtschaft, doch dann begann der Beitrag, auf den Adam gewartet hatte. Das Hamburger Hafengelände wurde gezeigt, und auf einmal blickte Adams Erzfeind ihn aus dem Fernseher heraus an.

Rocco sprach in einem warmen Tonfall mit französischem Akzent. »Es ist für mich und meine Organisation eine Ehre, unsere Kapazitäten für diesen guten Zweck zur Verfügung zu stellen«, begann De Laurent. »Ich bin von diesem Programm so überzeugt, dass ich noch mal zehn Millionen Euro meines eigenen Vermögens dazugebe.«

Die Kamera schwenkte auf den Scheck, den Rocco nun der Dame neben ihm überreichte.

»Sehen Sie, dort oben. Da werden in diesem Moment die Lebensmittellieferungen verladen, die in diesem Teil der Welt so bitter notwendig sind.«

Jetzt sah man den Container, der im Laderaum der *Agamemnon* verschwand. Und in diesem Moment wusste Adam genau, welches Spiel Rocco da spielte. Die Waffen, die er an Sariyev lieferte, waren genau in diesem Container gelagert. Er war sich sicher, dass Rocco sie dort versteckt hatte. Wer würde schon eine Lieferung von Lebensmitteln für bedürftige Kinder überprüfen? Es war ein perfekter Plan. Herzlos und zynisch, aber perfekt. Genau wie Rocco De Laurent selbst.

Adam wendete sich wieder seinem Bastelprojekt zu und verbaute die letzten Teile. Dann setzte er die fertige Platine in das schwarze Plastikgehäuse und legte zwei Batterien ein. Das Prüflämpchen auf der Außenseite leuchtete grün auf. Darunter waren ein roter und ein grüner Knopf angebracht. Die Funktionsweise des Kloners war denkbar einfach. Man brachte das Gehäuse mit einem RFID-Chip in Kontakt und drückte dann den roten Knopf. Damit legte man das Signal im Speicher ab. Durch Drücken des grünen Knopfes konnte man dieses Signal wieder aussenden, um zum Beispiel eine Tür zu öffnen, die mit dem RFID-Code gesichert war. So weit so gut, doch Adam wollte sichergehen, dass das Gerät auch funktionierte. Er nahm die Schlüsselkarte seines Hotelzimmers, die auch mit einem RFID-Chip versehen war, aus seinem Geldbeutel und hielt sie an den Kloner. Dann drückte er den roten Knopf. Das Lämpchen leuchtete einmal auf. Adam nahm die Schlüsselkarte, ging aus dem Zimmer und ließ die Tür hinter sich ins Schloss fallen. Dann blickte er nach links und rechts den Gang hinunter, um sicherzugehen, dass er nicht beobachtet wurde. Schließlich wollte er nicht als Hoteldieb verhaftet werden. Er nahm den Kloner und hielt ihn an das RFID-Schloss der Zimmertür. Dann drückte er den grünen Knopf. Das Schloss öffnete sich mit einem Klicken. Es funktionierte! Adam grinste und betrat sein Zimmer. Jetzt war alles dafür bereit, die *Agamemnon* zu infiltrieren.

39

Es war kurz nach sechs Uhr morgens, als Adam am nächsten Tag auf dem Hafengelände aus dem Bus stieg. Er trug die orange Weste und den gelben Helm, die er sich gestern gekauft hatte. Das Seil und der RFID-Kloner befanden sich in der Sporttasche, die er um die Schultern trug. Er lief zu dem Eingang des Docks. Jetzt musste er irgendwie an eine der Sicherheitskarten kommen, die die Hafenarbeiter bei sich trugen. Er blickte sich um. Nach einigen Minuten kam eine kleine Gruppe von ihnen aus dem Gelände gelaufen und spazierte auf dem Gehsteig zu einem kleinen Hafenrestaurant, das sich auf der anderen Straßenseite befand. *La Paloma* stand auf dem Schild über der Tür. An der Wand hing eine Tafel, auf der mit Kreide ein Frühstücksmenü angeschrieben worden war. Die Arbeiter gingen hinein. Adam folgte ihnen. Er öffnete die Tür und betrat die Gaststube. Stimmengewirr und der Duft von frischem Kaffee schlugen ihm entgegen. Die Hafenarbeiter ließen sich gerade an einem Tisch am Fenster nieder. Adam beobachtete, wie einer der Männer seine Jacke abnahm und über die Lehne seines Stuhls hängte. Seine Sicherheitskarte war mit einem Clip an der Brusttasche der Jacke befestigt. Das war Adams Chance.

Er näherte sich dem Tisch, an dem die Männer nun bei einer Kellnerin ihr Frühstück bestellten. Adam setzte sich so hin, dass er den Tisch der Arbeiter im Rücken hatte. Seine Lehne war nur Zentimeter von der Lehne des Mannes entfernt, der seine Jacke abgenommen hatte. Jetzt stand dieser auf und ging in Richtung der Toiletten, die durch einen Gang neben der Küche zu erreichen waren. Unauffällig griff Adam hinter sich und zog an der Jacke des Mannes. Sie rutschte von der Lehne und fiel zu Boden. Adam stand auf. Er bückte sich, hob die Jacke mit einer Hand auf und hielt mit der anderen den Kloner, den er aus seiner Sporttasche genommen hatte, an die Sicherheitskarte. Er drückte den roten Knopf und ließ ihn sofort wieder in der Tasche verschwinden. Dann hielt er die Jacke hoch.

»Entschuldigung«, sagte er. »Gehört die Jacke Ihnen? Die ist auf den Boden gefallen.«

Die Männer bedankten sich, und Adam verließ das Lokal. Er hoffte, dass sein Trick funktioniert hatte und dass das Signal der Sicherheitskarte in seinem Kloner gespeichert worden war. Es gab nur eine Möglichkeit, es herauszufinden. Er lief zum Eingang des Docks zurück. Das Fußgängertor befand sich genau neben dem Häuschen, wo der Wachmann die einfahrenden Laster kontrollierte. Adam wartete ab. Der Mann kannte sicher die Gesichter der Arbeiter, die hier Tag für Tag ein und aus gingen. Adam musste warten, bis der Wachmann abgelenkt war, um das Hafengelände zu betreten. Einige Minuten verstrichen. Ein großer Sattelzug bog in die Hafenstraße ein und hielt in der Durchfahrt. Das war Adams Chance! Er passte genau den Augenblick ab, als der Sicherheitsmann an die Fahrertür des Lasters trat, und lief dann hinter ihm vorbei. Er rief ihm ein knappes »Moin!« zu und ging so schnell er konnte zu dem Fußgängertor. Jetzt kam es drauf an. Wenn der Kloner nicht funktionierte, war alles umsonst gewesen. Er hielt die Plastikbox an den RFID-Leser, schickte ein Stoßgebet in den Himmel und drückte den grünen Knopf.

Nichts geschah.

Adams Herz begann zu klopfen. Er drückte den Knopf ein zweites Mal. Hinter ihm stieg der LKW-Fahrer zurück in sein Fahrzeug und der Laster fuhr an.

»Kann man helfen?«, fragte der Sicherheitsmann.

Adam spürte, wie er nervös wurde. Er stellte sich so hin, dass er dem Mann den Blick auf die Box versperrte, die er an den Leser hielt. Dann drückte er ein drittes Mal auf den grünen Knopf.

»Alles klar?«, hörte er die Stimme des Wachmanns, jetzt nur noch Zentimeter hinter sich.

Das erlösende Klicken des Schlosses ertönte. Adam drückte gegen das Tor und betrat das Gelände. Hinter ihm fiel die Tür wieder ins Schloss. Der Wachmann nickte und ging zurück in sein Häuschen. Adam lief weiter, ohne sich noch einmal umzusehen. Er wollte nicht, dass der Wachposten an der Durchfahrt auf die Idee kam, ihm zu folgen. Er ging an einer breiten Straße entlang, die quer durch das Containergebirge führte. In der Mitte der Straße befand sich ein Mittelstreifen, auf dem an dicken hohen Säulen Flutlichter angebracht waren, die das Gelände bei Nacht erleuchteten. Die Containerstapel zu seiner Rechten wurden von der Brücke der *Agamemnon* überragt. Jetzt setzte eine kühle Brise ein, und es begann zu regnen.

Adam blickte nach links und rechts und lief dann über die Straße. Er musste zu einem der Kräne gelangen und dann hoffen, dass er es irgendwie schaffte, sich zum oberen Teil hinaufzuschleichen. Auf der anderen Straßenseite angekommen, lief er durch eine enge Gasse, die von zwei Containerstapeln gebildet wurde. Die beiden Stapel standen so dicht beieinander, dass er etwas seitlich gedreht gehen musste, um sich hindurchzuzwängen. Als er auf der anderen Seite ankam, befand er sich direkt unter einem der riesigen Kräne. Zwischen den Beinen der Kräne führte eine weitere Straße hindurch, auf der Gabelstapler und Lastwägen unermüdlich hin- und herfuhren. Die Arme der Kräne ragten über die Ladefläche der *Agamemnon* hinaus, wo sie die riesigen Container in Position brachten. Die Kräne standen auf Schienen, die es ihnen erlaubten, seitlich am Ufer entlangzufahren.

Ein Kleinbus hielt unter dem Kran, der ihm am nächsten war. Drei Männer mit gelben Helmen stiegen aus und gingen die Straße entlang in Richtung eines Häuschens, das neben den Containern stand. Adam wartete, bis sie außer Sichtweite waren, und schlich sich dann zu dem Bein des Krans. An der Außenseite führte eine Leiter mit Rückenschutz in die Höhe. Eine Art Käfig an der Rückseite der Sprossen verhinderte, dass man abstürzte, wenn man den Halt verlor. Adam prüfte mit einem letzten Blick seine Umgebung, dann kletterte er daran empor. Die Sprossen waren vom Regen rutschig, und er musste aufpassen, dass er nicht abrutschte. Es dauerte einige Minuten, bis Adam oben angekommen war. Hier führte ein Gang zum Führerhäuschen des Krans. Da dieser Kran im Moment nicht in Betrieb war, war das Häuschen unbesetzt. Adam lief den Gang entlang. Er blickte aus einem der Fenster und war erstaunt, wie weit er sich über dem Boden befand. Von unten hatte es gar nicht so hoch ausgesehen. Er erreichte das Führerhäuschen. Anstatt hineinzugehen, kletterte er jedoch aufs Dach der kleinen Kabine. Von hier aus konnte er mühelos auf den großen Arm steigen, der über das Frachtschiff ragte. Adam zog sich auf den Stahlträger hinauf. Die Windböen, die durch das Hafengelände fegten, waren hier oben noch stärker. Außerdem kam noch der Regen hinzu, der nun langsam zunahm. Die Oberseite des Trägers war nicht dafür konzipiert worden, dass man daran entlanglief. Es gab weder ein Geländer noch einen Boden mit Profil, der einen davor bewahrte, auszurutschen. Adam versuchte aufzustehen, doch die nasse Oberfläche war so glitschig, dass er beinahe in die Tiefe stürzte. Er hielt inne und überlegte es sich anders. Auf dieser glatten Ebene zu laufen grenzte an Selbstmord. Außerdem war das Risiko groß, dass jemand ihn vom Boden aus entdeckte. Stattdessen legte er sich der Länge nach auf den Stahlbalken und robbte langsam vorwärts. Das sichere Dach der Führerkabine und die Straße, die am Ufer entlanglief, tauchten unter ihm auf. Wenn er jetzt herunterfiel, würde man seine Überreste mit einem Spachtel entfernen müssen. Eine Windböe zerrte an ihm. Reflexartig klammerte Adam sich an den kalten Stahl. Er atmete durch. Jetzt nur nicht in Panik geraten. Er wartete, bis der Wind nachließ, und robbte dann weiter. Jetzt befand er sich über dem Deck des Schiffes. Die *Agamemnon* war so hoch beladen, dass die Container beinahe bis zu ihm hinaufreichten. Adam warf einen Blick auf die Brücke, die am anderen Ende des Schiffes in die Höhe wuchs. Dort, an der Seite der Brücke, die über den Rand des Schiffes ragte, war der Scharfschütze postiert, den er mit der Drohne entdeckt hatte. Er drehte sich in Adams Richtung um. Adam hielt inne. Wenn der Mann jetzt durch sein Zielfernrohr sah, war er geliefert. Der Schütze hielt sich das Gewehr an die Schulter und legte an.

Adams Herz klopfte bis zum Hals. Er versuchte sich nicht zu bewegen. Der Gewehrlauf des Scharfschützen hob sich. Er deutete auf das Ende des Krans. Jetzt bewegte der Schütze den Lauf nach rechts, sodass er Adam bald entdecken würde. Adam musste handeln, wenn er nicht entdeckt werden wollte. Er blickte nach unten in den Zwischenraum der beiden Stahlträger, aus denen der Kran bestand. Genau unter ihm war eine Querstrebe angebracht, die die beiden Arme miteinander verband. Der andere Arm verdeckte den Blick des Scharfschützen. Die Strebe war jedoch nur etwa einen halben Meter breit und einen Meter unter ihm. Er musste versuchen, hinunterzuspringen.

Adam ließ sich mit den Beinen voraus auf die Strebe hinunter.

Dabei unterschätzte er jedoch erneut, wie glatt die Stahloberfläche vom Regen war. Er rutschte mit dem Fuß ab und taumelte. Seine Beine glitten über den Rand der Strebe, und er fiel hinab. Im letzten Moment gelang es ihm, sich mit den Armen an die Querstrebe zu klammern. Langsam zog er sich hoch. Er legte sich auf die Strebe und atmete durch. War er entdeckt worden? Er konnte es nicht überprüfen, denn von hier aus war sein Blick auf den Scharfschützen verdeckt.

Adam wartete einige Minuten, dann stand er vorsichtig auf, indem er sich an dem stählernen Arm hochzog. Er kletterte hinauf und blickte zu dem Scharfschützen hinüber. Dieser hatte sein Gewehr wieder gesenkt. Adam atmete durch. Das war gerade noch mal gut gegangen.

Vorsichtig robbte er auf das Ende des Krans zu. Als er es fast erreicht hatte, blickte er hinunter. An dieser Stelle stapelten sich die Container auf dem Deck der *Agamemnon* so hoch, dass der Abstand zu dem Arm des Krans nur ungefähr fünf Meter betrug. Er konnte zwar nicht hinunterspringen, da er mindestens ein verstauchtes Fußgelenk riskieren würde, doch mithilfe des Seils, das er sich besorgt hatte, konnte er den obersten Container sicher erreichen. Er holte das Kletterseil aus seiner Sporttasche und warf ein Ende um den Arm des Krans. Auf der anderen Seite holte er es ein und verknotete es sicher. Er zog daran, um die Festigkeit des Knotens zu testen, und ließ sich dann daran hinab. Adam schlang beide Beine um das Seil und konnte so die Geschwindigkeit des Abstiegs kontrollieren. Sekunden später erreichte er das Dach des Containers und warf sich sofort flach auf den Boden. Er wollte es nicht riskieren, dass einer der Scharfschützen ihn hier entdeckte. Jetzt war er zwar an Bord der *Agamemnon*, doch das Deck des Schiffes befand sich immer noch meterweit unter ihm. Irgendwie musste er von diesem Containerturm hinabklettern. Er robbte an den Rand. Neben diesem befand sich ein weiterer Stapel, der jedoch eine Containerhöhe kleiner war. Da es sonst nirgendwo eine Leiter oder eine Treppe gab, blieb Adam keine andere Wahl. Er stand auf, lief an die gegenüberliegende Seite des Containers, auf dem er gelandet war, und nahm Anlauf.

Er sprang. Unsanft kam er auf dem Dach des anderen Containers auf und rollte sich ab. Der Aufprall presste ihm die Atemluft aus der Lunge. Er würde wohl ein paar blaue Flecken davontragen.

Sofort rappelte sich Adam auf und sah sich um. Jetzt befand er sich zwar auf einem niedrigeren Stapel, doch eine Leiter oder eine Treppe gab es auch hier nicht. Adam saß fest. Er drehte sich zu dem Stapel zurück, von dem er gerade heruntergesprungen war. Der Abstand zwischen den beiden Containertürmen betrug nur etwa einen halben Meter. Er blickte in den Zwischenraum hinab. Jetzt kam ihm eine Idee. Er setzte sich an den Rand seines Containers, sodass seine Beine über dem Abgrund baumelten. Dann streckte er ein Bein und einen Arm aus und stemmte sich gegen die Wand des anderen Containerstapels. Vorsichtig ließ er sich in den Zwischenraum hinab. Jetzt stemmte er sich mit Armen und Beinen zwischen die Container. Langsam und vorsichtig wie eine Spinne kletterte er so in dem Zwischenraum hinab. Es war äußerst mühsam, und seine Muskeln begannen zu schmerzen. Als er die Hälfte der Strecke zurückgelegt hatte, entdeckte er einige Meter unter sich eine Leiter, die an dem Stapel hinab bis auf den Boden führte. Adam kletterte zu ihr und stellte sich auf die oberste Sprosse. Für einen Moment musste er innehalten. Langsam ließ der Schmerz in seinen Armen und Beinen nach. Er blickte nach unten – und erstarrte. Ein Mann lief in der Gasse zwischen den Containerstapeln hindurch. Er war maskiert und trug ein schwarzes Sturmgewehr über der Schulter. Glücklicherweise hatte er Adam nicht bemerkt. Von jetzt an musste er noch vorsichtiger sein. Wenn diese Wachen ihn entdeckten, würden sie nicht zögern, ihn mit Blei vollzupumpen.

Jeder Schritt konnte sein letzter sein.

40

Adam wartete, bis die Wache um die nächste Ecke verschwunden war. Dann kletterte er die Sprossen bis zum Boden hinunter. Er nahm seinen Helm und seine orange Weste ab. Die grellen Farben hatten ihm auf dem Hafengelände eine gewisse Tarnung verliehen, doch für eine Geheimaktion waren sie viel zu auffällig. Darunter hatte sich Adam einen schwarzen Pullover und eine schwarze Hose angezogen, die es ihm erlaubten, mit den Schatten zu verschmelzen. Er schlich sich zu der Ecke, hinter der der Wachmann verschwunden war. Dicht an die Containerwand gedrängt, wagte er einen Blick in die Gasse. Der Mann mit dem Sturmgewehr hatte ihm den Rücken zugekehrt und entfernte sich schlendernd von ihm. Adam konnte durchatmen. Er hatte es an Deck der *Agamemnon* geschafft. Jetzt musste er nur noch den UNICEF-Container ausfindig machen. Da er beobachtet hatte, wie dieser verladen worden war, hatte Adam zumindest einen Anhaltspunkt, wo er mit der Suche beginnen musste. Der Kran hatte den blauen Container in den Laderaum des Schiffes gehoben. Die Öffnung des Laderaums befand sich in der Nähe der Brücke. Auf diese hielt Adam nun zu.

Er lief die Gasse entlang, die in ihre Richtung führte. Nach kurzer Zeit gelangte er an eine T-Kreuzung, an der der Gang an einem Geländer endete. Er sah über den Rand des Geländers nach unten. Jetzt erst bemerkte er, dass er sich gar nicht am *Boden* des Schiffes befand, sondern auf einer Zwischenplattform, auf der die Container aufgestapelt waren. Unter der Plattform war ein Zwischenraum, der es einem erlaubte, alle Bereiche des Schiffes zu Fuß zu erreichen. Adam war sich sicher, dass dort unten die meisten Wachen ihre Runden drehten. Er musste herausfinden, wo genau sie sich aufhielten, wenn er ihnen ausweichen wollte. Am Fuß des Geländers war eine Lücke, durch die sein Oberkörper gerade so hindurchpasste. Adam legte sich bäuchlings hin, robbte vorwärts und zwängte seinen Kopf und seine Schultern durch den Zwischenraum. Dann beugte er sich vor, hielt sich mit den Händen am Geländer fest und schob seinen Kopf so weit über den Rand der Plattform, dass er einen Blick auf das eigentliche Deck des Frachters werfen konnte. Sein Kopf hing im Geschoss unter ihm wie eine merkwürdige Fledermaus von der Decke herab. Zwei Wachen standen rechts von ihm an einer der Stahlsäulen, die die Plattform trugen. Sie hatten ihm den Rücken zugewandt und unterhielten sich. Adam zog seinen Kopf wieder nach oben, bevor diese ihn bemerken konnten. Er stand auf. Der Gang der T-Kreuzung verlief quer über die gesamte Breite des Schiffes, und Adam entschied sich nun für die Richtung, die von den beiden Wachen unter ihm wegführte. Er ging bis ans Ende des Ganges. Dort befand sich eine Treppe, die zu der Gasse hinunterführte, die auf der unteren Etage an der Längsseite des Schiffes verlief. So leise wie möglich ging Adam die Treppenstufen hinunter. Ihre Oberfläche bestand aus einem Metallgitter, das ziemlich schepperte, wenn man mit voller Wucht darauf trat. Er kam unten an und drehte sich in Richtung der Brücke. Adam erstarrte. Keine drei Meter vor ihm stand einer der Wachposten. Glücklicherweise war er gerade damit beschäftigt, genüsslich an seiner Zigarette zu ziehen und dabei aufs Wasser zu schauen, sonst hätte er Adam sofort entdeckt. Adam glitt zu Boden und versteckte sich unter der Treppe, die er gerade hinabgelaufen war.

Durch seine schwarze Kleidung war er zwar einigermaßen getarnt, doch wenn der Wachposten die Treppe hinaufgehen und dabei nach unten sehen würde, war Adam geliefert. Er hielt die Luft an. Die Schritte des Wachmanns näherten sich. Zuerst dachte Adam, dass der Mann an der Treppe vorbeigehen würde, doch dann überlegte dieser es sich anders. Adam lag auf dem Rücken und blickte durch die Gitter, aus denen die Treppenstufen bestanden. Der Mann trat auf die erste Stufe. Ein Blick nach unten, und alles war aus. Adams Puls pochte in seinem Gehörgang. Der Mann blieb stehen. Hatte er Adam entdeckt? Eine Schrecksekunde lang war Adam überzeugt, dass er aufgeflogen war. Doch dann ließ der Mann seine noch glimmende Zigarettenkippe fallen. Er stieg mit dem Fuß darauf, um sie auszudrücken, was zur Folge hatte, dass diese durch ein Loch in der Treppenstufe auf Adams Gesicht fiel. Die Glut der Zigarette brannte auf seiner Wange. Er biss die Zähne zusammen, um keinen Schmerzenslaut von sich zu geben, und wischte sich die Kippe vom Gesicht. Der Mann setzte seinen Aufstieg fort und betrat die obere Plattform. Wenn Adam diese nur eine Minute später verlassen hätte, wäre er dem Mann direkt in die Arme gelaufen.

Er wartete einige Sekunden, bis die Schritte des Mannes verhallt waren, dann kroch er aus seinem Versteck hervor und stand auf. Leise huschte er am Rand des Schiffes entlang. Jedes Mal, wenn er an eine der Gassen kam, die seitlich über das Schiff führten, lugte er um die Ecke, um sicherzugehen, dass ihm niemand über den Weg laufen würde.

Die Brücke des Schiffs, die wie ein weißes Gebäude aus Stahl vor ihm in den Himmel ragte, kam immer näher. Als er ihren Fuß schon fast erreicht hatte, tat sich zu seiner Linken eine Lücke in den Containern auf. Hier befand sich eine offene Luke, durch die man in das Unterdeck des Schiffes blicken konnte. Der Laderaum war in mehrere Sektionen unterteilt, die wie übergroße Regalreihen wirkten. Die Container waren dort übereinander mithilfe vertikaler Schienen aufgestapelt. Das Ganze wirkte auf Adam wie eine riesenhafte Version des Spiels *Vier gewinnt*, bei dem die Chips durch Container ersetzt worden waren. Zwischen den einzelnen Containerreihen befanden sich offene Treppenaufgänge, über die man selbst die untersten Container erreichen konnte. Irgendwo da unten war der UNICEF-Container verstaut worden, in dem Adam die Waffen vermutete. Eine Luke neben der Öffnung des Laderaums führte zu einer der Treppen. Adam öffnete diese und fand eine Leiter, die er hinunterstieg. Sie führte zum ersten Untergeschoss des Laderaums. Die Fronten der obersten Großraumbehälter waren gut sichtbar, und Adam ging die Reihe von links nach rechts ab, um den markanten blauen Container zu finden. Im ersten Untergeschoss hatte er kein Glück, doch ein Stockwerk tiefer hatte seine Suche endlich Erfolg. Ein blauer Behälter stand dort etwa in der Mitte der Reihe. Das UNICEF-Logo prangte auf seiner Tür. Jetzt musste Adam nur noch einen Weg finden, ihn zu öffnen. Das stellte sich als schwierig heraus, denn die Tür war mit einem dicken Vorhängeschloss gesichert. Adam hob es an und rüttelte daran. Nichts zu machen, der Bügel saß fest. Er blickte sich um. Gab es hier irgendetwas, das er als Brecheisen benutzen konnte? In seiner Umgebung war nichts zu sehen. Adam nahm die Treppe, die ein Stockwerk tiefer führte. Dort, an einer der Säulen, die das Treppenhaus trugen, war ein Feuerlöscher angebracht. Darüber befand sich eine Feueraxt aus rotem Stahl, die in einem Glaskasten hing. *Nur im Notfall einschlagen* stand darunter auf einem Schild. Das ist ein Notfall, dachte Adam und benutzte seinen Ellbogen, um die Glasscheibe einzudrücken. Vorsichtig darauf achtend, dass er sich nicht an den Glasscherben schnitt, hob er die Axt heraus. Sie lag erstaunlich schwer in seiner Hand. Adam trug sie in das Stockwerk hinauf, wo er den UNICEF-Container gefunden hatte. Er stellte sich breitbeinig vor der Tür auf, hob die Axt über seinen Kopf und benutzte ihr Gewicht, um sie mit Schwung auf das Schloss hinabsausen zu lassen. Mit einem ohrenbetäubenden Scheppern schlug sie auf dem Stahlbügel des Vorhängeschlosses ein. Adam hielt inne. Hatte er mit dem Lärm das ganze Schiff alarmiert? Er hörte nichts und atmete durch. Dann warf er einen näheren Blick auf das Schloss. Er hatte eine Kerbe in den Stahl gehauen, doch er würde noch einige Schläge brauchen, um ihn zu durchtrennen. Beim ersten Schlag hatte er Glück gehabt, doch wenn er wieder und wieder zuschlug, würde ihn früher oder später sicher jemand hören. Was sollte er tun?

Einen Moment später löste sich das Problem von ganz allein. Eine Erschütterung ging durch den Rumpf des Schiffes. Adam musste sich festhalten, um nicht zu Boden zu fallen. So musste sich wohl ein Erdbeben anfühlen. Doch es war keines. Ein Wummern drang zu ihm hinauf, tief aus den Eingeweiden des Frachtschiffes. Es steigerte sich zu einem Grollen, das durch den Laderaum dröhnte. Es gab keinen Zweifel. Die Motoren des Schiffes waren angesprungen.

Die *Agamemnon* stach in See.

41

Ein Problem hatte das andere abgelöst. Jetzt konnte er so viel Krach verursachen, wie er wollte, über das Dröhnen der Maschinen würde ihn niemand hören. Doch im Gegenzug war er auf diesem Schiff gefangen. Wenn er es nicht irgendwie schaffte, Beweise für die Waffenlieferung zu finden und damit von Bord zu kommen, bevor sie das offene Meer erreichten, war er dazu verdammt, als blinder Passagier bis zum Zielhafen mitzufahren. Eins nach dem anderen, dachte er sich.

Er hob die Axt an und schlug erneut damit zu. Wieder und wieder ließ er die schwere Klinge auf das Vorhängeschloss niedersausen. Da er jetzt nicht mehr auf die Geräusche achten musste, die er verursachte, konnte er mit aller Kraft zuschlagen. Trotzdem sah er sich immer wieder um, falls einer der patrouillierenden Wachen zufällig in seine Richtung kam. Nach sieben Schlägen gab das Schloss nach. Der Bügel brach in zwei Hälften, und es fiel scheppernd zu Boden. Adam zog an der Stange, die die Tür verriegelte. Sie öffnete sich, und Adam betrat den Innenraum.

Die Lampe, die den Laderaum des Schiffes mit ihrem schummrigen Licht erhellte, war die einzige Lichtquelle. Die Ladung des Containers lag in völliger Dunkelheit. Adam zog sein Handy aus der Hosentasche und schaltete die Taschenlampe ein. Im Lichtkegel tauchte ein Stapel Säcke auf, die im Innenraum aufgeschichtet worden waren. Adam zog einen von ihnen zu sich heran. Das UNICEF-Logo war darauf zu sehen. Hatte De Laurent die Waffen in den Säcken versteckt? Adam musste es überprüfen. Er benutzte die scharfe Kante der Feueraxt, um ein Loch in das Plastikgewebe zu schneiden. Ein Rinnsal goldener Weizenkörner rieselte daraus hervor. Adam leerte den Sack auf dem Boden des Containers aus, doch außer dem Getreide enthielt er nichts. Fehlanzeige. Adam dachte nach. Er konnte ja wohl kaum die ganze Ladung aufschneiden und überprüfen. Was wäre, wenn er mit seinem Verdacht völlig danebenlag? Dann würde er tonnenweise Weizen verschwenden, der für bedürftige Menschen bestimmt war. Vielleicht musste er anders an die Sache herangehen. Er musste sich in De Laurent hineinversetzen. War es wirklich die beste Methode, die Waffen in einzelnen Säcken zu verstauen? War das nicht viel zu aufwendig? Adam sah sich den Stapel an. Es war doch möglich, dass diese Säcke eine Art Hülle bildeten, in deren Mitte die Waffen versteckt worden waren. Es gab nur eine Methode, diese Theorie zu überprüfen. Adam kletterte auf den Stapel und begann, die oberste Schicht abzutragen, indem er die Säcke so sanft wie möglich zu Boden gleiten ließ. Es war mühsame Arbeit. Jeder einzelne wog mindestens fünfzig Kilogramm, und Adam musste sich mit den Händen abstützen und gleichzeitig mit den Füßen schieben, um sie überhaupt vom Fleck zu bewegen. Nach zehn Minuten hatte er die oberste Reihe abgetragen. Er hielt inne und wischte sich den Schweiß von der Stirn. Nach einer kurzen Pause nahm er die Arbeit wieder auf. Er bugsierte drei weitere Säcke auf den Boden. Als er den letzten Sack von seinem Platz bewegt hatte, kam darunter ein Zwischenraum zum Vorschein. Adams Arm würde gerade so hineinpassen. Er legte sich auf den Bauch und steckte seinen Arm in das Loch. Als dieser vollkommen darin versunken war, streckte er seine Finger aus … und berührte Metall.

Sofort rappelte er sich auf und begann, mit neuem Elan die

Lücke freizuräumen. Es dauerte eine halbe Stunde, bis er die vier Schichten, die die Metallplatte verdeckten, entfernt hatte. Doch als er endlich den letzten Sack vom Stapel heruntergeschoben hatte, blickte er auf eine grünlich graue Metallkiste. Sie hatte etwa die Größe eines Kleinwagens, und war ringsherum in die Getreidesäcke eingebettet wie das Dotter in einem Eiweiß. An der Seite war sie mit einem großen Vorhängeschloss abgesperrt.

Adam kletterte von dem Getreidestapel herunter und ergriff die Axt, die er am Boden des Containers zurückgelassen hatte. Damit kletterte er wieder auf die Kiste hinauf. Mit Schwung ließ er sie auf das Vorhängeschloss niedersausen. Zehn Schläge später war sein Bügel durchtrennt. Adam legte die Axt ab. Sein Puls raste. Mit zitternden Händen öffnete er den Metalldeckel und klappte ihn nach hinten. Erschöpft ließ er sich auf die Fersen sinken. Im Inneren der Kiste lagen, vorsichtig in Schaumstoff eingebettet wie Pralinen in einer Schachtel, genug Antipersonenminen, um einen ganzen Landstrich unbegehbar zu machen. Das war der Beweis, den er gesucht hatte. De Laurent schmuggelte im großen Stil verbotene Waffen. Adam nahm sein Handy aus der Tasche und öffnete die Kamera-App. Er schoss einige Fotos der Minen. Für den Transport waren diese sicher entschärft worden, dennoch war er äußerst vorsichtig, als er ein Exemplar aus dem Schaumstoffbett hob und es so drehte, dass man das Logo des Herstellers und die Seriennummer lesen konnte. Er machte weitere Fotos und öffnete dann seine E-Mail-App. Aus der Galerie wählte er die besten Bilder aus, dann hängte er diese an eine E-Mail an, die er an Yasemin adressierte. Er drückte auf *Senden*. Verdammt, kein Netz! Hier im Laderaum hatte sein Handy natürlich keinen Empfang. Er musste ans obere Deck zurückkehren. Adam steckte sein Handy wieder ein, kletterte von dem Getreidestapel herab und verließ den Container. Es hatte keinen Sinn, ihn wieder zu verschließen. Das würde ihn nur Zeit kosten, die er nicht verschwenden durfte. So schnell er konnte, rannte er die Treppen des Laderaums hinauf. Er kletterte die Leiter empor und fand sich auf dem Deck des Frachters wieder. Hastig blickte er sich um, doch es war keiner der Wachmänner zu sehen. Er lief zum Rand des Schiffes und blickte über die Reling. Die Agamemnon war kurz davor, das Festland hinter sich zu lassen und aufs offene Meer hinauszufahren. Adam kramte sein Handy hervor. Die Signalanzeige hatte einen einzigen Strich. Er öffnete das E-Mail-Programm und drückte erneut auf *Senden*. Ein Icon erschien auf dem Display, das sich im Kreis drehte.

»Mach schon«, flüsterte Adam dem Handy zu, als würde er dadurch den Sendevorgang beschleunigen. Selbst wenn die E-Mail erfolgreich verschickt würde, musste er ja noch einen Weg finden, zurück aufs Festland zu kommen. Sollte er einfach über Bord springen? Er blickte über die Reling. Der Wind war stärker geworden und peitschte ihm dicke Regentropfen ins Gesicht. Unter ihm schäumte das Wasser und warf große Wogen an den Bauch des Schiffes. Da hineinzuspringen, bedeutete den sicheren Tod. Er blickte aufs Handy. Das Icon drehte sich immer noch sorglos weiter, als hätte es alle Zeit der Welt.

»Komm schon, komm schon!«, beschwor Adam das Handy.

Er blickte sich um. War das die Lösung? Hinter ihm hing ein Rettungsring in einem Gehäuse. Wenn er sich diesen umlegte und ins Wasser sprang, dann …

»Hey!«, rief eine Stimme neben ihm. Adam drehte sich zu ihr um. Der Lauf eines Sturmgewehrs traf ihn an der Schläfe.

Er fiel in ein schwarzes Loch.

42

Nordsee, Nordöstlich der Niederlande

Adam kam zu sich. Er setzte sich auf. Sein Schädel dröhnte. Er fasste sich an die Schläfe und spürte Blut. Die Zähne zusammenbeißend stand er auf. Er befand sich in einem engen Raum, der nicht größer war als eine Besenkammer. In der einen Wand befand sich ein Bullauge, gegenüber davon, auf der anderen Seite, eine Stahltür. Er ging zu der Tür und drückte die Klinke herunter, doch diese war von außen versperrt. Adam drehte sich um und ging zu dem Bullauge. Er musste auf die Zehenspitzen steigen, um hinaussehen zu können. Draußen war es mittlerweile Nacht geworden. Regentropfen fielen aus dem schwarzen Himmel herab und prasselten an die Scheibe. Er musste sich im Gebäude der Brücke befinden, denn tief unter ihm sah er das Lastendeck, auf dem die Container verstaut waren. Adam griff in seine Hosentasche. Es überraschte ihn nicht, dass sein Handy verschwunden war.

Hatte seine E-Mail Yasemin erreicht? Wie lange war er bewusstlos gewesen? Er hatte sich in den frühen Morgenstunden an Bord geschlichen. Da es jetzt schon Nacht war, waren sie sicher schon viele Seemeilen vom Hamburger Hafen entfernt. Adam ließ sich zu Boden sinken und setzte sich mit dem Rücken an die Wand. Er konnte nichts tun, außer zu warten. Früher oder später würde schon jemand nach ihm sehen. Er behielt recht, und es dauerte keine Viertelstunde, bis die Tür zu seinem Gefängnis von außen geöffnet wurde. Ein schwarz gekleideter Mann betrat den Raum. Er trug ein Sturmgewehr, und sein Gesicht war mit einer Skimaske verdeckt, die Löcher für Augen, Nase und Mund besaß. Der Mann grinste ihn an. Adam erwiderte das Grinsen nicht. Mit einer Hand griff der Mann nach der Skimaske und zog sie sich vom Kopf. Eine blank polierte Glatze kam zum Vorschein. Es handelte sich um niemand anderen als Bruno, den Mann, der seine Eltern erschossen hatte.

»Würde es dir etwas ausmachen, mir zu folgen?«, fragte er in übertrieben höflichem Französisch. Adam blickte ihn böse an. Eine unbändige Wut flammte in seinem Herzen auf. Bruno winkte mit dem Lauf seines Gewehrs. Adam stand auf. Bruno trat rückwärts aus dem Raum heraus, um Adam Platz zu machen und ihn dabei nicht aus den Augen zu lassen. Als dieser an ihm vorbeigegangen war, folgte Bruno ihm. Mit dem Gewehrlauf drückte er ihn unsanft in Richtung einer Tür, die ins Freie führte. Adam öffnete sie. Sofort schlug ihm eine Eiseskälte entgegen. Sie befanden sich nun auf der hinteren Seite der Brücke, wo Treppen vom unteren Deck bis ganz hinauf zum Kommandostand führten. Bruno bedeutete ihm, die Treppe hinaufzusteigen. Adam musste sich immer wieder am Geländer festhalten, da die hohen Wellen das Schiff auf- und niedersinken ließen. Sie erklommen zwei Treppenabsätze, bis sie eine Tür erreichten, die wieder ins Innere führte. Bruno öffnete sie, und Adam ging hinein.

Er fand sich auf der Kommandobrücke wieder. Durch die großen Fenster, die von Scheibenwischern vom Wasser befreit wurden, konnte er das gesamte Deck der *Agamemnon* überblicken. Konsolen mit Schaltern, Anzeigetafeln und Radardisplays nahmen die Front des Raumes ein. In der Mitte stand eine Säule mit einem Steuerrad, das etwa so groß war wie das Lenkrad eines

Autos. Die Brückenbesatzung bestand aus drei Männern. Einer von ihnen stand am Steuerrad, die anderen beiden hatten sich an der Seite postiert und blickten auf den Bildschirm des Radars. In der Mitte der Konsole stand ein weiterer Mann, der den Fenstern den Rücken zugedreht hatte und Adam jetzt zulächelte. Es war niemand anderer als Rocco De Laurent.

»Adam«, begann er. »Wie schön, dass du uns besuchst. Wenn du mir gesagt hättest, dass du dich für Schiffe interessierst, hätte ich dir eine Führung organisieren können.«

»Ich interessiere mich nicht für Schiffe«, gab Adam zurück. »Ich interessiere mich für illegale Waffen.«

Roccos Grinsen wurde breiter. »Du bist nicht auf den Mund gefallen«, sagte er. »Jedes Mal, wenn sich unsere Wege kreuzen, wirst du mir sympathischer. Leider bist du in deiner Neugier diesmal zu weit gegangen. Was soll ich mit dir bloß anfangen, Junge?« Rocco schnalzte mehrmals mit der Zunge und schüttelte den Kopf.

Adam blieb stumm. Er funkelte ihn böse an.

»Ich könnte dich einfach über Bord werfen lassen, aber das wäre … unsportlich. Außerdem würde Claire mir niemals verzeihen. Sie hat immer noch Gefühle für dich, Adam.«

Adam senkte den Blick.

»Sie war sehr betrübt, als du einfach von unserem Landsitz verschwunden bist. Das war nicht die feine Art. Als Gentleman hätte ich mehr von dir erwartet.«

»Dass Sie mich in einem Minenfeld zurückgelassen haben, haben Sie ihr nicht zufällig erzählt?«, sagte Adam.

»Du machst es mir schwierig, Junge. Ich mag dich. Ich mag dich wirklich! Eine letzte Chance will ich dir geben.«

Rocco öffnete die Arme. Sein Tonfall klang sanft wie das Schnurren einer Katze. »Komm zu uns, hm? Claire würde sich so freuen. Und ich mich auch. Ich habe keinen Sohn, weißt du, und einer wie du, der schlagfertig ist, der sich nichts gefallen lässt, der das Leben in vollen Zügen genießt, der würde genau dem entsprechen, was ich mir unter einem Sohn vorstelle.«

»Ich bin aber schon der Sohn von jemand anderem«, sagte Adam kalt.

Roccos Grinsen gefror. »Hm, schade. Du lässt mir leider keine Wahl.«

Er nickte Bruno zu. Dieser zog eine Handfeuerwaffe aus seinem Gürtel und hielt sie Adam an die Stirn.

»Nicht hier drinnen«, sagte De Laurent. »Mach es draußen. Da hallt es nicht so laut, und wir haben weniger Ärger mit dem Saubermachen.«

Adam blickte Bruno an. Der Mörder seiner Eltern grinste ihn selbstgefällig an. Jetzt würde er sein Werk vollenden und das letzte Mitglied der Familie Cassel hinrichten. Jeder Muskel in Adams Körper war zum Zerreißen gespannt. Er biss die Zähne so fest zusammen, dass sein Unterkiefer zitterte. Doch es war keine Todesangst, die von ihm Besitz ergriffen hatte. Es war Wut.

Bruno nahm die Pistole von seiner Stirn und drückte sie ihm in den Rücken. Er dirigierte ihn zur Tür. Adam rührte sich nicht.

»Dann muss ich mir eben die Ohren zuhalten«, sagte Rocco trocken.

Bruno nahm die Pistole von Adams Rücken und setzte sie an seinen Hinterkopf. Adam fühlte den kalten Stahl auf seiner Haut.

Er schloss die Augen.

Er hatte versagt.

43

Von draußen drang ein Knattern zu ihnen herein. Erst war es nur ganz leise und wurde vom Getöse der Wellen übertönt, doch dann war es ganz deutlich zu hören. In diesem Moment wurde die Brücke von grellem Licht geflutet. Alle Augen blickten zu den Fensterscheiben. Über dem Vorderdeck schwebte ein schwarzer Hubschrauber, an dessen Unterseite ein heller Scheinwerfer befestigt war, der direkt in die Brücke leuchtete. Eine Stimme ertönte über einen Lautsprecher: »Lassen Sie die Waffen fallen, und leisten Sie keinen Widerstand.«

Adam blickte Rocco an.

Sein Grinsen erlosch. »Bruno. Die Waffe.«

Der Bodyguard warf Rocco die Pistole zu. Dieser richtete sie auf Adam.

»Kette ihn an der Konsole an, und dann kümmere dich um diese Typen.«

Bruno nahm einen Satz Handschellen von seinem Gürtel und ließ eine Seite um Adams Handgelenk einrasten. Die andere befestigte er an einem Stahlgriff, der an der Brückenkonsole angebracht war. Er händigte den Schlüssel Rocco aus.

»Glaub nicht, dass das deine Rettung ist, Freundchen«, raunte dieser.

Adam bemerkte jedoch, dass Unsicherheit in seiner Stimme mitschwang.

»Bruno, einer unserer Lieferanten hat uns einige Ansichtsexemplare überlassen. Jetzt ist eine gute Gelegenheit, sie zu testen.«

Bruno betrat einen kleinen Aufenthaltsraum, der sich hinter der Brücke befand. Einen Moment später erschien er wieder. Er zog eine große graue Kiste hinter sich her, deren Deckel er nun öffnete. In ihrem Inneren lag ein Rohr, das etwa zwei Meter lang war. Es besaß einen Handgriff mit Zielsucher und einen Abzug. Daneben befanden sich zwei Raketen, die etwa die Größe von Maiskolben hatten. Bruno nahm eine der Raketen und steckte sie in das Rohr. Damit verließ er die Brücke.

Adam blickte zu dem Hubschrauber. Schwarz gekleidete Phantome waren gerade dabei, sich von der Unterseite abzuseilen und auf dem Deck des Frachters zu landen. Sofort entbrannten überall auf dem Schiff Feuergefechte, als die Wachposten das Feuer auf die Eindringlinge eröffneten. Das Tack-tack-tack der Maschinengewehre hallte über das Deck, und überall flammte Mündungsfeuer auf.

Bruno hatte sich auf der Aussichtsplattform neben der Brücke postiert. Er schulterte den Raketenwerfer, den er aus der Kiste genommen hatte, und legte auf den Hubschrauber an. Sofort drehte dieser ab und gewann an Höhe. Bruno drückte den Abzug. Mit einem Feuerstrahl und einem ohrenbetäubenden Zischen flog die Rakete los. Der Pilot des Helis vollführte ein waghalsiges Manöver und ließ sein Fluggerät steil in die Höhe fliegen. Kurz bevor die Rakete ihr Ziel erreicht hatte, ließ er den Hubschrauber absacken. Die Rakete verfehlte ihn um Haaresbreite und jagte in den Nachthimmel.

»Monsieur De Laurent, zwei Radarkontakte, die sich schnell nähern!«, rief einer der Männer, die an den Displays standen. »Kommen aus südöstlicher Richtung. Wahrscheinlich Schnellboote.«

Rocco fletschte zornig die Zähne. Er saß in der Falle. Er wusste, dass es keinen Ausweg gab.

»Monsieur De Laurent«, begann Adam. »Es ist aus. Das wissen Sie so gut wie ich. Selbst wenn Sie diesen Angriff abwehren, sitzen Sie auf diesem Frachter fest. Am nächsten Hafen, in den Sie einlaufen, wird die Polizei auf Sie warten.«

Rocco wischte sich über das Gesicht. Mit wild aufgerissenen Augen blickte er vom Radardisplay zu Bruno und dann zu dem Hubschrauber. Adam konnte förmlich sehen, wie Rocco versuchte, einen Ausweg zu finden.

»Geben Sie auf«, sagte Adam. »Befehlen Sie Ihren Männern, das Feuer einzustellen. Wenn Sie sich ergeben und dann gegen die Leute aussagen, die Sie angeheuert haben, dann kommen Sie vielleicht noch glimpflich aus der Sache heraus.«

Jetzt drehte Rocco sich zu Adam um. Ein fast wahnsinniges Grinsen lag auf seinem Gesicht. »Aus der Sache rauskommen?«, fragte er höhnisch. »Du kapierst es nicht, Junge. Wenn ich gegen diese Leute aussage, bin ich so gut wie tot. Und meine Familie genauso. Du willst nicht wissen, was sie mit Claire anstellen würden.«

»Es gibt Zeugenschutzprogramme«, sagte Adam. »Sie könnten untertauchen.«

»Zeugenschutzprogramme!« Rocco lachte laut auf.

»Mein Junge, das Auge sieht alles. Und das Auge kennt keine Gnade.«

Adam runzelte die Stirn. Was meinte er damit?

»Nein, mein Lieber, ich werde dieses Schiff nicht mehr lebend verlassen. Aber du auch nicht.«

Rocco richtete die Pistole auf ihn. Adam hob beschwichtigend die Hände. Doch Rocco drückte nicht ab. Er wandte sich an die Brückenbesatzung. »Zeit von Bord zu gehen!«, rief er ihnen zu.

Das ließen die Männer sich nicht zweimal sagen. Sie rannten zur Tür und verließen, so schnell sie konnten, die Brücke. Rocco zog einen kleinen Kasten aus der Innentasche seines Anzugs. In dessen Mitte befand sich ein unscheinbarer schwarzer Knopf.

»Der Container, in dem sich die Lieferung befindet, ist genau für diesen Fall mit Sprengladungen ausgestattet. Niemand wird einen Beweis dafür finden, dass die Waffen je an Bord waren, wenn dieses Schiff am Meeresgrund liegt.«

»Aber wenn Sie jetzt zünden, dann …« Weiter kam Adam nicht.

Rocco drückte den Knopf. Es dauerte genau zwei Herzschläge, bis der gesamte Frachter von einer Druckwelle erschüttert wurde, die ihren Ursprung tief unten im Laderaum des Schiffes hatte. Die *Agamemnon* wurde von einem Beben erfasst, das Adam und Rocco von den Füßen fegte. Adam war immer noch an der Konsole festgekettet, und die Handschellen gruben sich in sein Handgelenk, als er zu Boden fiel. Rocco rappelte sich auf und zog Adam unsanft auf die Beine. Sie blickten auf das Vorderdeck des Schiffes. Zwei Schnellboote fuhren rechts und links neben der *Agamemnon*, doch anstatt die *Agamemnon* zu entern, rettete die Besatzung jetzt die Angreifer, die sich aus dem Hubschrauber abgeseilt hatten. Die Besatzung des Frachters bestieg derweil ein Rettungsboot, das an der Seite des Schiffes festgemacht war. Über eine Rutsche schlitterte es ins Wasser. Der Helikopter beleuchtete mit seinem Scheinwerfer das Leck, das Roccos Detonation in den Schiffsrumpf gerissen hatte. Die Stelle, an der Adam den Waffencontainer gefunden hatte, versank bereits unter der Oberfläche. Der Container musste mit einer solchen Wucht explodiert sein, dass er ein Loch in die Unterseite des Schiffes gerissen hatte. Der Boden bebte, und das laute Quietschen von berstendem Metall drang zur Brücke hinauf.

»Sieh hin«, sagte Rocco. »Das ist dein Werk. Du hättest alles haben können, Adam. Mein Geld, mein Land, sogar meine Tochter. Stattdessen wirst du hier mit mir zu Grunde gehen. Wir bleiben hier auf der Brücke. Wie jeder gute Kapitän.«

Wasser schwappte in das Loch, das die Explosion ins Vorderdeck geschlagen hatte. Bug und Heck der *Agamemnon* hoben sich aus dem Wasser, als der Frachter in zwei Teile brach. Wie auf einer riesigen Achterbahn kippte die Brücke nach vorn. Adam taumelte und krachte gegen die Fensterfront, die nun den Boden des Raums bildete. Rocco jedoch, der nicht mit Handschellen an die Konsole gekettet war, konnte sich nirgendwo festhalten. Er flog mit voller Wucht durch den Raum und knallte mit dem Kopf gegen eine Stahlstrebe, die aus der Decke ragte. Er blieb reglos liegen. Adam versuchte, seine Hand aus den Handschellen zu ziehen, doch Bruno hatte ganze Arbeit geleistet. Der Bügel saß fest. Es war aussichtslos. Ohne den Schlüssel würde er seine Hand nicht freibekommen.

Der Schlüssel!

Rocco hatte ihn in seine Innentasche gesteckt. Nach seiner Kollision mit der Stahlstrebe war er in der Mitte der Brücke liegen geblieben. Adam versuchte ihn zu erreichen. Er streckte seine freie Hand, soweit er konnte, aus, doch es fehlten ihm einige Zentimeter, um De Laurents zusammengesackten Körper zu erreichen.

Ein Ruck ging durch das Schiff. Das Wasser breitete sich im unteren Frachtdeck aus, was die beiden Schiffshälften, die aus dem Meer ragten, wie Korken hin- und herschaukeln ließ. Adam schwankte zurück. Alles, was nicht niet- und nagelfest war, taumelte zur linken Seite. Auch De Laurents Körper rutschte auf dem glatten Boden in Richtung der Seitentür. Adam griff danach und erwischte De Laurent am Kragen seines Anzugs. Sein Körper war so schwer, dass sein Gewicht Adams gefesselte Hand an den Bügel der Handschelle quetschte. Adam biss die Zähne vor Schmerz zusammen. Er zog mit aller Kraft an De Laurents Anzug. Wenn er mit seiner Hand die Innentasche erreichte, konnte er vielleicht den Schlüssel herausziehen. Der Frachter stabilisierte sich. Rocco rutschte ein wenig auf ihn zu. Adam streckte die Hand aus. Er konnte mit den Fingerspitzen die Seide fühlen, mit der die Innenseite von Roccos Anzug gefüttert war. Jetzt verschwanden seine Finger in der Innentasche. Mit seinen Fingerspitzen ergriff er den winzigen Schlüssel.

In diesem Moment öffnete Rocco die Augen. Blut rann aus seiner Schläfe und seinem Mund. Er grinste Adam halb wahnsinnig an. Wie in Zeitlupe hob er die Pistole, die er immer noch mit der Hand umklammert hielt. Er setzte sie an Adams Stirn.

»*Au revoir!*«, rief er.

In diesem Moment hatte die sinkende Brücke die Wasseroberfläche erreicht. Als die Brücke auf das Wasser auftraf, barsten die Fensterscheiben mit einem lauten Knall.

Rocco drückte ab, doch im selben Moment wurde er von den Wassermassen erfasst. Die Kugel seiner Pistole verfehlte Adams Schädel und bohrte sich in seine Schulter. Er spürte einen brennenden Schmerz. Das Wasser, das nun in einem großen Schwall durch die Fenster drang, hob Adam und Rocco an. Adam zog den Schlüssel aus der Innentasche, doch in der Strömung des Wassers glitt er ihm aus den Fingern. Er sank abwärts und blieb an der Konsole hängen, knapp unterhalb der geborstenen Fenster, die nun vollständig unter Wasser lagen. Wenn der Schlüssel durch die Fenster fiel, würde er in den endlosen Wellen verschwinden. Adam musste ihn zu fassen kriegen.

Die Brücke war nun schon zur Hälfte mit Wasser gefüllt. Es war eiskalt. Adam schnappte nach Luft und tauchte unter. Die Brückenbeleuchtung fiel mit einem Funkenregen aus, und Adam konnte nicht einmal mehr die Hand vor Augen sehen. Blind tastete er den Boden nach dem Schlüssel ab. Die Luft ging ihm aus. Die Kälte schnürte ihm die Lunge zu.

Adam versuchte erneut aufzutauchen, doch die Handschellen hinderten ihn daran, den Kopf aus dem Wasser zu heben. Es gelang ihm gerade so, das Kinn und seinen Mund in die Luftblase zu halten, die jetzt nur noch das obere Drittel der Brücke einnahm. Er sog so viel Luft ein, wie er konnte, mit der Gewissheit, dass er, ohne die Handschellen zu lösen, nicht noch einmal Luft holen würde. Adam tauchte unter. Krampfhaft suchte er mit seinen Fingern den Boden nach dem winzigen Schlüssel ab. Mit jeder Sekunde wurde das Brennen in seinen Lungen unerträglicher. Sein ganzer Körper schrie danach, den Mund zu öffnen und einzuatmen, doch das würde den sicheren Tod bedeuten. Seine Hand begann zu zittern. Ihm wurde schwarz vor Augen.

In diesem Moment berührten seine Fingerspitzen den Schlüssel. Für einen Moment schöpfte er neue Kraft. Er griff nach dem Schlüssel und suchte das Loch des Schlosses. Er ließ ihn hineingleiten. Mit zitternden Händen drehte er ihn herum.

Es klickte. Der Bügel sprang auf.

Adam war frei.

Mit den Füßen stieß er sich vom Boden ab und schwamm mit einem kräftigen Zug auf die Luftblase zu, die an der Decke der Brücke immer mehr zusammenschrumpfte. Sein Kopf durchstieß die Wasseroberfläche und er sog Luft ein. Einen Moment lang atmete er durch. Der Wasserpegel stieg unvermindert. Wenn er von dem sinkenden Schiff entkommen wollte, musste er sofort handeln. Er wusste nicht, wie viele Meter der Frachter schon unter der Oberfläche lag. Möglicherweise war es längst zu spät.

Er füllte seine Lunge ein letztes Mal mit Luft und ließ sich ins eiskalte Wasser sinken. Da seine Schulter von Roccos Schuss immer noch außer Gefecht war, konnte er nur mit einer Hand schwimmen. Mit kräftigen Zügen tauchte er ab. Er schwamm durch die geborstenen Fenster nach draußen. Jetzt bot sich ihm ein Anblick, der ihn, trotz seiner prekären Lage, innehalten ließ. Der Scheinwerfer des Hubschraubers, der immer noch im Nachthimmel kreiste, warf einen fahlen Lichtkegel ins Wasser. Dieser glitt über das Wrack des Frachters. Die zwei Teile sanken langsam in die Tiefe. Die *Agamemnon* wirkte wie ein Titan aus einer griechischen Sage, ein Koloss, der aus Tausenden Wunden Luftblasen blutete, die in funkelnden Strömen an die Oberfläche stiegen. Jetzt erleuchtete der Lichtschein eine Figur, die wie ein schwarzer Engel in der Mitte der Szenerie schwebte.

Es war Rocco De Laurent.

Er war aus den Fenstern der Brücke gespült worden und hing nun im Wasser, Arme und Beine ausgestreckt, als würde er fliegen.

Er blickte Adam aus toten Augen an. Sein Gesicht war zu einem unheimlichen Grinsen gefroren.

Adams Lunge meldete sich zu Wort. Er blickte nach oben. Die vom Sturm aufgewühlte Wasseroberfläche befand sich meterweit über ihm. Adam trat mit den Füßen, doch der Sog des untergehenden Schiffes zog ihn in Richtung des Meeresbodens. Er nutzte seine letzten Kraftreserven und paddelte mit den Beinen. Mit seinem verbleibenden brauchbaren Arm kämpfte er sich aufwärts.

Irgendwie schaffte er es, die Oberfläche zu erreichen. Sein Kopf durchbrach das Wasser, und er füllte seine Lunge mit eiskalter Luft. Der Sturm wühlte das Meer auf und peitschte ihm hohe Wellen ins Gesicht. Er hob seinen Arm und winkte dem Hubschrauber zu, der über ihm kreiste.

»Hey! Hier unten!«

Im Getöse des Sturms verhallten seine Rufe ungehört. Einige Meter von ihm entfernt trieb einer der Container, die auf der *Aga-*

memnon verladen worden waren. Adam schwamm auf ihn zu. Er zog sich auf das Dach und blieb einen Moment auf dem Rücken liegen. Er atmete durch. Der Container schwankte stark hin und her, doch Adam schaffte es, sich aufzurappeln. Er blickte nach oben.

»Hallo! Hier!«

Wieder hob er die Arme und winkte dem Hubschrauber zu. Diesmal hatte er Glück. Der Scheinwerfer des Helikopters schwenkte auf ihn. Im selben Moment erfasste eine hohe Welle den Container, und Adam fiel hin. Erneut kämpfte er sich auf die Beine und blickte nach oben. An einer Seilwinde, die seitlich aus dem Heli ragte, wurde ein Seil mit einem Rettungsring zu ihm hinabgelassen. Der Wind blies so stark, dass das Seil zur Seite flatterte. Der Container wurde von einer zweiten Welle erfasst, die Adam dazu zwang, in die Hocke zu gehen. Das Seil war fast bei ihm. Er griff danach, doch der Wind blies es ihm aus der Hand. Ein Grollen ertönte hinter ihm. Adam drehte sich um – und erschrak.

Hinter ihm hatte sich eine riesige Welle aufgetürmt. Die aufsteigende Wasserwand trug eine tödliche Fracht aus Containern und Wrackteilen mit sich, die in wenigen Sekunden auf ihn niederkrachen würde. Adam kniff die Augen zusammen und suchte nach dem Seil. Es hing einige Meter von seinem Container entfernt in der Luft. Ohne zu überlegen, nahm er Anlauf. Er sprintete über das Dach des Containers, sprang ab und streckte seine gute Hand nach dem Seil aus. Die Riesenwelle brach sich über ihm.

Irgendwie bekam er das Seil zu fassen und klammerte sich mit beiden Armen daran. Im selben Moment startete der Hubschrauber durch und gewann an Höhe. Um Haaresbreite verfehlte die Welle Adam, der sich mit letzter Kraft an das Seil klammerte. Die Winde zog ihn nach oben. Starke Hände ergriffen seine Arme und bugsierten ihn ins Innere des Hubschraubers. Auf dem Boden des Innenraums sackte er zusammen.

Er war gerettet.

»Schöner Abend für ein Bad bei Mondlicht«, sagte eine Stimme aus der hinteren Ecke des Hubschraubers. Hustend und keuchend setzte Adam sich auf. Sofort erkannte er den Mann, der da auf einem der Sitze saß, mit aller Ruhe Pistazien aus ihrer Schale knackte und sich in den Mund schob.

Es war Dietrich. Der Kollege seines Vaters. »Tut mir leid, dass wir unangemeldet in die Party geplatzt sind.«

»Woher wussten Sie, wo ich bin?«

Zur Antwort hielt Dietrich sein Handy in die Höhe. Es zeigte das Bild des Waffencontainers, das Adam an Yasemin geschickt hatte.

»Yasemin hat sich bei mir gemeldet. Ganz schönes Arsenal, das die Jungs da verschifft haben. Natürlich alles höchst illegal. Warum habt ihr euch nicht sofort gemeldet, als ihr von der Fracht erfahren habt? Dann hättest du dir die Wildwasserparty sparen können.«

»Wir wollten erst einen handfesten Beweis haben, dass die Waffen tatsächlich an Bord sind«, sagte Adam. »Ich wollte De Laurent keinen Ausweg lassen.«

»Hat er es von Bord geschafft?«

»Nein«, sagte Adam. »Er hat es vorgezogen, mit seinem Schiff unterzugehen.«

Dietrich nickte. »Jetzt bringen wir uns erst mal in Sicherheit«, sagte er. »Wir können uns später noch in Ruhe über die ganze Sache unterhalten.«

Adam blickte auf das Meer hinaus. Das Wrack des Frachters war längst unter den Wellen verschwunden.

Die *Agamemnon* lag am Grunde des Meeres.

44

WOLFSBACH, DEUTSCHLAND

Eine Woche war seit dem Untergang des Frachtschiffes vergangen. Adam war nach Wolfsbach zurückgekehrt. Zuerst war er sich unsicher, ob er überhaupt wieder in das Haus seiner Eltern einziehen wollte, aber dann entschied er sich doch dafür. Es war der Ort, an dem er ihnen am nächsten war. Jetzt stand er auf dem Bahnsteig des Wolfsbacher Bahnhofs und wartete auf einen Zug aus der Schweiz. Er fasste sich an seine Schulter, dort, wo De Laurents Kugel ihn getroffen hatte. Die Stelle war mit mehreren Stichen genäht worden und schmerzte immer noch. Die Bahn fuhr ein, und nur ein einziger Fahrgast stieg in dem verschlafenen Nest aus. Adam lächelte. Yasemin erwiderte sein Lächeln. Adam hatte zwar seit seiner Rückkehr stundenlang am Telefon mit ihr gesprochen, doch das war das erste Mal seit seiner Abreise aus der Schweiz, dass er ihr persönlich gegenüberstand. Adam wusste, dass Yasemin nicht viel von übermäßigen Gefühlsausbrüchen hielt, doch er konnte nicht anders, als sie fest zu umarmen.

Yasemin lachte. »Du drückst mir die Luft ab!«, keuchte sie.

Adam ließ sie los. »Willkommen zurück«, sagte er.

Adam nahm ihren Koffer, und sie liefen gemeinsam durch das Dorf zum Haus ihrer Eltern. Yasemin wollte an der Tür klingeln, doch sie kam nicht dazu. Die Tür wurde aufgezogen, und Yasemins Mutter kam aus dem Haus gestürzt. Sie trug ein Kopftuch, eine weiße Bluse und eine Jeans. Zum zweiten Mal wurde Yasemin fast erdrückt.

»Mein Kind! Ich weiß schon gar nicht mehr, wie du aussiehst!«

Frau Yıldırım hatte Tränen in den Augen. Sie strich ihrer Tochter liebevoll über die Wange. Dann erblickte sie Adam. »Komm her, mein Junge!«

Auch Adam entging einer Umarmung nicht.

»Ich habe keine Worte für das, was mit deinen Eltern passiert ist. Keine Worte! Es ist so schlimm!«

Adam nickte.

»Kommt rein, kommt rein! Ihr müsst ja schon fast verhungert sein!«

Sie folgten Yasemins Mutter in die Küche. Dort warteten genug türkische Köstlichkeiten auf sie, um eine ganze Kleinstadt zu bewirten. Sie setzten sich an den Tisch und aßen. Kurze Zeit später hörte Adam, wie die Haustür aufgeschlossen wurde. Ein groß gewachsener Mann betrat die Küche. Er trug einen Aktenkoffer und einen perfekt sitzenden blauen Anzug.

»Ist sie schon hier?«, fragte er auf Türkisch. Sein Gesicht leuchtete förmlich auf, als er seine Tochter am Tisch sitzen sah. Er ging zu ihr und kniff ihr spielerisch in die Wange. »Meine Kleine!«, rief er, als wäre sie noch ein Baby.

»Papa, ich freue mich auch, dich zu sehen«, sagte Yasemin trocken.

Ihr Vater entdeckte Adam. Er ging zu ihm und legte ihm eine Hand auf die Schulter. »Schlimm, was mit deinen Eltern passiert ist. Sie waren echte Freunde. Können wir dir irgendwie helfen?«, fragte er.

»Danke, aber im Moment ist alles in Ordnung«, antwortete Adam.

Yasemins Vater setzte sich zu ihnen an den Tisch und begann, seine Tochter über die Schule und ihre Noten auszufragen. Plötzlich hatte Adam einen Kloß im Hals. Seit dem Tod seiner Eltern war er – bis auf Yasemin – völlig auf sich allein gestellt gewesen. Er hatte halsbrecherische Abenteuer erlebt und war mehrmals nur knapp mit dem Leben davongekommen. Und jetzt saß er hier mit dieser Familie am Tisch und aß ganz normal zu Abend. Er kannte Yasemin seit dem Kindergarten, und immer, wenn er bei ihr zu Hause zu Besuch gewesen war, hatten ihre Eltern ihn wie ihren eigenen Sohn behandelt. Als er seine Eltern in dem Hotelzimmer gefunden hatte, war er überzeugt gewesen, dass seine komplette Familie ausgelöscht worden war, doch jetzt fühlte er, dass er in den Yıldırıms immer noch so etwas wie eine Familie hatte.

Nach dem Mittagessen fuhren die Yıldırıms zum Einkaufen. Adam und Yasemin gingen auf ihr Zimmer. Yasemin packte ihre Koffer aus, und Adam setzte sich auf den Stuhl an ihrem Schreibtisch.

»Wie fühlst du dich?«, fragte Yasemin.

»Ich weiß es nicht«, sagte Adam. »Es ist merkwürdig. Wochenlang habe ich nur daran gedacht, meine Eltern zu rächen, doch jetzt, wo De Laurent tot ist, verspüre ich überhaupt keine Genugtuung.«

Yasemin sah ihn an. »Adam, du hast viele Fehler, aber du bist keiner, der am Leid anderer Spaß hat. Das Beste, was du tun kannst, ist, deine Eltern immer in deinem Herzen zu tragen.«

Am Abend kehrte Adam nach Hause zurück. Als er am nächsten Tag erwachte, fand er eine Textnachricht auf seinem Handy:

Ich komme heute Nachmittag vorbei.
Würde mich gern mit dir und Yasemin unterhalten. – D.

Adam rief Yasemin an, und sie traf eine halbe Stunde später am Haus seiner Eltern ein. Sie mussten nicht lange warten, bis es an der Tür klingelte. Adam öffnete, und Dietrich betrat das Haus.

Er blickte sich um. »Schön hast du's hier«, sagte er.

»Sie haben meinen Vater nie hier besucht?«, fragte Adam.

»Nein«, antwortete Dietrich. »Wir mussten unsere Zusammenarbeit völlig geheim halten.«

Sie gingen ins Wohnzimmer, und Dietrich setzte sich in einen Sessel. Yasemin und Adam ließen sich gegenüber von ihm auf der Couch nieder. Dietrich betrachtete sie wie zwei Schüler, die wegen schlechten Betragens zum Direktor zitiert worden waren.

»Kinder, was mache ich nur mit euch?«, sagte er kopfschüttelnd. »Erst schießt ihr alle meine Warnungen in den Wind, und dann legt ihr euch auch noch mit internationalen Waffenhändlern an.«

»Ich wollte Sie etwas fragen«, sagte Adam. »Als ich mit De Laurent auf der Brücke der Agamemnon war und der Hubschrauber erschien, drängte ich ihn darauf, sich zu stellen. Er gab mir eine rätselhafte Antwort: *Das Auge sieht alles. Und das Auge kennt keine Gnade.* Wissen Sie, was er damit meinte?«

Dietrich lehnte sich in seinem Sessel zurück und schloss die Augen. »Das Auge sieht alles …«, murmelte er.

»Moment!«, rief Yasemin. »Wir haben doch im Zusammenhang mit De Laurent schon mal ein Auge gesehen.«

Sie stand auf, nahm einen Kugelschreiber und ein Blatt Papier von einem Seitentisch und kehrte zum Sofa zurück. Sie begann, mit dem Kugelschreiber ein Symbol auf das Papier zu malen. Als sie fertig war, hielt sie es hoch. Es war ein Auge, aus dem ein Blutstropfen rann.

»Stimmt«, sagte Adam. »Dieses Symbol war auf den Kisten, die mein Vater in seiner Hütte gelagert hatte. Zusammen mit den Buchstaben A und P.«

»A und P«, wiederholte Dietrich nachdenklich. »Ich glaube, es ist Zeit, dass ich euch ein wenig über meine Zusammenarbeit mit Friedrich erzähle. Ich bin der Leiter der Sektion Lambda, einer Untergruppe des Bundesnachrichtendiensts. Ich habe mehrere Mitarbeiter im Feld, die an verschiedenen Fällen arbeiten. Friedrich war damit beauftragt, einen portugiesischen Waffenhändler namens Fernando Gavião zu überwachen.«

»Buteo«, warf Adam ein.

»Genau. Das war sein Tarnname. Über Gavião kam Friedrich an De Laurent. De Laurent war eine schillernde Figur in der französischen High Society, und Friedrich gab sich als Industrieller aus, der mit ihm ins Geschäft kommen wollte. Bei der Gala in Monte Carlo wollten sie ihren Deal unter Dach und Fach bringen. In Wirklichkeit war Friedrich nur daran interessiert, mehr über De Laurents Hintermänner herauszufinden. Noch bevor Friedrich nach Monte Carlo reiste, nahm ein Informant mit ihm Kontakt auf.«

»Blue Fox«, sagte Yasemin.

Dietrich nickte. »Dieser Informant spielte Friedrich Informationen zu. Ich weiß nicht, um was für Dokumente es sich handelte, doch Friedrich war begeistert. Er schrieb mir eine Nachricht, dass er große Neuigkeiten hätte. Doch dann fuhr er nach Monte Carlo und … na ja, ihr wisst, was passiert ist.«

»Er hat also diese Informationen in der Berghütte aufbewahrt.

Und jetzt ist alles in Flammen aufgegangen. Seine ganze Arbeit war umsonst.« Neue Trauer erfasste Adam. Durch das Feuer in der Berghütte war die gesamte Arbeit seines Vaters ausgelöscht worden. »Was ist mit diesem Informanten?«, fragte Adam. »Wir müssen ihn finden.«

»Das wäre natürlich gut, aber ich habe leider keinen Hinweis auf seine Identität. Ich habe zwar Kontakt zu den Agenten von Sektion Lambda, doch sie teilen ihre Informationen erst mit mir, wenn Handlungsbedarf besteht. Zum Beispiel wenn Menschenleben auf dem Spiel stehen. So stellen wir sicher, dass die Organisation nicht zusammenbricht, wenn ein Agent auffliegt.«

Dietrich blickte Adam und Yasemin an. »Eigentlich bin ich ja hergekommen, um euch beiden persönlich zu danken. Ihr habt ganze Arbeit geleistet. Ihr habt einen der größten Waffendeals der letzten Jahre vereitelt.«

Dietrichs Worte schafften es nicht, Adams Stimmung zu verbessern. Er fühlte sich leer. Der Gedanke daran, dass sein Vater umsonst gestorben war, ließ ihn nicht los.

»Kopf hoch«, sagte Dietrich. »Dein alter Mann wäre stolz auf dich gewesen. Darf ich dir einen Rat geben?«

Adam blickte auf.

»Trauere nicht allein um deine Eltern. Lass andere teilhaben. Das macht es einfacher.«

Dietrich verabschiedete sich, und Adam brachte ihn zur Tür.

»Mach's gut, mein Junge«, sagte er. »Übrigens, hier liegt ein Paket für dich.«

Er drehte sich um und ging zur Gartentür. Adam blickte auf den Boden. Vor der Haustür lag ein Päckchen, das in braunes Papier gewickelt war. Er hob es auf und las den Namen des Absenders. Es handelte sich um den Anwalt seiner Eltern, der das Erbe verwaltete. Adam nahm das Paket mit ins Wohnzimmer.

»Was ist das?«, fragte Yasemin.

»Keine Ahnung«, antwortete Adam.

Er setzte sich auf die Couch und riss das Papier auf. Das Erste, was er fand, war ein Brief, der an ihn adressiert war. Er trug den Briefkopf des Anwalts.

Adam las.

Sehr geehrter Herr Cassel,

bei dem beiliegenden Buch handelt es sich um einen Teil des Nachlasses Ihrer Mutter. Sie hat es bei mir hinterlegt und verfügt, dass es, im Falle ihres Ablebens, an Sie übermittelt werden solle.
Ich muss mich für die Verzögerung entschuldigen.
Sie mögen es mir verzeihen, dass ich erst jetzt dazu gekommen bin, es Ihnen zu schicken.

Hochachtungsvoll
Jens Kübler, Anwalt

Adam legte den Brief zur Seite. Als Nächstes kam ein Buch zum Vorschein. Es bestand aus handgeschriebenen Seiten, die von einem Faden an der Rückseite zusammengehalten wurden.

Adam erkannte es sofort. »Das hat meine Mutter für mich gemacht, damit ich Französisch lerne«, sagte er mit belegter Stimme. »Es sind Geschichten, die sie sich ausgedacht hat, als ich noch ein Kind war. Sie hat sie niedergeschrieben und illustriert.«

Er blätterte durch die Seiten. Auf jeder Doppelseite befand sich eine einfache Geschichte und eine Zeichnung, die Sandrine Cassel mit Buntstiften gemalt hatte. Es waren Tiergeschichten. Sie handelten von einer Ente, die ihre Mama verloren hatte, oder einem Elefanten, der sich mit einer Maus anfreundete. Adam las die Titel, während er sich die Tränen aus den Augen wischte.

»Le Courageux Petit Canard, L'Éléphant et la Souris, Le Renard Bleu.«

Yasemin schluchzte. »Ich glaube, Dietrich hat recht«, sagte sie. »Du solltest richtig von deinen Eltern Abschied nehmen.«

45

Am folgenden Samstag lud Adam Freunde und Bekannte seiner Eltern in den Festsaal des Lieblingsrestaurants seiner Eltern ein. Man erzählte sich Geschichten über ihr Leben, hielt Ansprachen und stieß auf sie an. Die Yıldırıms hatten sich in Schale geworfen, und auch Dietrich war gekommen, um seinem alten Freund die letzte Ehre zu erweisen. Adam fühlte sich besser. Mit jeder Geschichte, die einer der geladenen Gäste zum Besten gab, war es, als wären seine Eltern wieder bei ihm.

Adam ging nach draußen, um sich mit Yasemin die Beine zu vertreten. Der Biergarten der Gaststätte war zwar jetzt im Winter geschlossen, doch Yasemin und Adam setzten sich trotzdem an einen der länglichen Tische.

»Es ist wirklich schön, dass so viele Menschen gekommen sind«, sagte Yasemin.

»Ja. Ich habe mit meinen Eltern echt Glück gehabt.«

»Sieh mal, ich glaube, diese Dame will zu dir.«

Adam drehte sich um. Eine Frau kam auf ihn zu. Sie hatte blondes Haar und war so schlank, dass sie fast zerbrechlich wirkte. Adam war sich sicher, dass er sie schon einmal irgendwo gesehen hatte. War sie eine Freundin seiner Mutter gewesen?

»Sind Sie Adam Cassel?«, fragte sie. Sie hatte einen starken französischen Akzent. Plötzlich wusste Adam genau, wo er diese Frau schon einmal gesehen hatte. Sie war in De Laurents Landsitz beim Frühstück zu ihm und Claire an den Tisch getreten. Es war

Roccos Ehefrau. Sofort war er auf der Hut. Was wollte sie hier? War sie gekommen, um ihn für den Tod ihres Mannes verantwortlich zu machen?

»Wollen Sie sich nicht setzen?«, fragte Adam und deutete auf die Bank des Biergartentisches. Die Dame nahm die Einladung an und setzte sich neben Yasemin. Sie blickte Adam an. Er erwartete einen Wutausbruch oder zumindest eine Anschuldigung, doch was er nicht erwartete, waren Tränen. Die Dame nahm ein Taschentuch aus ihrer Handtasche und tupfte sich vorsichtig die Augen.

»Sie sehen ihr so ähnlich«, begann sie. »Sie haben die Augen Ihrer Mutter. Sandrine war eine gute Freundin – vielleicht meine einzige Freundin – in der kurzen Zeit, in der ich sie kannte. Es tut mir so leid … was mit ihr geschehen ist. Ich muss Ihnen etwas beichten, was schwer auf meinem Herz wiegt. Es war … es war meine Schuld, dass sie sterben musste.« Erneut flossen ihr Tränen über das Gesicht.

Adam stutzte. Warum sollte Roccos Frau am Tod seiner Eltern Schuld tragen?

»Verzeihen Sie, ich habe mich noch gar nicht vorgestellt. Mein Name ist Monique De Laurent. Mein Mann ist … war ein Geschäftspartner Ihres Vaters. Ich habe Sandrine durch ihn kennengelernt. Sie war so eine warme und herzliche Person. Und ich … ich war sehr unglücklich. Sie hat mir zugehört. Hat mir Trost gespendet. Mein Mann war nicht immer gut zu mir. Er hat mich betrogen, hat mich wie eine Trophäe behandelt. Ich habe schnell gelernt, dass er kein guter Mensch war. Er hat mit dunklen Mächten Geschäfte gemacht. Ich weiß, dass er viel Leid in die Welt gebracht hat. Waffenschmuggel und noch andere schreckliche Dinge. Sandrine hat mir einen Weg gezeigt, wie ich das Unrecht, das er in die Welt setzte, aufhalten konnte. Sie hat mir erzählt, dass ihr Mann daran arbeitete, Rocco zu stoppen. Ich habe sie mit Informationen versorgt, die ich heimlich von seinem Computer kopierte. Ich habe Sandrine jedoch gewarnt. Ihr Mann durfte nicht erfahren, woher diese Informationen stammten. Sie hat sie ihm heimlich zugespielt.«

Adams Kinnlade fiel herunter.

»Meine Mutter war *Blue Fox*?«, sagte er.

Monique nickte. »Sie wählte diesen Namen nach einer Geschichte, die sie sich für Sie ausgedacht hat. *Le Renard Bleu*. Der blaue Fuchs.«

Adam fasste sich an den Kopf. Natürlich! Das war die Bedeutung des Buches mit den Kindergeschichten, das der Anwalt ihm geschickt hatte. Sie hatte ihm mitteilen wollen, dass sie die Informantin gewesen war.

»Am Tag, bevor wir nach Monte Carlo abreisten, telefonierte ich mit Sandrine«, fuhr Monique fort. »Rocco war mit einem Waffenhändler in Kontakt getreten, mit dem er ein großes Geschäft abwickeln wollte. Ich versprach ihr, ihr die Informationen in Monte Carlo zukommen zu lassen, wo Rocco mit Ihrem Vater eine Benefizgala besuchen wollte. Doch ich ahnte nicht, dass mein Mann Verdacht geschöpft hatte. Er hat mein Telefon abgehört. Als ich auflegte, kam er wütend zu mir. Er zwang mich dazu, preiszugeben, wem ich die Informationen gegeben hatte. Ich … ich … konnte nicht anders. Er hat mir wehgetan. Mich geschlagen. Ich habe Ihre Mutter verraten. Und dann …« Monique begann ungehemmt zu weinen.

Adam fühlte sich leer. Er wusste nicht, was er denken sollte. Das Ziel des Mordanschlags war seine Mutter gewesen. Und hier saß die Frau, die sie verraten hatte. Doch konnte er sie hassen? Er wusste, dass De Laurent gnadenlos gewesen war, wenn es um sein Geschäft ging. Es war ein Wunder, dass er sie nicht auch noch ermordet hatte.

Schließlich war es Yasemin, die sich an Monique richtete. »Es trifft Sie keine Schuld«, sagte sie. »Sie haben versucht, das Richtige zu tun.«

Monique blickte sie dankbar an.

Adam konnte sich nicht dazu durchringen, etwas zu sagen. Er starrte in die Ferne, während die Gedanken in seinem Hirn rasten. Dann fasste er einen Entschluss. »Sie sind nicht für den Mord verantwortlich«, sagte Adam zu Monique. »Aber wenn Sie etwas tun wollen, damit der Tod meiner Eltern nicht umsonst war, dann sagen Sie mir, in welche Geschäfte Ihr Mann verstrickt war.«

»Ich habe die Informationen leider nicht mehr«, gab Monique zu. »Ich habe wahllos Daten vom Computer meines Mannes kopiert, in der Hoffnung, dass Ihr Vater damit etwas anfangen kann. Nachdem Rocco herausgefunden hatte, dass ich ihn ausspionierte, hat er seine Daten verschlüsselt.«

Adams Mut sank.

»Den einzigen Hinweis, den ich Ihnen geben kann, ist der Name der Organisation, für die er arbeitete. Er hat ihn oft erwähnt, wenn er sich heimlich mit zwielichtigen Geschäftspartnern traf. Die Organisation heißt *Argus Panoptes.*«

»Argus Panoptes«, wiederholte Adam. »A P.«

»Wie auf den Kisten, die in der Hütte deines Vaters gelagert waren«, sagte Yasemin.

»Das Auge sieht alles«, sagte Adam.

»Und das Auge kennt keine Gnade«, beendete Monique den Satz. »Das ist ihr Motto.«

Eine Weile lang sagte keiner der Anwesenden ein Wort.

Dann blickte Adam Monique an. »Danke«, sagte er. »Danke, dass Sie gekommen sind. Das kann nicht einfach für Sie gewesen sein.«

»Ich war es Sandrine schuldig, zu kommen. Sie erinnern mich an sie. Sie müssen wissen, dass Ihre Mutter sehr stolz auf Sie war.«

Monique stand auf. »Leben Sie wohl, Adam Cassel.« Damit drehte sie sich um und ging zur Straße.

Adam blickte ihr nach. Plötzlich dachte er an Claire. In einem anderen Leben wäre er vielleicht mit Claire zusammengeblieben. Seine Mutter und Monique wären Freundinnen gewesen. Doch Rocco hatte alles zerstört.

»Wir müssen Dietrich erzählen, was wir herausgefunden haben«, sagte Yasemin. »Ich hole ihn. Es ist wahrscheinlich besser, wenn wir das hier draußen besprechen.«

Yasemin verschwand im Inneren des Restaurants und kam zwei Minuten später mit Dietrich wieder heraus. Er setzte sich neben Adam. Adam berichtete knapp, was Monique De Laurent ihnen erzählt hatte.

»Deine Mutter war *Blue Fox*?« fragte er.

Adam nickte.

»Sie war wohl ein Naturtalent für diesen Job. Friedrich hatte keinen Schimmer, dass der Informant seine eigene Frau war, da bin ich sicher.«

»Was steckt wohl hinter dieser geheimnisvollen Organisation *Argus Panoptes*?«, fragte Adam.

»Das möchte ich auch gern wissen. Dein Vater war kurz davor, mir alles zu erzählen, was er über sie in Erfahrung gebracht hatte. Und jetzt stehe ich wieder ganz am Anfang da.«

»Wie können wir Ihnen helfen?«, fragte Adam.

Dietrich sah Adam und Yasemin an. »Ich habe seit dem Untergang der *Agamemnon* lange über die ganze Sache nachgedacht«, sagte er. »Ich möchte euch ein Angebot machen. Was haltet ihr davon, für mich zu arbeiten?«

Adam und Yasemin wussten nicht, was sie sagen sollten, und blickten sich unschlüssig an.

»Wie meinen Sie das?«, fragte Adam schließlich.

»Ihr seid nicht auf den Kopf gefallen. Was ihr da im Fall De Laurent zustande gebracht habt, ist wirklich außergewöhnlich. Ich kann ein paar kluge Köpfe wie euch gebrauchen. Vor allem, weil ich euch voll und ganz vertrauen kann.Das ist eine Menge wert in diesem Job, glaubt mir.«

»Meine Eltern bringen mich um, wenn ich ihnen mitteile, dass ich die Schule an den Nagel hänge«, sagte Yasemin.

»Das verlange ich gar nicht von dir«, sagte Dietrich. »Du kannst die Schule ruhig weitermachen. Umso besser, wenn deine Eltern nichts davon mitbekommen. Ich sage dir was – und das völlig ohne Übertreibung –, ich habe mit hochkarätigen Analysten des BND zusammengearbeitet, die nicht halb so viel draufhaben wie du. Wäre das was für dich? Tagsüber für die Schule büffeln, und abends Bösewichte schnappen?«

»Ich weiß nicht«, sagte Yasemin.

Dietrich wandte sich Adam zu. »Ich werde nie den Ausdruck auf deinem Gesicht vergessen, als ich dich aus der Nordsee gefischt habe.«

»Und was soll das für ein Ausdruck gewesen sein?«, fragte Adam. »Ich bin schließlich nur knapp mit dem Leben davongekommen.«

»Ja, aber du hast es genossen. Den Kick, das Adrenalin. Ich habe es dir angesehen.«

Adam wollte es nicht zugeben, doch Dietrich hatte recht. Er hatte sich nie so lebendig gefühlt wie in dem Moment, als er von dem Frachter geflohen war.

»Ich kann so einen wie dich gebrauchen. Du bist jung, charmant und nicht auf den Mund gefallen. Du behältst die Nerven, wenn es brenzlig wird, und scheust vor keiner Gefahr zurück. Willst du in die Fußstapfen deiner Eltern treten?«

Adam blickte Dietrich an. »Ich mache das nur, wenn Yasemin auch dabei ist«, sagte er.

»Aufregend war es ja schon«, antwortete sie.

Dietrich klatschte in die Hände. »Perfekt«, sagte er. »Dann machen wir es so. Willkommen in der Sektion Lambda.«

Dietrich stand auf und ging in Richtung der Straße. Er drehte sich noch einmal um und winkte Adam und Yasemin zu. »Ich melde mich bald bei euch!«, rief er. Dann bog er um die Straßenecke und war verschwunden.

Yasemin blickte Adam an. »So schnell wird man also ein Geheimagent«, sagte sie spöttisch. »Vor ein paar Monaten hätte ich mir das nicht träumen lassen.«

Adam blickte abwesend in die Ferne.

»Was ist mit dir?«, fragte Yasemin.

»Ich muss gerade daran denken, wer ich vor ein paar Monaten noch war. Ein arroganter Draufgänger mit Instagram-Freunden und mehr Klamotten als Verstand.«

»Und jetzt bist du ein arroganter Draufgänger ohne Instagram-Freunde«, witzelte Yasemin.

»Nur nicht frech werden, Agentin Yıldırım, sonst mache ich von meiner Lizenz zum Töten Gebrauch«, gab Adam zurück.

Yasemin lachte.

Sie standen auf und gingen ins Restaurant zurück.

Epilog

Regen prasselte auf die Windschutzscheibe. Der Himmel über der Stadt war wolkenverhangen, und Blitze zuckten in der Ferne. Ein schwarzer Wagen mit getönten Scheiben fuhr eine sechsspurige Straße entlang. An diesem Nachmittag herrschte wenig Verkehr, und der Wagen huschte wie ein Phantom durch die große Stadt. Ein glatzköpfiger Mann saß am Steuer des Wagens. Im Wageninneren hatten ein junger Mann und eine junge Frau Platz genommen. Der Mann kaute nervös auf seiner Unterlippe und blickte aus dem Fenster auf die Laubbäume, die die Allee säumten und nach dem kalten Winter langsam die ersten Knospen bildeten. Die Frau beobachtete mit finsterer Miene die Regentropfen, die an der kugelsicheren Scheibe hinabperlten.

Der Wagen überquerte eine Brücke, die einen breiten Fluss überspannte, und bog kurz danach links ab. Am Fuße eines Gebäudekomplexes fuhr der Wagen eine Einfahrt hinab, die zu einem unterirdischen Parkplatz führte. Dieser bestand aus mehreren Etagen, und der Wagen glitt die Rampen hinab, bis er das unterste Parkdeck erreicht hatte. Dort fuhr er auf ein Stahltor zu, das in eine Wand eingelassen war. Neben dem Tor ragte eine Säule empor, in die eine Gegensprechanlage eingelassen war. Der Fahrer betätigte den Schalter des Fensterhebers und ließ die Scheibe herunter. Er drückte auf den Knopf der Gegensprechanlage und blickte in eine kleine Kameralinse, die über dem Knopf eingelassen war. Ein Lautsprecher unter dem Knopf erwachte knisternd zum Leben.

»Das Auge sieht alles«, sagte eine Stimme.

»Und das Auge kennt keine Gnade«, antwortete der Fahrer.

Das Knistern des Lautsprechers erstarb. Die Stahltür hob sich und gab den Blick auf einen Raum frei, in den der Wagen gerade so hineinpasste. Zwei Neonröhren in der Decke spendeten grünlich-fahles Licht. Der Fahrer ließ den Wagen vorsichtig in den Raum gleiten. Sofort schloss sich die Stahltür hinter ihm. Jonathan Berger, der junge Mann auf dem Rücksitz, wandte sich an seine Mitfahrerin.

»Sind wir da?«, fragte er. Es gelang ihm nicht, die Unsicherheit in seiner Stimme zu verbergen. Die Frau antwortete nicht. Im selben Moment drang ein mechanisches Geräusch von außen zu ihnen herein. Irgendwo, in den Tiefen des Gebäudes, setzte sich eine Maschine in Gang. Der Boden erzitterte, und Jonathan spürte ein Gefühl im Bauch, als würde er leichter werden. Ihm wurde klar, dass sie sich in der Kabine eines Aufzugs befanden, der den Wagen noch tiefer unter die Erde beförderte.

Minuten später kam der Aufzug mit einem Rums zum Stehen. Durch die Windschutzscheibe war eine zweite Stahltür sichtbar, die sich nun hob. Der Wagen fuhr aus dem Aufzug hinaus und glitt über einen Privatparkplatz, auf dem es genau zehn Parkbuchten gab. Jonathan pfiff leise, als er sah, was für Autos in diesen Parkbuchten abgestellt worden waren. Er sah einen Maybach, einen Rolls Royce, einen Aston Martin und sogar einen Koenigsegg.

»Krasse Schlitten«, murmelte er.

Der schwarze Wagen bog in die einzige freie Parkbucht ein, und der Fahrer stieg aus. Er öffnete der jungen Frau die Tür, während Jonathan allein ausstieg.

»Danke, Bruno«, sagte die Frau.

Sie ging zu einer Tür, die sich am Ende des Parkplatzes befand.

Dort legte sie ihre Handfläche auf eine schwarze Scheibe, die in die Wand eingelassen war, und blickte in die Linse einer Kamera. Kurz darauf öffnete sich die Tür mit einem Klicken. Die Frau ging hinein, dicht gefolgt von Jonathan und Bruno. Ein kurzer Gang mündete in einen großen Raum, der von einem langen Tisch dominiert wurde. An diesem Tisch saßen neun Personen. Der zehnte und letzte Stuhl war frei. Die Frau ging auf den Stuhl zu und setzte sich hin. Bruno und Jonathan stellten sich hinter sie.

Ein Mann, der am Kopf des Tisches saß, begann zu sprechen. »Da wir nun alle vollzählig sind, können wir beginnen«, sagte er auf Englisch.

An der Wand leuchtete ein Bildschirm auf. Darauf war ein großes Auge zu sehen, aus dem ein Blutstropfen rann.

»Das Auge sieht alles«, murmelten die Teilnehmer. »Und das Auge kennt keine Gnade.«

Der Mann, der zuerst gesprochen hatte, ergriff wieder das Wort. »Unsere Organisation hat leider in den letzten Tagen einen schweren Rückschlag hinnehmen müssen. Das Projekt *Agamemnon* endete in einem katastrophalen Fehlschlag. Wir haben den Tod eines unserer Mitglieder zu beklagen. Rocco De Laurent war einer unserer wertvollsten Operatoren. Glücklicherweise haben wir bereits einen Nachfolger gefunden, den ich Ihnen nun vorstellen möchte.«

Er deutete auf die Frau, die in dem schwarzen Wagen gesessen hatte. »Ich präsentiere Ihnen Claire De Laurent. Seine Tochter.«

Claire stand auf. Sie zeigte nicht den geringsten Hauch von Nervosität. Im Gegenteil, sie ließ ihren Blick mit fester Miene über die Anwesenden schweifen. »Mein Vater war ein gnadenloser Kämpfer für unsere Sache. Er hat mir in seinem Testament das Manifest unserer Organisation hinterlassen. Ich stehe voll und ganz hinter unseren Zielen.«

Die Teilnehmer des Treffens murmelten anerkennend.

»Doch bevor wir seine Arbeit fortführen, gibt es eine Pflicht, die wir erfüllen müssen. Einer unserer Leitsätze ist es, beim Umgang mit unseren Feinden keine Gnade walten zu lassen und an denen Rache zu üben, die sich uns in den Weg stellen. Wir schulden es meinem Vater, dass sein Tod gesühnt wird.«

Den letzten Satz hatte sie mit einer solchen Bitterkeit gesagt, dass die Anwesenden verstummten.

Claire blickte jeden Einzelnen von ihnen an. »Ich weiß, wer für den Tod meines Vaters verantwortlich ist. Und ich möchte vor Ihnen allen einen Schwur ablegen, dass ich alles tun werde, um ihn auszuschalten.« Wieder hielt Claire inne, bis ihre Worte verhallt waren. »Der Mann, der seinen Tod verursacht hat, wird es bereuen, dass er je unseren Weg gekreuzt hat. Ich erkläre ihn hiermit zu einem offiziellen Widersacher unserer Organisation. Habe ich Ihre Unterstützung?«

Die Anwesenden hoben nacheinander die Hand.

»Dann ist es beschlossene Sache«, sagte Claire.

»Adam Cassel muss sterben.«

Lust auf weitere Geschichten?

2030. Europa ist zum Überwachungsstaat geworden. Die Menschen flüchten sich in das Virtual-Reality-Spiel Cronos Cube, das Erfahrungen bereithält, die sich so echt anfühlen wie das echte Leben. Die besten Freunde Zack und Lachlan leben im Bundesstaat Irland. Zack hat sich mit den gesellschaftlichen Verhältnissen arrangiert, Lachlan dagegen ist strikter Gegner des Systems. Cronos Cube würde er aus Prinzip nie betreten – doch ausgerechnet in dieses Spiel wird er entführt. Und Zack muss sich durch die Cronos-Fantasywelt kämpfen, um ihn zu retten. Der Auftakt der rasanten Sci-Fi-Fantasy-Reihe im Zeitalter der totalitären Überwachung

Auf den folgenden Seiten findet ihr eine Leseprobe aus »Cronos Cube 1«!

ISBN 978-3-8415-0588-0

THEKLA KRAUSSENECK
CRONOS
CUBE

[1]

»Nimm Platz«, sagte Griffin, als Melpo das Teehaus betrat. Sie ließ ihre Schuhe auf der Veranda zurück, raffte den Rock und setzte sich an einen niedrigen Tisch, auf dem eine gusseiserne Teekanne stand. Gespannt, was Griffin von ihr wollte, sah sie sich um.

Sie mochte die Atmosphäre in dem kleinen quadratischen Raum, seine minimalistische Einrichtung (Reisstrohmatten, Papierwände, der Tisch), ganz besonders aber die Aussicht: Durch die geöffneten Panoramatüren blickte sie auf einen See, an dessen Ufer üppige Weiden standen und die purpurroten Zweige im Wasser badeten. Die Dämmerung brach an und die vor der Veranda treibenden Laternen leuchteten geheimnisvoll.

»Danke für die Einladung«, sagte Melpo.

»Nichts zu danken«, erwiderte Griffin mit klapperndem Schnabel; sein Kopf war der eines Adlers, mit orangeroten Augen, die niemals blinzelten. Er stellte eine Trinkschale auf den Tisch und ließ sich Melpo gegenüber nieder, wobei sich der mit psychedelischen Blumen bemalte Kimono um seine Beine spannte. Melpo stellte sich vor, was für ein komisches Paar sie für einen Außenstehenden abgeben mussten. Sie war sich bewusst, dass auch sie auf ihre Weise eigenartig aussah: eine mollige Frau in den Zwanzigern, in einem viktorianischen Kleid, mit hauchzarten Handschuhen aus Spitze und einem winzigen Hut auf den langen Haaren, alles in Schwarz.

»Dies wird keine gewöhnliche Teezeremonie«, sagte Griffin, ohne sich näher zu erklären. Wie so oft wechselte er im nächsten Satz das Thema. »Wie ist es am Flughafen gelaufen? Hattest du … Schwierigkeiten?«

Er meinte ihren Pass.

»Nein, ist alles gut gelaufen«, sagte Melpo, die sich bemühte, genauso gelassen zu wirken wie Griffin, obwohl sie vergangene Nacht kein Auge zugetan hatte. Immer wieder hatte sie sich vorgestellt, wie das Sicherheitspersonal am Flughafen hinter ihr Geheimnis kam. Dreimal wäre sie in den letzten Stunden vor Angst fast gestorben: erst beim Check-in (»Alles in Ordnung, hier ist ihr Ticket«), dann bei der Passkontrolle (»Wir wünschen Ihnen einen schönen Urlaub«) und schließlich beim Einlass ins Flugzeug (»Genießen Sie den Flug, Frau Mottenstein«). Als sie endlich im Flieger saß, brauchte sie noch mindestens eine halbe Stunde, bis sie endlich begriff, was passiert war: dass sie es überlebt und die Polizei ihren falschen Pass geschluckt hatte. Und das, obwohl der Engländer Griffin ihr den denkbar unpassendsten Namen gegeben hatte. Ein anderer Name als Miranda Mottenstein wäre ihr wesentlich lieber gewesen. Aber ohne Griffin hätte sie diese Reise niemals antreten können und so verzichtete sie darauf, ihn darüber aufzuklären, dass gewöhnliche deutsche Bürger nicht Miranda Mottenstein hießen. Wenn auch ihr eigener Vorname, Femke, nicht viel gewöhnlicher war.

»Warum sollte ich mich denn schon im Flieger einloggen?«

Griffin nahm die Teekanne und goss dampfendes Wasser in die Trinkschale. »Wir können es uns nicht leisten, zwei Stunden lang in einem Flugzeug zu sitzen, ohne einen Finger zu rühren. Ich habe dich nach Irland beordert, weil ich einen kleinen Auftrag für dich habe.«

Endlich, dachte sie.

»Du wirst in den nächsten Tagen zwei Jungs im Auge behalten, von denen ich weiß, dass sie bald in Schwierigkeiten geraten werden. Ungewiss, wann es so weit ist, aber mein Gefühl sagt mir, dass der Moment naht.«

Ungenau wie immer.

»Wer sind diese Jungs?«

»Sie heißen Lachlan Abercromby und Zachary Murray.« Den ersten Namen sprach er *Locklin* aus. Melpo hatte noch nie von jemandem gehört, der so hieß. Der Name Abercromby indes kam ihr bekannt vor, als wäre er ihr erst kürzlich schon einmal begegnet.

»Was für Schwierigkeiten?«

»Eine Entführung.«

»Und ich soll sie verhindern?«

»Das würde nichts ändern«, sagte Griffin. »Wir müssen die Dinge nehmen, wie sie kommen, und du wirst dich daran halten. Zuerst wirst du sie nur beobachten, später wirst du den einen oder anderen Fahrdienst übernehmen. Bevor ich es vergesse: Ich habe dir einen Wagen mieten lassen. Du kannst gleich am Flughafen einsteigen.«

Melpo war nicht wohl bei dem Gedanken an eine Fahrt im Linksverkehr – sie hatte ja nicht einmal Übung mit der rechten Seite. Die letzten Monate hatte sie auf Griffins Kosten in einem Viersternehotel in Österreich gewohnt, gar nicht so weit weg von zu Hause. Pool, Massagen, Drinks, hin und wieder mit dem Lift hoch zur Zugspitze; kein schlechtes Leben für eine Schläferin, wie sie fand. Einen Mietwagen hatte sie für diese Zeit nicht gehabt. Vielleicht hatte Griffin befürchtet, dass sie untertauchen könnte. Als hätte sie keine besseren Ideen!

»Du schläfst die erste Nacht in einem Hotel in Howth. Das ist nördlich von Dublin.« Er nannte ihr eine Adresse und wies sie an, sich diese gut einzuprägen. Sie wiederholte den Namen ein paarmal in Gedanken. »Vergiss nicht, dir an der Rezeption einen Adapter für die Steckdose geben zu lassen. Sonst kannst du den Cronos Cube nicht anschließen.«

»Okay.«

»Ich werde dir jetzt Lachlan und Zack zeigen. Es gibt ein paar Dinge, die du über die beiden wissen solltest.« Er zog eine Spielkarte aus dem Kimonogürtel und schnipste mit dem Zeigefinger dagegen. Die Karte flog ihm aus der Hand und verpuffte in eine glitzernde Rauchwolke, aus der ein kleines Stoffsäckchen auf den Tisch fiel. Griffin öffnete es, entnahm ihm eine Prise eines Pulvers und ließ es in die dampfende Trinkschale rieseln. Das Pulver entfaltete sich im heißen Wasser zu einer umherwirbelnden Wolke, die sich verdichtete und dem Getränk die Farbe eines tiefen Gewässers verlieh.

Melpo sah interessiert zu.

»Ich habe diesen Tee programmiert. Er wird es mir ermöglichen, deinen Geist mit dem Überwachungssystem der META zu verbinden. Keine Angst. Es wird nicht wehtun.« Griffin reichte ihr die Schale und Melpo legte sie sich ohne zu zögern an die Lippen. Erst nippte sie vorsichtig, doch als sie merkte, dass das Wasser nur lauwarm war, leerte sie die Schale in einem Zug. Das Getränk schmeckte nach süßem Leitungswasser und ihr wurde schlagartig bewusst, dass sie den Geschmack von chlorfreiem Wasser schon ganz vergessen hatte. An den Orten, an denen sie in den vergangenen Jahren gelebt hatte, war nur mit Chemikalien versetztes Wasser aus den Hähnen geflossen.

»Was passiert jetzt?«, fragte sie und stellte die Schale auf den Tisch. »Werde ich bewusstlos?«

»Schließ die Augen.«

Nur ein violetter Streifen über den schwarzen Baumwipfeln und die Laternen auf dem See spendeten noch Licht, und so sah Melpo nicht einmal mehr den roten Schimmer ihres eigenen Bluts durch die geschlossenen Lider. Deutlich spürte sie Griffins Anwesenheit, und wie so oft fragte sie sich, wie er in Wirklichkeit aussah. Er benutzte offenbar einen Avatar-Hack, anders konnte sie es sich nicht erklären, dass er in Cronos mit einem Adlerkopf erschien. Aber vielleicht hatte er ja tatsächlich nur den Kopf verändert, und nicht den Körper.

Sie nahm ein seltsames Geräusch wahr; es erinnerte sie an den rauen, durchdringenden Ton einer Klangschale. Das Klingeln wurde lauter, schien immer näher zu kommen – dann brach es ab. Stille. Plötzlich: ein Rauschen, wie ein UKW-Radio, das keinen Empfang hat.

Nervös wartete sie ab. Das Rauschen dauerte an und vor

ihren Augen blieb es dunkel. Aus dem Nichts tauchte ein leuchtendes Rechteck auf. Noch war es winzig klein, als sähe sie es durch einen sehr langen Tunnel, doch es kam näher, wurde ständig größer. Melpo hatte den Eindruck, auf einen Fernseher zugeschoben zu werden; je näher das leuchtende Rechteck kam, desto mehr konnte sie erkennen. Das Bild zeigte die geräumige Eingangshalle einer Villa. Sie sah eine geschwungene Holztreppe, eine aufgeräumte Garderobe und eine prunkvolle Kommode. Jetzt war das Rechteck so nah, dass es ihr gesamtes Gesichtsfeld ausfüllte: Bilder an den Wänden, leuchtende Gemälde von Dalí und einem anderen Künstler, den sie nicht benennen konnte, beide in prachtvollen Rahmen. Sie kannte das Werk von Dalí durch ihre Eltern, die Kunsthändler waren: ein Fisch, der einen Tiger ausspie, eine Frau auf einem Felsvorsprung, ein Elefant mit langen, zerbrechlich dünnen Beinen. Der Titel war kompliziert, irgendetwas mit einem Traum, einer Fliege und einem Granatapfel. Das andere Bild war ihr genauso unbekannt wie der Künstler, aber nicht das Motiv, ein Flötenspieler, der Kinder aus einer Stadt führte.

Das rechteckige Bild war jetzt so nah, dass Melpo den Eindruck hatte, die Nase an ein Fenster zu pressen. Sie schwebte über einer menschenleeren Halle.

»Was du siehst, ist die Echtzeitaufnahme einer Mikrokamera, die von der META in Phoenix Manor installiert worden ist«, sagte Griffin. »Die Villa heißt so.«

»Ich vermute, ihre Bewohner wissen nichts davon«, sagte Melpo.

»Stimmt. Und wenn sie es wüssten, hätte die META ein

Problem. Persy Abercromby steht auf zwei verschiedenen Forbes-Listen, sie gehört zu den reichsten und mächtigsten Frauen der Welt. Ihr Vermögen wird auf zweiundvierzig Milliarden Euro geschätzt. Und dann ist da noch ihre Anwältin – ein Monster. Dr. Caolinn Quinn, schon mal gehört? Sie würde die META auseinandernehmen.«

Unwahrscheinlich, fand Melpo. Selbst wenn Persy Abercromby eine Billion auf dem Konto hätte, gegen die META konnte sie nichts ausrichten. Aber sie wollte Griffin nicht vor den Kopf stoßen. »Vielleicht sollte ich ihr einen anonymen Brief schreiben.«

»Nein. Wir mischen uns vorerst nicht in die Entführung ein«, sagte Griffin überraschend scharf.

»Da ist jemand«, sagte Melpo. Zwei junge Männer liefen die Treppe herab, fast noch Teenager. Der eine war genau ihr Typ: groß, gut gebaut und mit karottenroten streichholzkurzen Haaren. Der andere das Gegenteil, lang, klapperdürr und ganz in Schwarz gekleidet, so wie sie. Seine dunklen Haare sahen aus, als hätte er sie seit geraumer Zeit nicht mehr gekämmt. Er hatte ein hübsches Gesicht, nach Melpos Geschmack zu hübsch. Sie zogen sich an der Garderobe Jacken und Schuhe an.

»Der Schwarzhaarige ist Lachlan«, sagte Griffin. »Der mit den roten Haaren heißt Zack.«

»Dachte ich mir, dass der Dünne der mit dem komischen Namen ist.«

Eine Frau im Hosenanzug eilte in die Halle, mit langen schwarzen Haaren und einer selbstbewussten Haltung. Das musste Lachlans Mutter sein. Die Stirn, die Augen, die

Brauen, das Kinn – sie ähnelten sich unglaublich, abgesehen davon, dass Lachlan ein wenig kantiger war.

»Persy Abercromby«, sagte Griffin.

»Bist du sicher, dass du nicht im Kostüm auftreten willst, Lachlan?«, fragte Persy. Ihre Stimme war ohne die geringste Verzerrung zu hören.

»Ja, Mum«, sagte Lachlan tonlos. Anscheinend hatte er dieses Gespräch in letzter Zeit schon häufiger geführt. Zack grinste hinter seinem Rücken.

»Hast du dich mit Kathy abgesprochen? Nicht, dass sie wieder zu spät kommt.«

»Ich hab ihr gesagt, dass ich sie umbringe, wenn sie noch mal zu spät kommt«, sagte Lachlan, als wäre das Problem damit aus der Welt geschafft.

»Ich weiß nicht, du kannst doch nicht in einer Jeans steppen«, sagte seine Mutter zweifelnd.

»Glaub mir, Mum, ich kann das sogar im Pyjama.«

Sie schüttelte den Kopf. »Ich wollte damit nicht sagen, dass …«

»Keine Sorge, Mrs. Abercromby, ich pass schon auf ihn auf«, sagte Zack und reckte den Daumen in die Höhe. Seine Stimme gefiel Melpo.

»Kommt bitte hinterher direkt nach Hause«, sagte Persy.

Sie versprachen es hoch und heilig. Lachlan warf sich einen Rucksack über die Schulter und folgte Zack durch die Haustür.

»Und Überraschung«, sagte Griffin, als zeigte er ihr gerade sein neues Lieblingsspielzeug, »draußen gibt es natürlich auch eine Kamera.«

Bildwechsel: ein großer Garten mit einer Kiesauffahrt und einem mit blühendem Klatschmohn bepflanzten Rondell. Die Jungs sprangen die Stufen hinab, gingen durch den Garten und ein Tor aus schwarzem Eisen, das Lachlan mit einer Fernbedienung öffnete. Die Kamera sprang um, zeigte den zwei oder drei Meter hohen Zaun von außen; er umgab anscheinend das gesamte Grundstück. Die verschlungenen Eisenstreben des Tors formten den Namen ›Phoenix Manor‹.

Melpo bekam kurz das umliegende Gelände zu sehen, eine weitläufige Parkidylle, mit blühenden Sträuchern, gesunden Bäumen, saftigen Wiesen. Auf dem asphaltierten Weg, der vor dem Tor endete, wartete ein dunkelblaues Taxi mit einem langen gelben Balken auf dem Dach, auf dem eine fünfstellige Nummer stand: 80739. Lachlan und Zack stiegen ein. Wieder ein Bildwechsel. Jetzt blickte Melpo vom Rückspiegel auf die hintere Bank und das Heckfenster. Die linke Tür war noch geöffnet, Lachlan und Zack schoben sich auf die Ledersitze. »Temple Bar«, sagte Lachlan knapp. Ohne ein Wort zu verlieren, startete der Fahrer per Knopfdruck den Elektromotor und lenkte den Wagen auf die linke Fahrbahn.

»Der Sohn einer der reichsten Frauen der Welt fährt mit einem Taxi?«, fragte Melpo spöttisch.

»Du wirst nicht mehr überrascht sein, wenn ich dir verraten habe, wer Lachlan ist.«

»Du meinst, abgesehen von dem Sohn einer der reichsten Frauen der Welt?«

»Ja. Außerdem ist es durchaus in seinem Interesse, dass

ihm nicht jeder sofort ansieht, dass seine Familie viel Geld hat. Du kannst dir denken, warum.«

Zack tippte mit dem Daumen auf seinem Handy herum. »Rita«, sagte er an Lachlan gewandt, wie als Antwort auf eine Frage. »Sie schickt mir ständig Fotos von sich. Solche Fotos. Ist doch glasklar, was die von mir will, oder?«

Lachlan linste von der Seite auf das Display. »Oder sie hat nie gelernt, sich richtig anzuziehen.«

Zack grinste. »Hey, Mann, sieh dir das an!«

Lachlan sah gelangweilt aus dem Fenster. »Jedes Mal, wenn du 'ne neue Tussi kennenlernst, reduziert sich dein IQ um die Hälfte«, sagte er wie zu sich selbst.

»Was?«

»Ich sagte, du solltest sie unbedingt flachlegen, Don Juan.«

»Gut erkannt.« Zack steckte sein Handy weg. »Don Wer?«

Melpo hätte gern mehr von der Umgebung gesehen, durch die das Taxi fuhr. Alles, was sie durch das Heckfenster erkannte, waren ein weißes Parktor, das sie nach kurzer Fahrt durchquerten, dann eine arg geflickte Straße mit abgefahrener Markierung und ein anderes Taxi direkt hinter ihnen. Sie sah Lachlan dabei zu, wie er das Handy aus der Hosentasche zog, die Tastensperre löste und den Daumen über das Display huschen ließ. »Willst du wissen, was er da tut?«, fragte Griffin. Er wartete ihre Antwort nicht ab. »Er nimmt gerade das Handy seines Kumpels vom Netz.«

»Ein Hack?«

»Ganz genau.«

»Wegen der Tussi?«

»Er bereitet sich auf etwas vor«, sagte Griffin.

Melpo kannte diesen Unterton. »Und auf was?«

»Das wirst du noch erfahren.«

Also etwas Illegales. »Wow, hätte ich ihm gar nicht zugetraut«, sagte Melpo anerkennend. »Auf mich wirkt er wie ein angepasster, verwöhnter, reicher Pisser.«

Lachlan steckte das Handy wieder ein und warf Zack einen verstohlenen Blick zu. Sie fingen an, sich zu unterhalten, über irgendeinen Film, den sie gesehen hatten. Aurel Aspen. Melpo hatte ihn schon gesehen, er war ziemlich düster; genau nach ihrem Geschmack.

»Du schätzt ihn falsch ein«, sagte Griffin. »Oder besser gesagt: Du schätzt ihn genau so ein, wie du ihn einschätzen sollst. Er passt sich an, weil er seiner Familie und seinem besten Freund keine Probleme machen will. Aber eigentlich denkt er anders. Er ist wie wir.«

Melpo horchte auf. »Sprich weiter.«

»Er ist ungewöhnlich intelligent und hat erstaunliche Fähigkeiten in einem Bereich, der ihm wenige Freunde machen würde, wüsste jemand davon. Er kann hacken wie der Teufel, wie du ja schon weißt. Aber seine Saubermannfassade bröckelt … Er war in letzter Zeit leichtsinnig. Hat eine hübsche Anzahl regierungsfeindlicher Posts im Internet hinterlassen. Pseudonym Orion. Die META hat ihn schon auf ihrer Fahndungsliste.«

»Das ist Orion?«, fragte Melpo wie vor den Kopf gestoßen. Das konnte nicht sein Ernst sein!

»Ja. Ich habe dir vor Kurzem ein paar seiner Texte weitergeleitet, du erinnerst dich.«

»Ich habe sie fast auswendig gelernt«, sagte Melpo aufgeregt und begann inbrünstig zu zitieren: »Europa hat Krebs. Wir haben uns zum Preis unserer Freiheit die Illusion von Sicherheit erkauft, und die Einzigen, denen es nützt, sind jene, die aus unseren Daten Profit schlagen. Indem wir die Überwachung zulassen, ermöglichen wir sie. Indem wir uns selbst zensieren, lassen wir sie zu! Steht auf gegen die Gedankenpolizei! Wir müssen Hammer sein, nicht Amboss, denn wir sind Europas letzte Rettung –«

»Sein populistischster Text«, unterbrach Griffin sie. »Kam nicht sonderlich gut an.«

Melpo räusperte sich. »Ich hätte jedenfalls nie gedacht, dass der Antikapitalist Orion ein Milliardärssohn ist.« Sie musterte den gut aussehenden Rothaarigen. »Was ist mit dem anderen? Ist der auch ein heimlicher Rebell?«

»Nein«, sagte Griffin. »Zack ist genau das, was er zu sein scheint: ein ganz normaler Typ.«

Melpo ließ sich ihre Enttäuschung nicht anmerken. »Was verbindet die beiden dann? Oder gehört er auch zu Lachlans kleinem Theaterstück?«

»Nein, die Sympathie ist echt. Gemeinsame Kindheit. Zacks Vater ist Alkoholiker, seine Mutter ist abgehauen, als er vierzehn war. Bree Murray, geborene Hambleton, ist heute unter keinem dieser Namen mehr aufzuspüren.«

»Wieso ist sie getürmt?«

»Wer weiß? Zack war ein schwieriges Kind; offenbar fühlte sie sich mit ihm einfach überfordert. Alleinerziehend. Bei der Trennung war Zack sieben Jahre alt. Gut möglich, dass sie sich eine bessere Zukunft für ihn gewünscht hat – sie hinterließ damals einen Brief mit der Bitte an Persy Abercromby, Zack bei sich aufzunehmen. Eine naive Frau.«

»Die Abercrombys haben ihn also nicht aufgenommen?«

»Doch. Zack hat zwar noch Familie und hätte wohl problemlos bei seinen Tanten in Waterford und Belfast unterkommen können oder bei seinen Großeltern, aber nach einigem Hin und Her haben sich die Abercrombys dann doch durchgerungen. Lachlan und Zack kennen sich schon seit dem Sandkasten.«

Je mehr Melpo erfuhr, desto sympathischer fand sie den rothaarigen Typen. »Was ist mit Zacks Vater?«

»Owen Murray junior, furchtbarer Kerl. Hat sich das Sorgerecht erstreiten wollen, was wohl bei den Abercrombys den entscheidenden Ausschlag gegeben hat.«

Woher wusste Griffin das alles? Melpo hatte längst aufgehört, solche Fragen zu stellen.

»Er hat also verloren?«